# मोर्चेबन्दी

*उपन्यास*

# मोर्चेबन्दी

सुरेन्द्र प्रताप

लोकभारती प्रकाशन

**लोकभारती प्रकाशन**
पहली मंजिल, दरबारी बिल्डिंग, महात्मा गांधी मार्ग
प्रयागराज-211 001
वेबसाइट: www.lokbhartiprakashan.com
ईमेल : info@lokbhartiprakashan.com

**शाखाएँ :** 1-बी, नेताजी सुभाष मार्ग, दरियागंज
नई दिल्ली-110 002
अशोक राजपथ, साइंस कॉलेज के सामने
पटना-800 006
1, अनमोल सोराबजी सन्तुक लेन, मरीन लाइंस
मुम्बई-400002

**पहला संस्करण :** 2024

**ग्राफिक ऑफसेट**
प्रयागराज द्वारा मुद्रित

MORCHABANDI
by Surendra Pratap

ISBN : 978-81-19996-33-9

मूल्य : ₹ 600

राजीव और सन्ध्या
के लिए

नवम्बर की शुरुआत है। मौसम साफ और सुहाना है। मौसम धीरे-धीरे बदल रहा है। सिर्फ बूढ़े, अधेड़ गर्म कपड़ों में दिख रहे हैं। छात्र-छात्राएँ अपने-अपने कैजुअल लिबास में दिखाई दे रहे हैं। ज्यादातर जीन्स की पैंट-शर्ट में। अब लड़के-लड़की में फर्क कर पाना मुश्किल हो रहा है। लंका पर रंग-बिरंगे कपड़ों में छात्र-छात्राएँ अपने गन्तव्य की ओर जा रहे हैं। इस मौसम में गुनगुनी धूप अच्छी लगती है। लगता है कि नसों में कुछ आहिस्ते-आहिस्ते उतर रहा है। एक अजीब सा उन्माद, एहसास कुछ चुभता हुआ। काशी हिन्दू विश्वविद्यालय के भीतर घुसते ही दोनों ओर गुलमोहर के हरे-हरे पेड़ हैं, जो लाल-पीले फूलों से लदे हैं। यह हरियाली मन को मोह लेती है। आगे तिराहे के बाएँ महिला महाविद्यालय परिसर है। दाएँ तरफ अस्पताल, मेडिकल इन्स्टीट्यूट। पूरा इलाका हरियाली से भरा हुआ है। ऐसा कि यहाँ से जाने का मन न करे। आगे कला संकाय है। जितेन ने गौर से देखा कला संकाय के मैदान में जो आँगननुमा है, कई जोड़े अलग-अलग मुद्राओं में बैठे हुए थे। मशगूल कुछ की उँगलियाँ चल रही थीं, कुछ किताबों में उलझी हुईं थीं। आसमान साफ खुला और चमकदार था। मैदान के किनारे ढेर सारे फूल खिले थे, गुलाब, डहेलिया, गुलदाउदी, जीमिया, गेंदा। हरे मैदान में लड़कियाँ तितलियों की तरह मँडरा रही हैं, छोटे-छोटे झुंडों में। नवम्बर का महीना बड़ा रोमाँचक, दिलकश हुआ करता है। साल में इतना खूबसूरत मौसम कभी नहीं आता। आता भी है तो दिसम्बर या फरवरी में दो-चार दिन। यह मौसम असामान्य मौसम होता है। तब जब बाँहों से गुजरने का, एहसास होता है। खासकर तब जब हम राजनीति के चकल्लस में फँसे होते हैं। या किसी आन्दोलन या जेल में। यह मौसम सिर्फ कवियों, लेखकों या कलाकारों के लिए ही नहीं होता, संवेदनशीलों के लिए भी होता है। यह अनमोल है। हम बदनसीब हैं कि यह मौसम हमें नसीब नहीं हो पाता।

अगर आप नवम्बर में विमेन्स कॉलेज में जाएँ तो वहाँ लॉन में खाली वक्त धूप सेकतीं, गप्पे मारतीं, खिलखिलाती हँसी-ठिठोली करतीं लड़कियों के छोटे-मोटे कई समूह दिखेंगे। कभी-कभी तो लगता है कि शरद ऋतु पहले पहल वहीं उतरती है। उनके कानों में रंग-बिरंगे स्कॉर्फ, हलके स्वेटर, गर्म मोजे होते। विश्वविद्यालय में चल रहा आन्दोलन उनके लिए सजा है। एक चहारदीवारी में घूम-फिरकर रहना उनकी नियत बन गई है। इसलिए आन्दोलनवालों से उन्हें कोई लगाव नहीं। उन्हें लगता है कि ये सिरफिरे लोग हैं। उन्हें उनके पिटने, जेल जाने, निष्कासित होने पर तरस नहीं आती। तरस आती है आवारों, सिटियामारों पर जो उन पर मरते हैं। रात-दिन लंका पर चक्कर काटते हैं। जिन पर लंका जाते समय फब्तियाँ कसी जातीं, वह अपने को बहुत हद तक कॉफी कुछ समझतीं। अपनी खूबसूरती पर नाज करतीं। भीतर-भीतर प्रफुल्लित होतीं। आन्दोलन के कारण लंका का बाजार कॉफी कुछ असुरक्षित तनाव भरा होता है। इसलिए लड़कियों को उसी परिसर में घूम-फिरकर रह जाना होता है।

विश्वविद्यालय में कुछ छात्र कैरियरिस्ट, कुछ समय काटनेवाले, कुछ तमाशबीन, कुछ शादीवाले, कुछ अलंकरणवाले पढ़ते हैं। पढ़ाकुओं को परिसर में समाज या किसी से कोई सरोकार नहीं। अन्याय या अत्याचार से भी नहीं। उन्हें सिर्फ रैंक चाहिए। रैंक के लिए वे कुछ भी करेंगे। कुछ थोड़े से छात्र राजनीतिक चेतना और विचारों से प्रतिबद्ध होते हैं। जो अन्याय, अत्याचार, शोषण, भेदभाव का विरोध करते हैं। उनमें जोखिम उठाने का साहस है। जरूरत पड़ने पर जोखिम उठाते भी हैं। उनमें सामाजिक मूल्य और आदर्श भी है।

चाहे मौसम या माहौल जैसा भी हो कुछ लड़के-लड़कियाँ ऐसे भी हैं जिन्हें लंका गए बिना चैन नहीं आता। खराब से खराब मौसम और खतरनाक हालात में भी लंका जाने से बाज नहीं आते। वे अपनी-अपनी अड़ियों पर बैठते। आपस में दुखम-सुखम बाँटते। टंडन की दुकान नेताओं का सबसे बड़ा अड्डा है। टंडन की दुकान पर बाहर-भीतर नेताओं, समर्थकों की बैठके लगतीं। आजकल सिर्फ फरारीवाले नेता गायब हैं। सी.आई.डी., पुलिसवाले रोज सुबह-शाम चक्कर मारते। टंडन के बगल के कैफे में आर और डी कम्पनी की बैठकी जमती। टंडन की दुकान तो नेताओं की लाइफ लाइन है। वहाँ आए बिना चैन नहीं। टंडन की चाय में नशा है, नशा। मदहोश करनेवाली। राहत देनेवाली। पीते ही थकान दूर हो जाती। कितने शहर और दूर-दूर गाँव से चाय पीने आते। जब से आन्दोलन तेज हुआ तब से टंडन के यहाँ भीड़ बढ़ गई। कितनों को पटरी पर चाय पीनी होती है।

कॉलेज कैफे में डी कम्पनी, आर कम्पनी, आई. टी. और लंकेटियर्स बैठते। यहाँ से आर कम्पनी नई-नई लड़कियों पर नजर रखते। खबरें जुटाते। कक्षाओं में प्रवेश एवं हॉस्टल दिलाने के नाम पर सम्पर्क साधने की कोशिश करते। पासा फेकते। पहली-पहली बार छपरा के गाँव का रामचरित्तर लंका की शाम की आबोहवा देख रहा था। गोया कोई बड़ा बाइसकोप हो। एक से एक खूबसूरत परियाँ खाटी गाँव का लड़का क्या-क्या देख रहा था। उसके लिए यह सब रोमाँचक और अजूबा था। आँखें फटी-फटी रह गईं। लिली को देख वह चुप नहीं रह सका। लिली की ओर इशारा करते अपने साथी से कहा कि क्या माल है मालिक? कि आदमी को पागल बना दे। पीछे से किसी और ने झुंड पर फब्ती कसी "माल नहीं छुरी हौ छुरी, चली त कोई ना बची'' साथी ने कहा ''अरे! रामचरित्तर शान्त रौह। इ लिली जी हईं। इनकर बड़ा पावर हव, चुप रौह।'' लड़का अचकचाया, कुछ सकपकाया इसी बीच लिली और उनका समूह किसी दुकान में घुसकर अदृश्य हो गया। लड़का उदास और बेचैन हो उठा। उसने तय किया कि अब वह रोज शाम पाँच से आठ बजे तक लंका में फेरी लगाएगा और लिली को ढूँढ़ेगा।

आर कम्पनी के बॉस कैफे से पटरी पर आ गए। पान थूककर डॉक्टर निर्मल से पूछा कि यह कौन छोकरा है जो लिली जी पर फब्ती कस रहा था। निर्मल ने कहा कि नया लगता है। बॉस से रहा नहीं गया। नितिन को भेजकर छोकरे को बुलवाया और पूछा "बबुआ कहाँ घर बा?''

"छपरा।''

"कौन गाँव।''

"नई डीह।''

"अच्छा बिन्देश्वरी बाबू के जाने ला?''

"हाँ सर, हमरे तरफ के बड़ जमींदार बाने।''

"इहाँ कहाँ डेरा बा।''

"छित्तूपुर लॉज में बानी।''

"अच्छा फिर मिलिहा, हमारे लायक कौनो काम हो तो बेझिझक बताया।''

"जी सर, छोरा संकेत समझ गया, कुछ सँभल भी गया। हालाँकि बीएचयू में बिहार, बलिया, गाजीपुर, जौनपुर, मिर्जापुर के छात्रों के अलग-अलग गुट हैं और बनारस में तो एक छोटा-मोटा बिहार बसा हुआ है सामने घाट पर। कॉफी बिहारी धीरे-धीरे बस रहे हैं। फिर भी बनारस का रंग-रुतबा, मिजाज और पानी

अलग है। बनारसी किसी गैर की रंगदारी पसन्द नहीं करते। बनारसी रंगदारी का अपना अलग ही तेवर है।

शाम को नौ बजते-बजते दुकानों के बन्द होने का समय हो जाता है। लंकेटिंग करनेवाले अधिकांश जा चुके होते हैं। सिर्फ पुराने अड़ीबाज देर तक जमते हैं। पान, भाँग और सोमरसवाले खासकर रात बारह बजे तक अपनी अड़ी पर रमते हैं।

गुरू अपना पूरा समूह ले के लाबेला में आ जाते। कमरा नम्बर पाँच जो बालकनी से लगा हुआ है वह बहादुर खोल देता है। आई.टी. से तिरखा मनोज, मेडिकल से डॉक्टर रविन्द्र मिश्रा, डॉक्टर लखोटिया, आर्ट से डॉक्टर निर्मल, विजय मोहन, पिंटू मलिक, शिवानन्द आ जाते। अकसर शाम कोई न कोई बोतल लेकर आ जाता है। सबसे पहले गुरू काक खोलते पिंटू ड्रिंक बनाते फिर एक साथ चेस्स में गिलास टकराते। काकटेल पार्टी में यूनिवर्सिटी और लंका की घटनाओं, कौन आया? कौन गया? कौन किस रेस्तराँ में छोकरी को पटा के लाया? कौन किताब की दुकान या कपड़े की दुकान में छिप-छिपकर मिल रहा है? कौन किसके पीछे संकटमोचन जा रहा है? पिक्चर जा रहा है? कौन-कौन सी नई छोकरियाँ आई हैं? कौन नेता किस गुट में है? किस पर वारंट कटा है? किसको शो काज नोटिस मिली है? इन सारी खबरों पर विमर्श होता। पिंटू और विजय के पास नई लड़कियों की सूची होती।

आज तो ओल्डमाँक की जगह हंड्रेडपाईपर झोले से निकली। स्कॉच देखकर डॉक्टर निर्मल, शिवानन्द खुशी में झूम उठे। निर्मल ने बोतल चूमी फिर रख दिया। सभी ललचाई आँखों से बोतल को देखते रहे। शिवानन्द ने रहस्य खोल दिया कि आज रत्नाकर गुरू का जन्मदिन है। ये बोतल जितेन ने भेजवाई है कि गुरू का जन्मदिन गर्मजोशी से मनाया जाय। आज यहाँ रात के डिनर का भी इन्तजाम है। डिनर के नाम पर सभी निश्चिन्त हैं। शैलेन्द्र एक झोले में केक का डब्बा लेकर कमरे में पहुँचा। अब गुरू का इन्तजार होने लगा कि केक काटा जाय। शैलेन्द्र ने बताया कि गुरू अभी संकटमोचन में लड़कियों के साथ बैठे हैं पूजा पर। तभी उनका सेवक बहादुर दौड़ा-दौड़ा आया, बोला कि गुरू जी संकटमोचन में हैं। और अभी आते हैं।

"निर्मल ने कहा कि गुरू को कोई नई चेलिन मिल गई है क्या?"

पिंटू ने कहा कि यह कौन नई बात है पर गुरू आएँगे तभी केक कटेगा तभी बोतल खुलेगा। तभी गुरू हाँफते हुए कमरे में दाखिल हुए।

"भाई सॉरी मेरी क्लासमेट दीपा के माँ-बाप मिल गए थे। उन्हें संकटमोचन ले गया था।''

नई पैंट-शर्ट में गुरू खूब फब रहे थे। उन्होंने एक बार कमरे में नजर घुमाई। दोस्तों को देखा। मुस्कुराए। फिर उन्होंने दोस्तों से केक काटने का आग्रह किया। केक काटा गया। गुरू को माला पहनाकर रोली, चन्दन का टीका लगाया गया। डॉक्टर निर्मल ने केक का एक टुकड़ा उनके मुँह में डाला। केक खाने के बाद गुरू घूमकर बोतल को उठाया और कॉक सील को खोल दिया। पिंटू ने सबके लिए पैग बनाया। चेस के साथ सभी के गिलास खनखना उठे। शिवानन्द और पिंटू पहला पैग शरबत की तरह पी गए। बाकी साथी धीरे-धीरे सिप कर रहे थे। सभी ने खड़े होकर गुरू को जन्मदिन की बधाई दी, तालियाँ बजाईं, थोड़ा झूमे। फिर पैग पर पैग का दौर चलने लगा। गुरू ने कहा चिन्ता की बात नहीं है। अभी दूसरी बोतल बची हुई है। गुरू को चिन्ता थी कि ज्यादा पी लेने पर लोगों को सँभालना मुश्किल होगा। लेकिन आज किसी को भी सँभाल पाना आसान नहीं था।

पिंटू ने पूछा "गुरू आजकल आपका कुछ पता नहीं चलता। आपके बिना महफिल नहीं सजती। सोमरस का जुगाड़ भी नहीं हो पाता। शाम मन मसोस के रह जाता है। फिर ठर्रे से काम चलाना पड़ता है।

"मैं तो सत्याग्रही हो गया हूँ। जल्दी सोमरस छोड़ दूँगा, सुबह से शाम, रात का सब कुछ अनिश्चित। अब तो मैं गाँधी की शरण में चला गया तो उनके वसूलों का पालन करना होगा। आप लोग मौज करो रस-रंजक समाज जगाए रहो प्यारे। मैं बीच-बीच में मिलता रहूँगा।''

"दिनभर की दौड़-धूप के बाद रात को कुछ तो चाहिए भाई थकान मिटाने वास्ते।'' डॉ. निर्मल ने प्रश्न किया।

"अरे! आप लोग अपने रूटीन पर रहें मुझे अपने को बदलना होगा। भविष्य को भी देखना होगा। दूसरों के भरोसे जिन्दगी कब तक कटेगी प्यारे?''

"क्या होगा, कौन जॉब देगा हम लोगों को?''

"उसी की व्यवस्था करनी है, व्यवस्था बदलनी होगी।''

"कैसे बदलेंगे?''

"संघर्ष से, सत्याग्रह से?''

"जेल जाना होगा?''

"हाँ जरूरत पर जेल भी जाना पड़ सकता है, जाएँगे।''

"शाम कैसे कटेगी।''

“जैसे सबकी कटेगी, हम लोगों की भी कटेगी।”

“अरे! गुरू तुम तो जानते हो बिना सोमरस हमका नींद नहीं आवत।”

“बदलनी होगी दिनचर्या।”

“बड़े उद्देश्य के लिए बड़ा मन होना चाहिए।”

“हमन के बाहर से सपोर्ट देंगे गुरू।”

“ठीक है।”

“शिवानन्द ने पूछा कल का क्या कार्यक्रम है?”

“कल रूइया चौराहे पर धरना है।”

“आप ग्रुप के सभी लोगों को सूचित कर दो बी.कम्पनी, डी. कम्पनी सभी को।”

दूसरी बोतल खुल गई। तिरखा ने गुरू का पैग बनाया।

साथियो का तीसरा पैग बना। सभी शुरूर में आ गए।

“शिवानन्द ने कहा... जुग-जुग जिया हो ललना....”

दो-तीन चेले माला लेकर ऊपर आए, साथ में बोतल भी, आज बोतल की कमी नहीं जितना चाहे छाने।

“सभी नेता भूमिगत हो गए हैं तो धरना कैसे होगा?”

“होगा, सभी आएँगे भीतर कोई खतरा नहीं है...।”

“हम सभी रहेंगे, ‘चेस’...।”

“जितेन आजकल दिख नहीं रहे हैं।” निर्मल ने पूछा

“दिल्ली गए हैं सम्मेलन में आ जाएँगे। कल मुलाकात होगी।”

“मैं जितेन का बहुत सम्मान करता हूँ, गुरू ने मूँछ पर हाथ ले जाते कहा ईमानदार हैं औरों की तरह फ्रॉड, धोखेबाज और फरेबी नहीं हैं और छोकरीबाज भी नहीं।”

“अरे! बॉस आपको क्या पता लड़कियाँ उस पर मरती हैं।”

“क्यों न मरें... स्मार्ट है कूल है सबकी मदद करता है। ये जो तुम हंड्रेडपाईपर छान रहे हो उसी का भेजा हुआ है। इतना ख्याल रखता है मेरा। दोस्तों का भी।”

“अरे! गुरू कल सुरिन्दर उसे रिक्शे पर बैठा के ले गई।”

“तुम्हें क्या पता वह उसके पड़ोस में रहती है। जितेन न होता तो गुंडे कब का उठा लेते।”

"बॉस सुरिन्दर तो बहुत खूबसूरत है। उसे देख लेने पर रात भर नींद नहीं आती, तिरखा गिड़गिड़ाया।''

"नींद नहीं आती तुम्हें, मिलवा दूँ? मिलवा दूँगा। एक शर्त है कि मेरे साथ सत्याग्रह में शामिल हो जाओ। आवारागर्दी छोड़ दो। मिलवा दूँगा, बात करा दूँगा क्या समझा है बे।''

सभी मस्ती में आ गए। दारू का नशा चढ़ने लगा था। तिरखा ने कहा "जेनी तो कौर से भी खूबसूरत है?''

"खबरदार वह मुझे राखी बाँधती है। उस पर नजर फेरने पर नजर उतार ली जाएगी। उसके लिए कुछ भी करूँगा।''

"सॉरी...सॉरी बॉस।''

"मिलवा दूँगा, मिलवाने में मुझे कोई आपत्ति नहीं, परन्तु मन निष्कलुष और पवित्र होना चाहिए तिरखा।''

"जी गुरू जी।''

"तिरखा, उसे कलुषित और काम की दृष्टि से मत देखो। उस तक पहुँचने के लिए मन स्वच्छ, निर्मल और पवित्र होना चाहिए तब मिलने का महत्व समझ पाओगे। तिरखा यह बम्बई, कलकत्ता नहीं है यह काशी है। हमारी एक परम्परा और संस्कृति है। उसी में हम पले-बढ़े हैं। स्त्री का अपमान माँ के अपमान के बराबर है।'' अब तक दोनों बोतलें खाली हो गई थीं। गुरू का प्रवचन चालू था "तुम लोग सिर्फ बाह्य पक्ष पे जाते हो, अन्तर्मन को देखो। उसके भीतर की महान आत्मा को। देखने के लिए भी दृष्टि चाहिए। इन दुर्गाओं की शक्ति और विचारधारा को जानो तब समझ पाओगे स्त्री अस्मिता को। उसके मर्म को। उसके रूप और सौन्दर्य को।''

"अब मैं मित्रों के सहयोग से समता-समरसता का दौर चलाना चाहता हूँ। यदि चल पड़ा तो एक नया समाज, नई दृष्टि बनेगी। पढ़ाई के साथ हम समाज परिवर्तन की लड़ाई को निष्कर्ष तक ले जाना चाहते हैं। मेरा काम सिर्फ कोशिश करना है।'' तिरखा की तरफ देखकर गुरू ने कहा "तिरखा देह को मत देखो वह नश्वर है। माया है। यदि जानना है तो उसके आभ्यन्तर में झाँको। उसकी पवित्र आत्मा को जानो। तब स्त्री को समझ पाओगे।'' ज्यों-ज्यों रात चढ़ रही थी, त्यों-त्यों नशा चढ़ रहा था। हर कोई गुरू के प्रवचन को गम्भीरता से सुन रहा था। आज गुरू का बर्थडे है, इसलिए सब सुनना है। आज जश्न का दिन है। कल संघर्ष का।

"मैं सत्याग्रह में साथ रहूँगा, गुरू चाहे जेल चलना हो, चाहे जहाँ भी," शिवानन्द भावुक हो उठे।

"तुम्हारी पार्टी तो साथ नहीं दे रही है भाषा के मसले पर?"

"पार्टी साथ दे न दे हम लोग आपके साथ हैं।"

"तब क्या प्यारे, अब मजा आएगा। बता देंगे हुकूमत को कि छात्रों-नौजवानों की ताकत क्या होती है।"

"अरे! बुलबुल को बुलाओ। बुलबुल देखो! छित्तूपुर लॉज नम्बर तीन में छपरा के दो लड़के आए हैं। उन लोगों ने लिली और उनके समूह के साथ छेड़खानी और छींटाकशी की है। उन्हें सुबह आठ बजे तक पकड़कर बिरला के एक सौ चार नम्बर में लाना है।"

"ठीक है बॉस! कल लड़कों को आठ बजे हाजिर कर दूँगा।"

"कल सजा देंगे कमबख्तों को क्या समझ रखा है अपने को?"

"क्या हुआ बॉस सभी ने उत्सुकता से पूछा?"

"खास कुछ नहीं दो बिहारी लौंडों ने लिली और उनके समूह पर टांट कसा और छेड़छाड़ की कोशिश की।"

"तो चार इंच छोटा कर दो बॉस", साथी उत्तेजित हुए।"

"अब मेरा रास्ता बदल गया है। बदला लेने के बजाय जो काम सूझ-बूझ और प्रेम से हो जाय, वही समझदारी है। कल मैं इसे सुलझा दूँगा, बस आप लोग सुबह बिरला हॉस्टल आ जायँ। नमस्कार शुभ रात्रि।" गुरू मुस्कुराए और बुलेट पर पीछे बैठकर घर के लिए निकल गए।

भारती में पिक्चर छूटी। 'गाइड' लगी थी। उन दिनों देवानन्द की धूम थी। टिकट खूब ब्लैक हो रहे थे। हाउसफुल जा रहा था। टिकट मिलना मुश्किल था। जितेन ने दोस्तों के लिए पाँच टिकट मँगाए थे। जितेन रत्नाकर गुरू के साथ अस्सी से भारती सिनेमा पहुँचा। अचानक गेट के बगल में लिली और उनकी सहेलियाँ टिकट की आस में सहमी, सिमटी खड़ी थीं। उनकी स्थिति देखकर गुरू भाँप गए कि उन्हें टिकट की आवश्यकता है। उन्होंने जितेन की तरफ देखा इतने में श्रुति सामने आ गई। श्रुति ने पूछा, "भइया, क्या हम लोगों को भी टिकट की व्यवस्था हो सकती है? पहला शो छूटने के बाद भीड़ बाहर निकल रही थी। जितेन ने एक नजर गेट के किनारे दुबकी, सहमी लिली को देखा फिर तय किया श्रुति को अपना टिकट दे देने का। जितेन के इशारे पर रत्नाकर ने पाँचों टिकट श्रुति को पकड़ा दिया।

गुरू को लेकर जितेन अस्सी चौराहे पर आ गया और पोई की दुकान में घुस गया। गुरू को पिक्चर न देख पाने का कोई मलाल नहीं था। मूड जरूर गड़बड़ाया पर लिली और उनकी सहेलियों के लिए टिकट देकर गुरू ने बाजी मार ली। यह पहला मौका था जब उनका लिली समूह से साक्षात्कार हुआ। कॉफी दिनों के बाद गुरू को यह अवसर मिला था। उसे किसी भी कीमत पर मिस नहीं करना चाहते थे।

"गुरू टिकट देना, लिली और सहेलियों का मान रखना हुआ। हम लोग तो जब चाहेंगे तब पिक्चर देख लेंगे। आज अगर इन लोगों को टिकट न दिया गया होता, ये मन मसोसकर हॉस्टल लौट जातीं पर गुरू आपने उन्हें उपकृत कर हम सभी को उपकृत किया। उनका मान-मर्दन होने से आपने बचा लिया। यही हमारी संस्कृति है। यही हमारा आदर्श है। हमें इसे कायम रखना होगा और आगे से इन लड़कियों का लंका पर ख्याल भी रखना होगा।" चाय आ गई और सभी चाय पीने लगे। गुरू आज गम्भीर थे। टिकट सौंपने का दुख नहीं उल्लास था। शायद पहली बार उन्होंने दूसरों के लिए त्याग किया।

पिक्चर छूटी। बाहर कॉफी भीड़ थी। हॉल से निकलने के बाद चौराहे पर रिक्शा नहीं मिल रहा था। लड़कियाँ बेचैन और हलकान थीं। प्रिया, रूबी ने कहा पैदल चलते हैं कितनी दूरी है?

"अँधेरा हो गया," श्रुति ने कहा।

"चल हट, साढ़े छह ही तो बजे हैं कौन-सी रात है।"

लड़कियाँ अभी ऊहापोह में ही थीं कि अस्सी के डीह गया भाई आ गए और दो रिक्शों की सवारी खाली करा दी। उन्होंने लड़कियों को बैठ जाने का इशारा किया। पहले रिक्शे पर लिली, श्रुति और अनामिका को बैठाया और दूसरे पर दो को रिक्शेवाले से कहा कि "इन्हें विमेन्स कॉलेज के गेट पर उतारना।"

"दीदी मुझे डर लग रहा है, आगे पुल पर अँधेरा रहता है, वहीं अकसर लड़कियों से छेड़छाड़ और छिनैती होती रहती है।"

"अनामिका ने आश्वस्त किया कि डरने की कोई बात नहीं। कहीं कुछ नहीं होगा। हम लोग हैं न।"

"पिछले हफ्ते इसी पुल पर नसीमा की सिकड़ी छीनी गई और मोलैस्ट भी किया गया था।"

लिली ने देखा वह काँप रही थी। लिली ने पूछा "कहाँ बैठोगी मेरी गोद में?" अनामिका हँस दी।

"आगे-पीछे क्या देखती है उचक-उचककर सामने देखो।"

"कहीं कोई पीछा तो नहीं कर रहा है?"

"चुप डरपोकनी, अनामिका ने डाँटा।"

लिली ने पूछा "अनामिका पिक्चर कैसी लगी?"

"अच्छी लगी।"

"देवानन्द की ऐक्टिंग?"

"लाजवाब।"

"वहीदा रहमान की?"

"ऐक्सिलेंट।"

"देवानन्द इस समय फिल्मों में नम्बर वन हैं, क्यों श्रुति?"

"हाँ"

"क्यों?"

"लाजवाब अभिनय के कारण।"

अनामिका ने पूछा "देवानन्द का क्या अच्छा लगता है तुम्हें?"

"अभिनय।"

"और कुछ?"

"बाल की स्टाइल और मुस्कुराना।" सभी खिलखिला पड़ीं, तभी जोरदार झपट्टा अँधेरे में श्रुति का गाल छूते कोई उसकी चुन्नी ले उड़ा। वह जोर से चीखी "बचाओ-बचाओ।"

"क्या हुआ श्रुति?"

"वो-वो-वो मेरी चुन्नी ले गया, साला, कमीना कहीं का। मैं कह रही थी न कि खतरा पुल के पास ही है पर आप लोगों ने मेरी बात नहीं मानी।"

रिक्शेवाले ने रिक्शा रोक दिया अपने फड़ से चाकू निकाल लिया।

"अरे!-अरे! ये क्या कर रहे हो तुम?"

"बहन जी, अबकी आया तो लाद निकाल दूँगा कमीने का। आप लोग डरिएगा नहीं। लंका आनेवाला है। यह बदमाश कहाँ बच के जाएगा। पकड़े जाने पर आपके पैर पर नाक रगड़ेगा।" श्रुति दुबककर लिली की गोद में सिमट गई और काँपने लगी। श्रुति को यह चिन्ता थी कि किसी को न छेड़कर उसी को क्यों छेड़ा?

लंका पहुँचने पर एक दुकान के सामने रिक्शा रोककर लिली उतर गई। दुकान से लौटकर खरीदी चुन्नी श्रुति को पकड़ा दिया 'लो रखो'। लंका पर कॉफी चहल-पहल थी। दोनों पटरियाँ भरी हुई थीं। लंका पहुँचने पर सभी ने राहत की साँस ली। टंडन टी स्टाल पर मजमा लगा हुआ था। ढेर सारे लोग

दुकान के बाहर खड़े चाय पी रहे थे और बातों में मशगूल थे। विश्वविद्यालय के गेट पर पहुँचकर रिक्शे को रुकवाकर पाँचों सहेलियाँ उतर गईं। कॉलेज के गेट के भीतर सरस्वती कुंज के फौहारेवाले चबूतरे पर सभी बैठ गईं। थोड़ी देर बाद सभी लिली के कमरे में आ बैठीं। कमरे का दरवाजा उठका दिया। थोड़ी देर साँस लेने के बाद श्रुति ने कहा "दीदी वह लड़का कितना भद्‌दी टिपप्णी कर रहा था कहने लायक नहीं है।''

"क्या कहा?''

"यही कि राजा क्या माल है?''

"दूसरा बोला माल नहीं छूरी है। छूरी बिना चले कतल कर रही है...।''

"मैं तो मर जाऊँगा हाय रानी।''

"क्या बोला कमीना?''

"अरे! मत पूछो कितना फूहड़ था कमेंट।''

"मैंने सुना नहीं, बोल श्रुति।''

"रानी आ जा एक बार तो गरम कर दूँगा, जन्नत की सैर करा दूँगा। सिर्फ एक बार आ जा रानी...।''

श्रुति के चेहरे को लिली ने गौर से देखा। आँखों में खौफ, गहरी निराशा थी। लिली श्रुति के पास आ गई। उसके कन्धे को सहलाया। पुचकारा। ढाढ़स दिलाया कि "हम सभी तुम्हारे साथ हैं। चिन्ता मत करो ये लफंगे पकड़े जाएँगे, तुमसे माफी माँगेंगे।''

"नहीं-नहीं दीदी, हमें दूर रखो उन खतरनाक गुंडों से।''

"क्यों?''

"मुझे डर लगता है।''

"किस बात का डर?''

"यही कि कोई और हादसा न हो जाय।''

"कैसा हादसा?''

"लंका या कहीं बाहर जाने पर।''

"लिली ने आश्वस्त किया कि अब नहीं होगा। ऐसा कुछ, चिन्ता न करो।''

अनामिका और रूबी टेंस थीं। क्योंकि ऐसा हादसा किसी भी लड़की के साथ हो सकता है। इत्तफाक है कि श्रुति के साथ हुआ। हम सभी असुरक्षित हैं। यहाँ पढ़ने आए हैं, पर क्या पता कि इतना असुरक्षित है बनारस? लिली ने सभी को ढाढ़स दिलाया कि छात्रसंघ के माध्यम से गुंडे पकड़े जाएँगे और समस्या

का समाधान होगा। लिली ने तय किया कि सुबह ही जितेन को मुलाकात का सन्देश भेजेंगे। पता नहीं जितेन कहाँ होगा। घर-बाहर या यूनिवर्सिटी परिसर में जितेन से मिलना जरूरी है। उसने तय कर लिया कि किसी भी कीमत पर गुंडे पकड़े जाएँ और माफी माँगे। क्या समझते हैं ये लड़के लड़कियों को? हम कायर नहीं हैं। उन्हें बताकर रहेंगे। नेपाल में मिली खुखरी को निकाला और पर्स में रखा। उसे नींद नहीं आ रही थी। कमरा खोल भीतरी बरामदे में रूबी और अनामिका के साथ आ गई। बगल के कमरे में चार-पाँच लड़कियाँ खूब खिलखिला रही थीं। सभी अपने ब्वायफ्रेंड की खबरें सुना रही थीं और वार्डेन को गाली दे रही थीं। लिली को मालूम था कि पिक्चर से लौटने की घटना हॉस्टल में आग की तरह फैलेगी। आज कोई सहेली मेस नहीं गई। घड़ी में देखा दो बज रहे थे। हॉस्टल के कमरों की बत्तियाँ बुझ चुकी थीं। श्रुति सो रही थी छोटी बच्ची की तरह। लिली की नींद गायब थी। हादसे का दृश्य मन को बेचैन किए हुए था। भीतर प्रतिशोध की ज्वाला जल रही थी।

सुबह लड़कियों के शोर से लिली की आँखें खुलीं। आठ बज रहे थे। श्रुति मेस से थर्मस में चाय लेकर आई। पहली चाय ठंडी हो गई। दूसरी जब दी गई तब लिली उठी। खिड़की में झाँका, हवा के ताजे झोंके को महसूस किया। बाहर दिन चढ़ आया था। श्रुति और अन्य सहेलियाँ नहा चुकी थीं। मेस चालू था। लिली ने श्रुति से कहा "प्लीज एक कप गर्मागरम चाय पिला दे। तब चलती हूँ जितेन को फोन करने।" उसका बदन पूरी तरह टूट रहा था। दो-तीन बार अँगड़ाई ली फिर चिन्ताग्रस्त हो गई। उसे जितेन की याद आई... कैसे सन्देश दें, किससे भिजवाएँ...?

श्रुति देख नीचे गेट पर खेलावन चपरासी दिख रहा है? अगर हो तो नीचे बुला ला। मैं जितेन के पास भेजती हूँ। लिली ने छोटा पत्र लिखा।

"प्रिय जितेन मैं बहुत जरूरी काम से आज मिलना चाहती हूँ। तुम खत पाते ही हॉस्टल के फोन पर सूचित करो। जहाँ तय करोगे वहाँ पहुँच जाऊँगी।"

तुम्हारी लिली

लिली ने नाइटी पर गाउन धारण किया और हॉस्टल के नीचे आ गई। खेलावन आया

"बहन जी क्या हुकुम है?"

देखो जरूरी काम है "यह चिट्ठी छात्रसंघ में जाकर जितेन के हाथ में दे देना।"

"जी बहन जी।"

"श्रुति तुम ऑफिस में फोन पर बैठो तब तक मैं नहा लूँ।'' लिली कपड़ा पहन तैयार हुई तभी श्रुति दौड़ी-दौड़ी आई "दीदी जितेन भैया छात्रसंघ भवन आएँगे। वहीं इन्तजार करेंगे। उनका सन्देश खेलावन लाया है।''

"ठीक है, अभी दो घंटा बाकी है, तुम अनामिका, रूबी को बुला लो। हाँ किसी को कानों कान खबर न हो, समझी?''

"हाँ दीदी।''

लिली ने आज कोई साज-सज्जा नहीं किया। हलके से पिंक रंग का सलवार-सूट पहना। मामूली सी चप्पल डाल ली फिर रूबी और अनामिका के साथ निकल पड़ी। मधुबन से गुजरते समय लड़कों की नजर लिली पर पड़ी। वे भौचक्का हो गए। देखकर कि लिली रानी इधर कहाँ? किसी ने कोई टिप्पणी का साहस नहीं किया। जितेन छात्रसंघ के दक्षिणी गेट पर प्रतीक्षारत था। समस्या थी कि लिली को कहाँ बैठाया जाय। छात्रसंघ छात्रों से भरा था। लिली और सहेलियों के आते ही उन्हें लेकर जितेन गुजरात हाउस में आ गया। उसने देखा लिली का सुर्ख गुलाबी तम्बई चेहरा लहराते काले बाल अगल-बगल में सहेलियाँ। जितेन कभी नीचे देखता कभी दाएँ-बाएँ। गेस्ट हाउस के भीतर पहुँचते ही श्रुति जोर-जोर से सुबुकने लगी। सभी चुपचाप लाउंज में बैठ गए। जितेन कुछ अचकचा गया लिली को देखकर।

"जी खैरियत तो है न?''

"क्या खैरियत है?''

लिली का चेहरा अचानक गुलाबी से सुर्ख लाल बन गया। तमतमाता तपता हुआ। सबकी आँखें डबडबायी हुईं थीं। श्रुति को जितेन ने दुलराया, कन्धा थपथपाया, सिर पर हाथ रखा। पूछा "क्यों रो रही हो?''

"क्या हुआ?''

"क्या नहीं हुआ, क्या समझना चाहते हैं? सुनाऊँ भद्दी गालियाँ, फब्तियाँ क्या सुनाऊँ?''

"कल शाम अस्सी से लौटते हुए श्रुति रिक्शे के दाहिने हुड पर बैठी थी। गुंडों ने उसे छेड़ा, अश्लील शब्द कहे, भद्दी फब्तियाँ कसीं, फिर मोलेस्ट करने की कोशिश की। उसके बाद चुन्नी लेकर भाग गए। अब यही रह गया है आप लोगों के रहते? क्या हम लौट जाएँ अपने घरों को? क्या कहेंगे घरवाले? क्या मुँह दिखाएँगे कि बनारस में गए थे पढ़ने, कुछ तमन्ना लिए कुछ सीखने?'' ये शब्द किसी बाण की तरह जितेन को चुभ रहे थे। श्रुति और लिली की आँखों का आँसू देख पाना उसके लिए मुश्किल हो रहा था।

"नहीं... नहीं... ऐसा न कहिए प्लीज। आप यहीं रहेंगी पूरे सम्मान के साथ।''

प्रतिशोध में लिली की साँसे किसी नागिन की तरह फुफकार रही थीं। आँखों से ज्वालामुखी धधक रहा था। साँसें तेज हो रही थीं। जितेन भी भावुक हो रहा था। वह अचानक कुछ कर गुजरना चाहता था। उसे थोड़ा वक्त चाहिए था शोहदों तक पहुँच पाने का। इसलिए उसे कम से कम दो दिन का वक्त चाहिए।

"बस थोड़ा समय दीजिए, सिर्फ दो दिन, यदि मवालियों को आपके कदमों में न गिरा दिया तो मुँह नहीं दिखाऊँगा। आप सब चिन्ता न कीजिए। रिलैक्स रहिए सब कुछ ठीक हो जाएगा।'' तब तक कॉफी आ चुकी थी।

"कॉफी पीजिए प्लीज, हम सभी हैं न आपके साथ। आवश्यकता पड़ने पर पुलिस-प्रशासन से मदद ली जाएगी।''

कुछ क्षणों बाद लिली ने नजर उठाई। जितेन पहली बार इतने करीब से दुनिया की सबसे खूबसूरत लड़की से मुखातिब हो रहा था। घनी काली पुतलियों में सारी पीड़ा छलक आई। शर्म से उसकी आँखें झपक रही थीं। रिसेप्शन से चार-पाँच लोगों को फोन किया और छात्रसंघ में मिलने को कहा। उसके सुराहीदार गर्दन की नीली नसें पूरी तरह उभर आई थीं। वह कातर निगाहों से कभी नीचे तो कभी दाएँ-बाएँ आँखें फेरता रहा। उसकी साँसें तेज हो रही थीं और भीतर आँधी चलने लगी।

अचानक जितेन ने खिड़की से देखा। छात्रसंघ में भीड़ बढ़ गई थी। दो बजे से छात्रसंघ की आपात बैठक आहूत है। बैठक को भाँपकर लिली ने कहा "ठीक है हम सभी चलते हैं। जहाँ भी मिलने का समय सुनिश्चित होगा हम लोग आ जाएँगे। सभी एक साथ उठ गए। जितेन ने श्रुति के सिर पर हाथ फेरते हुए उसे पुन: आश्वस्त किया और सभी गेस्टहाउस के बाहर आ गए। जितेन ने देखा आगे चलकर लिली ने मुड़कर तीन-चार बार दाहिना हाथ हिलाया। जितेन के हाथ भी हवा में लहराए। वह देखता रहा ओझल होते लहराते बालों को और हथेली की हिलती उँगलियाँ। उसने देखा पेड़ों की छाँवों में ओझल होता हुआ चेहरा गोया डूबता ललछौहाँ सूरज।

जितेन ने सोचा समाज कैसा बन रहा है। बर्बर, अन्यायी, आतताई और क्रूर... इससे निपटने के लिए लम्बी लड़ाई लड़नी होगी। यह सिर्फ स्त्री अस्मिता की समस्या नहीं है, बल्कि सदियों से चली आती पितृसत्तात्मक व्यवस्था की समस्या है। जितेन ने महसूस किया कि जब तक नई पीढ़ी को शिक्षित नहीं किया जाएगा, संस्कार नहीं दिया जाएगा, ठीक से पढ़ाया-लिखाया, सिखाया

नहीं जाएगा, वे सभ्य नहीं बन सकेंगे। न मानसिक विकास हो पाएगा।

छात्रसंघ भवन में नेताओं का धीरे-धीरे आगमन हो रहा था। आज राजभाषा विधेयक को लेकर बहस होगी। आन्दोलन की नई रणनीति बनाई जाएगी। पूरे उत्तर भारत को एक दिन के लिए बन्द करने का निर्णय किया जाएगा।

दूसरे दिन सुबह भभुआ के दोनों छोकरों को छित्तूपुर लॉज से बुलबुल साथ लेकर छात्रसंघ आया। रत्नाकर गुरू ने अनिरुद्ध, निर्मल और बिरला से राजेन्द्र पहलवान, बीडी सिंह को बुलवाया। जितेन के छात्रसंघ पहुँचने पर गुरू घूमकर खड़े हुए। चुटकी बजाते कहा "जितेन अब देर नहीं करना चाहिए। हमें विमेन्स कॉलेज अब चल देना चाहिए। लिली जी को खबर करा दिया है। गुरू ने घड़ी देखी दस बज रहे थे। सबको लेकर विमेन्स कॉलेज की ओर चल पड़े। गुरू बेहद गम्भीर और चिन्ताकुल दिख रहे थे। गुरू लड़कियों की पंचायत में पहली बार पंच बने थे। आज उन्हें अपनी छवि बदलने, बदनामी धोने और एक अभिभावक की भूमिका अदा करनी थी। आज गुरू रोज की तरह सफेद पैंट-शर्ट में टाइट थे। जूता शायद नया था। आज चार्ली की खुशबू हवा में घुल रही थी। भभुआवालों से पूछा "बबुआ ठीक बानी नू।"

"जी सर।"

गुरू फुसफुसाए और रामचरित्तर से बोले "देखा भाई नई डीह के बिन्देश्वरी बाबू क नाक न कटे। राजपूत क बच्चा हउवा। बिहारी राजपूत पानीदार और दानेदार होते हैं। तो हम लोगों की बात रखनी है। कभी भूल-चूक हो जाए तो स्वीकार कर लेना चाहिए।"

"जी सर।"

बिहार की तमाम रिश्तेदारियाँ बनारस में हैं। हम सभी कहीं न कहीं से जुड़े हैं। अब तो तुम लोग अपने हो।

"जी गुरू जी।"

बस बहन जी से सॉरी कह देने का काम है। सबकी बात रह जाएगी। रामचरित्तर को कन्धा थपथपाकर गुरू ने पुचकारा।

"सर आप सबके आदेश माथे पर।"

"शाबाश रामचरित्तर बेटा।" गुरू छोकरे को मानसिक रूप से तैयार कर रहे थे। गुरू के पैर हवा में उड़ रहे थे। गुरू के जितेन के साथ डब्लूसी गेट पहुँचने के पूर्व लंका कम्पनी गेट पर मौजूद मिली। गुरू ने इशारे से सभी को वहीं रुकने का संकेत किया। गुरू ने दूर से ही लिली, नेहा, श्रुति, मोनिका को

देख लिया। गेट में घुसते ही अनामिका ने गुरू के साथ सबका अभिनन्दन किया। गुरू ने जितेन, अनिरुद्ध को आगे कर गेट में तेजी से घुसे। रम्मन सुरक्षा गार्ड आया सलाम किया। गुरू ने कहा लिली बहन को खबर करो कि जितेन आए हैं। फुहारे के चबूतरे पर लड़कियाँ बैठी हुई थीं। जैसे उन्हें सब कुछ पता हो। फुहारे के चबूतरे से उतरकर श्वेता, नेहा जितेन के पास आईं। थोड़ी देर में लिली, श्रुति, मृदांगदा और अंजली आईं। दोनों को हाथ जोड़ गुरू ने अभिनन्दन किया कहा कि "ये रामचरित्तर हैं इन्हें माफ कर दें।" लिली के पास आकर रामचरित्तर ने दोनों कान पकड़कर कहा "माता जी भूल हो गई माफ कर दीजिए।" सभी लड़कियाँ हँस पड़ीं। गुरू गरजे "माता जी नहीं, बहन जी हैं।"

"जी जी बहन जी गलती माफ कर दीजिए। हमका कुछ पता नहीं रहा। बहन जी हमनी के गाँव से आइल बानी", लड़का पसीने से भरभरा उठा। रामचरित्तर अचानक झुका और लिली का पैर पकड़ लिया। अनिरुद्ध मुस्कुरा रहे थे। जितेन शान्त। गुरू जो लंकेटियरों के सरताज थे, देख लड़कियाँ हतप्रभ और आश्चर्यचकित हो उठीं। यह मुस्टंडा यहाँ कहाँ आ पहुँचा। सभी जानती हैं कि ये लंका के लोफरों का सरताज है। सुभद्रा ने कहा "मृदांगदा ये मुआ कहाँ से आ गया?" इधर लिली ड्रामा का संवाद परिसंवाद जारी था। फुहारे के उत्तरी बगीचे में लड़कियों का हुजूम जुट चुका था। सभी में आज की घटना के बारे में उत्सुकता बनी हुई थी।

अनिरुद्ध ने रामचरित्तर को चलने का इशारा किया। समय पर आए दुरूस्त आए। विमेन्स कॉलेज परिसर में छात्राओं की भीड़ लगातार बढ़ रही थी। आपस में कानाफूसी हो रही थी। सभी ने वहाँ से निकल चलना उचित समझा। गुरू ने जितेन की ओर देखा और इशारा समझ लिया। जितेन ने लिली से पूछा

"इजाजत है हम लोग चलें?"

लिली ने संकोच भरे लहजे में कहा "आप सभी भाइयो का बहुत-बहुत शुक्रिया। आपने जो मान-सम्मान, विश्वास दिया है आभारी रहूँगी।" लिली का चेहरा और ललाट चमक रहा था। होंठों पर मुस्कुराहट लौट आई। वह गेट के बाहर तक आई। पुनः शुक्रिया अदा किया। जितेन रामचरित्तर के कन्धे पर हाथ रख आगे बढ़ गया। जितेन ने महसूस किया कि आज की जीत गाँधीगिरी की जीत है। उसे लगा कि सूझ-बूझ एवं संयम से समस्याओं का समाधान सम्भव है। प्यार से सद्व्यवहार और सार्थक संवाद से सब कुछ हल हो सकता है। लोगों का मन बदल सकता है। रामचरित्तर का रास्ता आज से बदल गया। वह आन्दोलन की मुख्य धारा से जुड़ गया। गुरू की बाँछे खिल गईं। उनके पाँव

धरती पर नहीं पड़ रहे थे। उनका मन, शरीर दोनों हिचकोले खा रहा था। उनकी चाल बदली-बदली सी है। आज उनका व्यक्तित्वान्तरण हो गया। आज वह लंका के नहीं सबके गुरू बन गए। आज का दिन कई दृष्टियों से खास और अविस्मरणीय बन गया है। यही समय का चक्र है। कभी समय आदमी को बदलता है। कभी आदमी समय को। गुरू ने तय कर लिया कि आज से लंका की अड़ी बदल देंगे। मौन तोड़ते जितेन ने पूछा, "क्या कार्यक्रम है गुरू आज शाम का?"

"आज से अड़ी बदल देंगे प्यारे। कल से पूरा समय आन्दोलन को दूँगा।"

"वाह गुरू वाह आज के हीरो तो आप ही हैं।"

"प्यारे जो न करा दो, अब तो तुम्हारे साथ ही हूँ। साथ ही रहूँगा। बहुत समय बर्बाद हुआ। भटकाव हुआ। अब सही रास्ते पर चलना है।"

"गुरू आज आपने लिली और हम सबकी प्रतिष्ठा बचा ली। आप ही तो संकटमोचक हैं हम लोगों के।"

गुरू मुस्कुराए "तुम लोगों की आन-बान-शान के लिए जान हाजिर है मालिक।"

"गुरू भूखे होंगे?"

"अरे! सुबह से एक कप चाय पर चल रहा हूँ।"

"खाना खिलाते हैं गुजरात हाउस में।"

अनिरुद्ध की हँसी पर गुरू बिदके "अरे! यार तुम तो पोजिशन बिगाड़ देते हो साले। अंड-संड बोलकर।"

"अनिरुद्ध ने पूछा अब लंका पर क्या करोगे गुरू?"

"अब वह सब कुछ नहीं होगा जो हो चुका है। मैंने गाँधी, लोहिया को अपना आदर्श मान लिया है।"

"अच्छा अनिरुद्ध खिलखिलाए। रँगुआ सियार मत बनो। जैसे थे वैसे ही रहो।"

"जो ठान लिया वह ठान लिया। अब पीछे नहीं हट सकते। कल से होनेवाले सत्याग्रह में सब कुछ छोड़कर शामिल हो जाऊँगा।"

भोजन की मेज पर पहले दोनों बबुआ को बैठाया गया। खाना खाने के बाद कमरे में ढरकने के बजाय गुरू ने कहा "मैं भी छात्रसंघ की बैठक में चलूँगा। आज से ही अपने को समर्पित करता हूँ।" जितेन ने खिड़की से देखा छात्रसंघ में चहल-पहल बढ़ गई थी। बाहर का लॉन छात्र-छात्राओं से भरा हुआ था। भोजन के बाद गुरू बिना आलस्य, समय गँवाए जितेन के साथ छात्रसंघ में दाखिल हो गए।

आज विश्वविद्यालय में कक्षाओं का बहिष्कार है। महिला महाविद्यालय चौराहे पर भीड़ जमा हो रही थी। लंका की चौड़ी सड़क पुलिस, पी.ए.सी. छावनी में तब्दील थी। विश्वविद्यालय प्रशासन की ओर से परिसर में कॉफी पी.ए.सी. तैनात थी। छात्र झुंड के झुंड आ रहे थे। आर्ट्स, साइन्स और लॉ स्कूल में कक्षाएँ बन्द थीं। दूसरे संकायों, संस्थानों में बन्द की अपील की जा रही थी। अभी बहुत लोग अनजान थे कि क्यों बहिष्कार हो रहा है। सुबह के अखबार भाषा विधेयक और संसद के हंगामे से भरे हुए हैं। विश्वविद्यालय प्रशासन ने नोटिस जारी किया कि जो भी छात्र हिंसा प्रदर्शन तथा एक सौ चौवालीस धारा तोड़ते या अराजकता फैलाते पाया जाएगा अनुशासनात्मक कार्यवाही की जाएगी। विश्वविद्यालय प्रशासन को दो दिन पूर्व जिला प्रशासन तथा एल.आई.यू. ने आन्दोलन की खबर दी थी और सतर्क किया था।

फैकेल्टी के बाहर नारेबाजी, हंगामा और शोर हो रहा था। भीतर कमरों में अध्यापक चाय-पान पर ठहाका मार रहे थे। कला संकाय का चपरासी पुराने भवन के कमरों को बन्द कर रहा था। दफ्तर में बाबू बैठकर गप्पें मार रहे थे। कुछ लड़कियाँ छिटपुट दिखाई दे जातीं। विश्वनाथ मन्दिर जानेवाले भक्त भी सड़क पकड़ आ-जा रहे थे। अध्यापक, बाबू तमाशबीन बने हुए थे। पढ़ाकू छात्र डरे-सहमे कहीं-कहीं कामन रूम में दुबके थे। अभी बहुतों को समझ में नहीं आया कि हड़ताल या कक्षा बहिष्कार क्यों हो रहा है। छात्रनेता छात्रों को मुख्यद्वार की ओर हाँक रहे थे। अध्यापक, अध्यापक-कक्ष में गप्पें मार रहे थे। आज कोई काम नहीं था।

कला संकाय के एक अध्यापक ने कहा "आज का दिन सुहाना है, कहीं चलना चाहिए। चाहे सिनेमा या पिकनिक।" तभी लक्ष्मण गुरू ने कहा "लखनियादरी में बाटी-चोखा लगे।"

राय साहब ने कहा ''बहुत शौक है तो गाड़ी मँगाओ सारनाथ चलते हैं।''

''अरे! सारनाथ में क्या धरा है। चलना है तो कहीं विंढम, देवदरी, राजदरी चला जाय...।'' हाँ-हाँ सुर में सुर मिलाते राय साहब ने कहा "गाड़ी कहाँ है? भाड़े की टैक्सी मँगानी होगी या फिर कोई जुगाड़ बैठाया जाए।'' किसी रीडर ने पूछा "अरे! भाई आवास-विकास के फ्लैट्स कितने में मिल रहे हैं?''

''यही कोई लाख-डेढ़ लाख में।''

''जमीन क्या भाव है ब्रिजइन्क्लेव की?''

''दस-पन्द्रह हजार बिस्वा।''

''यार, सस्ती दिलाओ कहीं?''

''तब सारनाथ की तरफ दस हजार में।''

''अरे! वहाँ कौन बसेगा, दिन में ही लुट जाएँगे।''

''तब पैसा खर्च करो।''

''तब का मुफ्त में कोई देगा?'' इसी बीच सुक्खू चपरासी चाय लेकर आया। बोला ''बाहर क स्थिति बेकाबू हौ।''

''क्या हुआ?''

''अरे! लेडी हॉस्टल चौराहे पर हजारों की भीड़ है। कल से यूनिवर्सिटी, कॉलेज, स्कूल बन्द होंगे।''

राय साहब चौंक गए। लगता है बड़ा बवाल होगा आज।

सुदर्शन पांडे बोले "यूनिवर्सिटी बन्द हो अच्छा है। घर का कामकाज निपटाएँगे और क्या?'' पांडे ने कहा "अच्छा है तीन यूनिवर्सिटियों की कॉपी है। जँचवा देंगे रिसर्चस्कालर से।''

''यार तुम्हें शोध छात्रों से काम लेने की कला है।'' राय बोले।

''क्या करें, इनसे कुछ तो काम लें, डिग्री मिलने के बाद तो कहाँ दर्शन होंगे।''

''यह बात तो ठीक कह रहे हो, ये साले बड़े चालू और स्वार्थी होते हैं।''

'उन्हें कस के रगड़ो, काम लो, डिग्री पाने के बाद कहाँ हाथ आएँगे?''

''अरे! अपने बुढ़ऊ राजाराम दीक्षित तो फेलोशिप का आधा ले लेते हैं।''

'अच्छा, ठीक करते हैं।'' पांडे बोले।

''लड़के तो लड़के, लड़कियों से क्या काम लें।'' राय बोले?

''खाना बनवाओ, घर का कामकाज करवाओ। स्वेटर बुनवाओ। कॉपी जँचवाओ और...और...।''

सब एक साथ हँस पड़े...।

अजीत सिंह बोले "अरे! यार मेरी बीबी तो घर में किसी लड़की को फटकने ही नहीं देती।''

''तो बाहर रिसर्च के बहाने ले जाओ दिल्ली, कलकत्ता या भोपाल...जहाँ जी चाहे कश्मीर...शिमला बँगलोर...।''

''बड़ा पैसा लग जाएगा।''

''उसी छोकरी से लो न।''

''क्या बात करते हो यार राय।''

''पिछले साल पत्रकारिता का देशराज छोकरी को लेकर कश्मीर गया था, तो तुम नहीं जा सकते?''

"नहीं लोग जान जाएँगे, फिर वाईफ बड़ा झगड़ा करेगी।"

"तब आहें भरो कलेजे पर हाथ रखकर मरो।" राय साहब बोले।

"बॉटनीवाला और साइकोलॉजीवाला, दारूवाला आर.के. सिंह माल काट रहे हैं और मस्त हैं।"

"पिछले साल दारूवाला ने अपनी शोध छात्रा का एबार्शन कलकत्ता में कराया, कोई क्या कर लिया?"

सिंह साहब ने कहा "अरे! पांडे, राय ये सब क्या प्रकरण छेड़ रखे हो, ये सब कुदरती चीजे हैं। भोजन-पानी की तरह।" डॉ. पांडे "अरे! बाहर आग लगी है और तुम लोग ऐयाशी की बातें कर रहे हो।"

विमेन्स कॉलेज त्रिमुहानी के सभी रास्ते बन्द हैं। हजारों की भीड़ है। छात्रों में उत्साह है। चारों तरफ पुलिस, पी.ए.सी. डटी है। रह-रहकर नारेबाजी हो रही थी। "अंग्रेज यहाँ से चले गए... अंग्रेजी हमें हटानी है... अंग्रेजी में काम न होगा... फिर से देश गुलाम न होगा... अंग्रेजी...हाय...हाय...रोजी-रोटी दे न सके वह सरकार...निकम्मी है...जो सरकार निकम्मी है... वह सरकार बदलनी है..." नारा पूरी फिजा में गूँज रहा था। लोगों में मातृभाषा के लिए कॉफी दिनों बाद जज्बात उमड़ा था। बनारस के तमाम राजनीतिक, साहित्यिक ठीहे सक्रिय हो चुके थे। अस्पताल के लोग, छात्र-छात्राएँ, कर्मचारी बड़ी संख्या में उपस्थित थे।

छात्रसंघ अध्यक्ष ने सम्बोधित करते कहा "...साथियो संसद में फिर सरकार ने हिन्दी को राष्ट्रभाषा नहीं बनने दिया। सरकार ने जनता से वादाखिलाफी की है। हमारे साथ विश्वासघात किया है। महात्मा गाँधी ने कहा था किसी राष्ट्र के लिए एक राष्ट्रभाषा होनी चाहिए वह हिन्दी ही हो सकती है। बाबा भीमराव ने भी हिन्दी की वकालत की थी।"

अध्यक्ष ने अपने भाषण में आगे कहा "अंग्रेज यहाँ से चले गए पर अंग्रेजियत छोड़ गए। भारत के काले गुलाम इसे बनाए रखना चाहते हैं। आज अंग्रेजी रानी बनी हुई है। हिन्दी नौकरानी। कब तक हम रानी को बर्दाश्त करेंगे? सारी परीक्षाओं का माध्यम अंग्रेजी है। फिर गरीबों, मजदूरों, किसानों के बच्चे कहाँ पाएँगे नौकरी? सिर्फ पैसेवाले व्यापारियों, अंग्रेजीदाँओं के बच्चे उच्च संस्थानों में बैठेंगे। वही देश चलाएँगे। कानून बनाएँगे। चीन, रूस, जापान, फ्रान्स, पोलैंड, स्वीडेन न जाने कितने देश अपनी जबान में काम करते हैं। वहाँ अंग्रेजी नहीं उनकी मादरी जबान चलती है। अपनी भाषा के लिए कैसी शर्म? उन्नीस सौ पचास के भारतीय संविधान के मुताबिक 1965 में सरकार का

कामकाज अंग्रेजी के बजाय हिन्दी में शुरू हो जाना चाहिए था। परन्तु कांग्रेस सरकार ने धोखा दिया। भाषा विधेयक संसद में पारित कर अंग्रेजी को बनाए रखना चाहती है। हमें यह स्वीकार नहीं...।''

उन्होंने आवेश भरे लहजे में कहा ''साथियो, हिन्दी और भारतीय भाषाएँ हमारी विरासत हैं। अंग्रेजी ब्रितानी सरकार की भाषा है। वे चले गए तो अंग्रेजी भी जाए। अंग्रेजी के मुकाबले हमें तमिल, तेलुगु तथा अन्य भारतीय भाषाएँ कबूल हैं। पर अंग्रेजी नहीं। जिस ब्रितानी सरकार ने देश को लूटा, आमजन का कत्लेआम किया। हमारी संस्कृति, सभ्यता, भाषा को ध्वस्त किया। वह हमें कतई स्वीकार नहीं। किसी कीमत पर नहीं।''

'अंग्रेजी हाय...हाय... अंग्रेज यहाँ से चले गए। अंग्रेजी हमें हटानी है... छात्र एकता...जिन्दाबाद...जनता की है अभिलाषा... चले देश में देशी भाषा... इनकलाब... जिन्दाबाद, गाँधी, लोहिया की अभिलाषा चले देश में देशी भाषा।''

रामबचन पांडे के बाद देबू-दा ने कहा ''भाइयो-बहनो... आज का दिन काला दिन है। हिन्दी के साथ सरकार छल कर रही है। अब काशी हिन्दू विश्वविद्यालय में अंग्रेजी की अनिवार्यता खत्म की जाएगी। अंग्रेजी अनिवार्य वाला पर्चा भी खत्म किया जाएगा। अंग्रेजी में फेल होनेवाले मेधावी ग्रामीण छात्र निश्चिन्त रहें। अनिवार्य अंग्रेजी का पर्चा सभी कक्षाओं से हटाया जाएगा।'' मार्कण्डेय भाई ने कहा ''साथियो हम महात्मा गाँधी, डॉ. लोहिया और बाबा भीमराव अम्बेडकर के सपनों को साकार करेंगे, आपके सहयोग से। यह कबीर, रविदास, तुलसीदास की धरती है। यहीं रचा जाएगा महान साहित्य, हिन्दी में तेलुगु, मलयालम, गुजराती, मराठी और बँगला में। इस विश्वविद्यालय ने हिन्दी की महान विभूतियों का सृजन किया है। हम उस महान साहित्यिक परम्परा को खत्म नहीं होने देंगे। इस सभा के माध्यम से साथियो, बहनो से कहना चाहता हूँ कि जब तक हिन्दी और भारतीय भाषाओं में सरकारी कामकाज नहीं होगा तब तक न संसद चलेगी न सरकार न विश्वविद्यालय... जय हिन्द।''

फूलचन्द ने आते ही कहा '' अच्छा कब तक हमें जबर्दस्ती अंग्रेजी पढ़ाओगे भाई?''

"अंग्रेज गए तो अंग्रेजी भी जाए। बदलाव अगर नहीं होता तो भगाओ।''

फिजा में खास तरह की उत्तेजना और उत्साह था। भीड़ बढ़ रही थी। जो जहाँ वहीं यंत्रवत खड़ा रहा। आज पहली बार भाषा को लेकर उत्साह और जोश उमड़ रहा था।

एन.पी. सिन्हा ने सम्बोधित करते हुए कहा ''साथियो! आपको देखकर लगता है अब अंग्रेजी को यहाँ से विदा होने का वक्त आ गया है। आज संसद जाम है। यहाँ विश्वविद्यालय, कल उत्तर भारत, फिर पूरा देश होगा हमारे साथ। हमें अंग्रेजियत से नहीं अंग्रेजी से एतराज है। आपके माध्यम से केन्द्रीय सरकार को कहना चाहता हूँ कि काला विधेयक वापस ले ले, नहीं तो उत्तर भारत की धरती पर कांग्रेस कहीं उतर नहीं पाएगी। सभी दफ्तर, दुकानदार, सरकारें अंग्रेजी साइन बोर्ड उतार लें, नहीं तो जनता हटा देगी। अब कोई छात्र अंग्रेजी में फेल नहीं होगा। कांग्रेस कहती है कि हिन्दी लागू करने से देश टूट जाएगा। मैं कहता हूँ गलत है। तमिल पढ़ाओ तेलुगु, गुजराती, बंगाली, मराठी पढ़ाओ न, किसे एतराज है?'' भाषण जारी था। "साथियो हमारे सीने पर बैठी अंग्रेजी अब कब हटेगी? हमारे सिर पर अंग्रेजी की तलवार कब तक लटकती रहेगी? कब तक हम डरते रहेंगे इससे? कब तक अंग्रेजी की गुलामी सहते रहेंगे? अब एक दिन भी नही।''

''अंग्रेजी हाय...हाय... अंग्रेज यहाँ से चले गए... अंग्रेजी हमें हटानी है... अंग्रेजी... मुर्दाबाद... मुर्दाबाद... हाय.. हाय...।''

विधेयक की चर्चा करते हुए आनन्द ने कहा "नया समाज, नया हिन्दुस्तान बनाने के लिए अपनी भाषा का होना जरूरी है। किसी देश की अपनी राष्ट्रभाषा न हो, शर्म की बात है। विदेशी भाषा से न राष्ट्र का विकास सम्भव है न भारतीय भाषाओं का। हिन्दी गरीबों, मजदूरों, किसानों की भाषा है। सरकार हिन्दी को राजभाषा माने, न माने, पर हम इसे देश की मुख्य भाषा मानते हैं। एक विदेशी भाषा के एवज में बाईस भारतीय भाषाओं की हत्या बर्दाश्त नहीं।

अब भाषाविद भाई शतरुद्र को पुकारा गया। उन्होंने उत्साह भरी निगाह से भीड़ को देखा। छात्र-छात्राओं को देखा कहा "भाषा का मसला जटिल है। भारत सरकार इसे और जटिल बना रही है। राष्ट्रभाषा का सर्वमान्य हल निकालने के बजाय भाषा समस्या को सरकार उलझा रही है। आपको फैसला करना है कि अंग्रेजी रहेगी या नहीं। देखिए यहाँ हिन्दी लाने की बात नहीं है। पहले अंग्रेजी हटे। आप सभी से अपील है कि अपनी मातृभाषाओं के लिए इस जन अभियान में अपना सहयोग दें। यह आन्दोलन तब तक जारी रहेगा जब तक हिन्दी राष्ट्रभाषा नहीं बन जाती।'' छात्राओं की बड़ी तादाद को देखते हुए अध्यक्ष ने महिला महाविद्यालय की छात्रा लिली को अपना विचार रखने के लिए आमन्त्रित किया। लिली पिंक सलवार-सूट में फहराते बालों को समेटते हुए चबूतरे पर चढ़ीं। सभी को हाथ जोड़कर अभिनन्दन किया और कहा "अध्यक्ष

जी तथा साथियो, जब तक अंग्रेजी हटा नहीं दी जाती, तब तक हम चैन से नहीं बैठेंगे। मैं पंजाब से आती हूँ पर मैं चाहूँगी पंजाबी आए न आए, पर हिन्दी को राष्ट्रभाषा का दर्जा मिलना चाहिए। यहाँ मौजूद भारतीय भाषाओं के भाइयो-बहनो से अपील करती हूँ कि अपने हक के लिए अन्तिम दम तक लड़ें। जय हिन्द...। धन्यवाद।''

कॉफी समय हो गया है। अध्यक्ष ने कहा "अभी आप सभी भाई-बहनो को आन्दोलन की रूप रेखा बतानी है। कल क्या होगा बताना है। आपको आपकी भूमिका भी बतानी है। संयम और धैर्य से हमें चलना है। बचे साथी संक्षेप में दो-दो मिनट में अपनी बात समाप्त करें।''

सभा चल रही थी बीच-बीच में गीत भी गाए जा रहे थे मनोरंजन के लिए। सूर्य गुलमोहर वृक्षों के ऊपर-ऊपर पश्चिम में ढल रहा था। वह लाल से सुनहरा बन रहा था। गुलमोहर की पत्तियाँ हरे से मैहरुन हो रही थीं। लाल-पीले फूल हवा में झर रहे थे। आज की शाम में हलकी ठंडी हवा में घुल रही थी। कॉफी संख्या में छात्राएँ भी जमी हुईं थीं। इनका पूरा सहयोग है। अध्यापक भले अपने कक्ष में बैठे हों, पर वे पूरी तरह छात्रों के साथ हैं। भय और उत्साह का आज अद्भुत समागम है। विश्वविद्यालय से लंका आ पाना मुश्किल हो रहा था और लंका से भीतर आना भी उतना ही दुरूह था। सो जो जहाँ है वहीं से भाषण सुन रहा था। बच्चे पुलिस से डरे हुए थे, कैम्पसवासी भी। कैंपस में संशय, उत्तेजना और भय का माहौल बना हुआ था।

पाँच बज रहे थे। जितेन से कहा गया कि जल्द सभा समाप्त की जाए, ताकि आवागमन शुरू हो सके। जितेन ने सन्देश भेजकर देबू-दा को बुलवाया।

उन्होंने कहा ''बहनो-भाइयो आपने जिस धैर्य से हम सभी को सुना, आभारी हूँ। आपके सहयोग से ही हम अपने कार्यक्रम को सफल बना पा रहे हैं। पूर्व अध्यक्ष एवं वरिष्ठ नेता पांडे जी का आह्वान करता हूँ कि वे अध्यक्षीय भाषण के बजाय कल के कार्यक्रम की घोषणा करें। पांडे जी।''

''साथियो समय कॉफी हो गया है। आप सभी के सहयोग के लिए आभारी हूँ। कल हम सभी यहीं मिलेंगे बारह बजे। इस सभा के बाद लंका तक मशाल जुलूस निकाला जाएगा।

शाम लंका पर रौनक बढ़ रही थी। अब तक बत्तियाँ जल गई थीं। दुकानदारों में जुलूस को लेकर थोड़ा भय और उत्सुकता बनी थी। कई दुकानदारों ने अंग्रेजी के बोर्ड हटा लिए थे, फिर भी कॉफी बचे थे। हिन्दी की तुलना में अंग्रेजी बोर्ड का मोह व्याप्त था। हमारे देश में कोई परिवर्तन जल्दी नहीं होता। बदलाव समय

की माँग होती है। यहाँ बदलाव धीरे-धीरे आता है। सब कुछ धीरे-धीरे चलता है।

"इनकलाब...जिन्दाबाद...इनकलाब...जिन्दाबाद अंग्रेजी...हाय...हाय... अंग्रेजी मुर्दाबाद...मुर्दाबाद।" सैकड़ों मशालों के साथ जुलूस सरकने लगा। मशाल की रोशनी में चमकते चेहरे अपनी पूरी गरिमा और जोश से लबरेज थे। लंका पूरी तरह पुलिस छावनी में तब्दील थी। आँसू गैस का दस्ता, फायर ब्रिगेड की गाड़ियाँ, पी.ए.सी., पुलिस बल चाक-चौबन्द थे। आला अधिकारी मोर्चे पर तैनात थे। वायरलेस की गाड़ियाँ सक्रिय थीं। यानी आन्दोलन से निपटने की पूरी तैयारी के साथ पुलिस लामबन्द थी।

"अंग्रेजी में काम न होगा, फिर से देश गुलाम न होगा... हर जोर-जुल्म के टक्कर में... संघर्ष हमारा नारा है... 'काला विधेयक... मुर्दाबाद... हाय... हाय... मुर्दाबाद।" देबू-दा, रामबचन पांडेय, मार्कण्डेय, सिन्हा जी, मोहन जी के नेतृत्व में जुलूस आगे बढ़ रहा था। दुकानें धड़ाधड़ बन्द होनी शुरू हो गईं। छात्रों ने कुछ बोर्ड हटाए। कुछ को चौबीस घंटे की मोहलत दी। को-मास्टर ने कहा "पांडेय जी जुलूस शान्तिपूर्वक विश्वविद्यालय परिसर में वापस लौटा लेना बुद्धिमानी होगी?"

'आप ठीक कह रहे हैं, हिंसा, तोड़-फोड़ ठीक नहीं। हमारा संघर्ष सरकार से है। उसकी नीतियों से न कि प्रशासन से। इसलिए जुलूस शान्तिपूर्वक लंका से लौटेगा। 'अंग्रेजी में काम न होगा... फिर से देश गुलाम न होगा... हर जोर-जुल्म के टक्कर में... संघर्ष हमारा नारा है।... काला विधेयक... वापस हो... सैकड़ों मशालों के साथ जुलूस बढ़ने लगा। समाँ बँध गई। मशाल की रोशनी में छात्रों के चेहरे चमक रहे थे। नारों से आसमान गूँज रहा था। आमजन, छात्र दोनों पटरियों पर इकट्ठे होकर जुलूस निहार रहे थे। विश्वविद्यालय के भीतर-बाहर का माहौल गर्म हो गया। एकरसता, एकतानता टूट गई। चिनगारी लौ में भभक उठी। छात्रों ने कुछ बोर्ड तोड़े। कुछ हटाए। कुछ पर अलकतरा पोते। कुछ को चौबीस घंटे की मोहलत दी। को-मास्टर, पांडे जी छात्रों पर नजर बनाए हुए थे। सभी वरिष्ठ नेता आशंकित थे कि कभी भी कुछ घट सकता है। स्थिति-परिस्थिति को भाँपते हुए को-मास्टर, पांडे के कान में कुछ फुसफुसाए। पांडेय जी के कान खड़े हो गए। लंका के उत्तरी त्रिमुहानी पहुँचकर पांडे जी ने मशाल जुलूस को मालवीय मूर्ति पर लौट चलने की अपील माइक से की। जुलूस शहर की ओर बढ़ना चाहता था, पर सभी वरिष्ठ नेताओं ने सूझ-बूझ के साथ जुलूस को वापस मोड़ दिया। मशाल की रोशनी भभक रही थी। नारेबाजी तेज हो गई।

मशाल जुलूस मालवीय मूर्ति पर लौट आया। देबू-दा ने चबूतरे पर खड़े होकर छात्रों को सम्बोधित करते कहा "साथियो! आपने जो मशाल जलाई है वह बुझने नहीं पाएगी। अभी क्या पूरे देश में मशाल जलेगी। आपका सन्देश देश के अन्य हिस्सों, नगरों-महानगरों, कस्बों, गाँवों में पहुँचेगा। सरकार झुकेगी। आज का दिन इतिहास रचेगा, अंग्रेजी की विदाई तय है। बस आप एकता बनाए रखें। मंगलवार को काला दिवस मनाया जाएगा। बुधवार को मालवीय प्रतिमा के समक्ष उपवास रखा जाएगा। उपवास के दिन छात्रसंघ आगे के कार्यक्रम का ऐलान करेगा। अब जुलूस विसर्जित किया जाता है। सभी साथियो को सहयोग के लिए आभार। कल यही फिर मिलते हैं। जय हिन्द।"

जुलूस विसर्जन के बाद अधिकांश छात्रनेता एवं छात्र टंडन की दुकान की ओर मुखातिब हुए। जो जहाँ कुर्सी, बेंच, स्टूल पाया बैठ गया। कई समूह खड़े-खड़े बहसें करने लगे। टंडन की दोनों भट्ठियों पर भगौने में चाय खौल रही थी। नेताओं का माथा चटक रहा था। फूलचन्द ने कहा "भाई बिगुल बज गया अब सब लोग कमर कस लें। लम्बी घुड़दौड़ है।" टंडन की चाय में भी नशा है। युवजन को बेचैन करती है। पागल बनाती है। वह दीवानगी की हद तक चढ़ता है। राजनीति का नशा चढ़ा तो जल्दी नहीं उतरता।

मार्कण्डेय, अनिरुद्ध, शतरुद्र पूरी तरह निश्चिन्त और शान्त हैं। दादू, रामबचन, सिन्हा, को-मास्टर उतने ही बेचैन और चिन्ताग्रस्त। शहर जिले के नेता अब गिद्ध की तरह लंका पर मँड़राने लगे थे। वे इस चिनगारी को शहर के बाहर ले जाएँगे। बहुत दिनों क्या सालों-साल बाद नेतागिरी चमकाने का मौका मिला है, जो हाथ से जाने नहीं देना चाहते थे। टंडन की चाय बट रही थी। भट्ठी पूरी तरह लहक रही थी।

पांडे जी ने चुन्नट से चूना-सूर्ती निकालकर सूर्ती बनाई और निचले होंठ में दबा ली। पांडे जी ने एक बार सबको देखा, नौ बजने को थे। दादू ने कहा "आज तो सब ठीक रहा न?"

"हाँ-हाँ, कल भी ठीक रहेगा।"

"तो अब उठा जाय?"

"हाँ।" सभी उठ गए।

टंडन की भट्ठी की आग अभी धधक रही थी।

अस्सी चौराहे पर तीन-चार अड़ियाँ हैं। शाम होते-होते लोग अपनी-अपनी अड़ी पर जम जाते और बहस का दौर जारी हो जाता। पप्पू की दुकान पर पंडित-पुरोहित, विद्वान, कलाकार, पत्रकार, छात्र, खाँटी अस्सियाइट जुटते हैं।

सात-आठ बजते-बजते भाँग-बूटी छानते। पान घुलाने के बाद मस्ती में आते। को-मास्टर, देवकी दादा, हीरा सिंह, रामजी भाई, कौशल किशोर, रामदयाल जी आके जम जाते। आज सभापति शुकुल पहले आ गए।

पोई की दुकान में नए-पुरानों का जमघट लगा हुआ है। बलाले गुरू को देखते ही गया ने कहा "पा लागी गुरू।"

"जीया-जीया" बचवा, बलाले गुरू ने हाथ उठाकर आशीर्वाद दिया।

"आवा गुरू चाय पिया।"

"गंगा जी से लौट आईं।"

"ठीक हौ महाराज।"

"अरे! कान्ता महाराज आवा तनि चाय पी ला।"

"अरे! का चाय पीं पुलिसवाले बड़ा पोकियाए हैं। रहल मुश्किल भयल बा हो डॉक्टर।"

"का भयल गुरू?"

"मत पूछा, हमरे मकनवा क दुगो लवंडा नया नेता उभरल बाड़े। उनहन के पुलिस रात-दिन खोजत बा...।"

"खोजै दा गुरू तु आवा।"

"बार-बार पुलिस आवत हउवै दुवारे। बड़ा हलकान हईं।"

"आवे दा, कह दा कि इहाँ कोई ना बाय।"

"बलाले गुरू गमछावाले वेश में दाखिल हो गए।"

बलाले गुरू के आते ही पलग्गी की झड़ी लग गई। मौसम चाहे जैसा भी हो चाय-पान की दुकान पर दो-एक घंटा गुरू का रमना रोज की दिनचर्या है। गुरू ने आते ही खलित्ता से चुन्नट निकाली। चुन्नट से चूना और सुर्ती निकाला और आहिस्ता-आहिस्ता मलने लगे। सभापति शुकुल ने जेब से अतर की शीशी निकाली। सभी के हाथ पर अतर लगाया। अतर की खुशबू दुकान के बाहर हवा में तैरने लगी। खुशबू से बाहरवालों को पता लगा कि सभापति गुरू दुकान में आ चुके हैं। तभी बाहर से त्रिपुंड लगाए गले में कई माला धारण किए, दाहिने हाथ में सोंटा लिए ब्रह्माड गुरू पधारे।

"आइए... आइए गुरू जी। गुरू जी पाँव लागी" सभापति बोले

"जीया... जीया हो बचवा, भगवान तोहके सुखी सम्पन्न रखें। लड़िका बच्चा, पोता-पतोहू आगे बढ़ें, फूलै-फलैं।" कई लोगों ने लपककर गुरू का पाँव छुआ। फिर अंग्रेजी हटाओ की चर्चा शुरू हो गई।

गुरू बोले "जहाँ बहुत मिला अंग्रेजी में फेल होत बानै, गणित-विज्ञान में औवल।"

अरे! गुरू "जित्तन महाराज क नाती हाईस्कूल में तीन साल अंग्रेजी में फेल भइल।"

"अब का करेला?"

"जजमानी।"

"हमरे गाँव में एगो मास्टर अंग्रेजी से एम.ए. हउवैं, उ अपने के कलेक्टर से कम ना बुझतैं।"

किसी ने कहा "कल बड़ा बवाल होवै वाला है बी.एच.यू. में।" बलाले गुरू ने उत्सुकता जाहिर की कि क्या बात है? गया ने कहा "कल गुरू छात्रों का बड़ा जुलूस निकलेगा जो लंका से टाउनहॉल तक जाएगा आशंका है कि लाठी-गोली भी चल सकती है।" गुरू चिन्तित हो गए। घर के दो-दो लड़के पढ़ते हैं। दोनों आजकल घर में कम दिखाई देते हैं।

दद्दन गुरू ने पूछा "आन्दोलन के फसाद का कारण क्या है हीराबाबू?"

हीराबाबू ने कहा "कांग्रेसी सरकार की हठधर्मिता के चलते बवाल बा। यही अंग्रेजी में बचनू गुरू क लड़कवा दो साल फेल भइल। तभी से बचनू गुरू हमेशा अंग्रेजी के खिलाफ और हिन्दी के पक्ष में रहते हैं।" गप-शप चल ही रही थी कि अखिलानन्द पहुँचे। गले में रुद्राक्ष की माला पहने दोनों हाथ में आठ अँगूठियाँ पहने, चन्दन का त्रिपुंड लगाए। हाथ में भभूत की पुड़िया लिये बैठ गए मुस्कुराते। उन्हें देखकर बलाले गुरू मुस्कुराए और तंज कसे "देखा ई आजकल अंग्रेजी सिखत हउवन चोरी-चोरी। अंग्रेजी मेमन के हाथ देखते बाने। योगा सिखावताने। इनके आश्रम में योगा के साथ-साथ मसाज और प्रसाधन क काम होला। कुल त कुल अखिला आजकल मेहरारुन के लड़का होवै बदै भभूत और जन्तर बाँटत हउवै। हम सब का लिफ्ट ना देत बानी।" अखिला मुस्कुरा रहे थे। ठीक उसी वक्त बलाले गुरू की किराएदार क्रिस्टिना आ धमकी।

"गुरू जी आप सब्जी लेकर चलैं, माता जी बैठी हैं रसोई में।" गुरू जी जब भी सौदा लेने आते हैं तो भूल जाते हैं और किसी न किसी अड़ी पर मजलिस में बैठ जाते हैं। कई बार तो गुरुवाइन दुकान तक पहुँच गईं। गुरू ज्यों उठे त्यों हीराबाबू ने कहा "गुरू जी बैठीं तरकारी भेजवा देत बानी।"

अब गुरू बैठ गए चिन्तामुक्त होकर। महफिल जमी थी। पुलिस, पी.ए.सी. की कई गाड़ियाँ सड़क से गुजर गईं। यह चाय का दूसरा दौर है। पंडिताइन चाहे जितना गारी दें गुरू जी जल्दी उठनेवाले नहीं हैं। दद्दन गुरू ने कहा कि अरे!

"अंग्रेज के गइलहौ के बाद ससुरा कांग्रेस के कुछ मिला अंग्रेजन क किलनी बनल हउवै।'' अखिला मुस्कुराकर बोले "बिना अंग्रेजी हटाए हिन्दी की पूछ नहीं बढ़ेगी। देश फिर गुलाम हो जाएगा।''

बलाले गुरू ने कहा "क्या करें? तय करिए आप लोग। अपने स्तर पर प्रतिरोध और कार्य व्यवहार में सभी स्तरों पर अंग्रेजी का बहिष्कार करें।''

गया ने कहा "ठीक है कल से बहिष्कार होगा। हम सभी आपके आश्रम में आज ही घोषणा करेंगे।''

"हाँ आइए स्वागत है।'' हीरा सिंह बोले "अरे! गुरू तोहार पतोह त कैटरपिलर स्कूल में जाला त कइसे हटी अंग्रेजी?''

"अब कवनो के ना भेजब अंग्रेजी स्कूल में। अब त नौकरियों न मिली। खाए-नहाए के बहुत हौ।'' चाय-पान के बाद एक बड़ा गोला आया। पोई ने छोटी-छोटी गोली बनाकर सबको प्रसाद बाँट दिया। दुकानदार अब दुकान बढ़ाने की सोच रहा था। बलाले गुरू ने पंडिताइन को सूचित करा दिया कि आज भोग अखिला के आश्रम में लगेगा। अब गुरू निश्चिन्त हैं। रात अपनी है। पप्पू की दुकान से गोल उठी और अखिला के आश्रम की ओर चल दी।

तभी किसी ने कहा "आजकल सुना पतोह बड़ी सेवा करत हौ। तीनों जून गरम-गरम खाना, चाय-नाश्ता रात के माथे पर भृंगराज तेल की चंपी... क्या बात है... भाई अपना-अपना भाग्य, आप लोग तरसिए।''

वृन्दा महाराज ने खास लहजे में कहा "गुरू क चाँदी हव। चाँदी।''

किसी ने कहा "रहै के चाही अब।''

गया बाबू ने कहा "अरे! नहीं पता गुरू के दूसरे तल्ला पर दूगो जर्मन इटैलियन छोकरी किराए पर रहत हईं...।''

"हाँ भाई हाँ, ई कुदरती मेहरबानी हौ गुरू के ऊपर भगवान क।''

"जिया गुरू जिया, दसो अँगुरी घी में।''

"तोहन लोगन के हमार किराएदार लउकत हउवैं खाली।''

"हमरे गली में कउनो मकान ना हौ जेमे फिरंगिया ना बाँटें। कुल गंगा जी में अधनंगे नहा लीं, चारो ओर गाँजा, चरस, भाँग छान के मस्ती मारत हईं। सभापति पंडित त कुल मकनवै अंगरेजवन के दे देहले हउवन। पूजा घर से मूर्ति हटा के अंग्रेजी कमोड लगा देहले हउवन। लड़िका बर्बाद होत हउवन।'' सभी ठठाकर हंस दिए। गया बोले "हमारी गली में भी गुरू बहुत फिरंगी आ गए हैं। वो सब जीवन का आनन्द लेना जानते हैं।''

बलाले बोले "भर मुहल्ला आजकल उनहनै कुल उतरायल बानै और कोपीन पहिनके चारों ओर घूमत बानै।" डॉक्टर गया बोले "पूजा-पाठ, भजन-भोजन करिए आनन्द से रहिए।"

"बाबू साहेब जवन कटै के रहल तवन कट गयल। लड़िका, पतोह देखै समझै घर सम्हारें।"

अब समय हो रहा है। कुछ लोग नहा-निपट, पूजा-पाठ के बाद भाँग-बूटी लेंगे। गोला छानेंगे। सोमरसवाले सोमरस लेंगे। अस्सी की रात धीरे-धीरे चढ़ती है। धीरे-धीरे चलते हैं लोग। धीरे-धीरे चलती है दिनचर्या। तर-मालवाले मलाई, रबड़ी पुरवा में बँधवाएँगे। घर लौटेंगे धीरे-धीरे।

"आज गोल अखिला गुरू के आश्रम में गिरेगी। आज यहीं धूनी रमेगी" बलाले गुरू बोले।

"कल तो अग्निपरीक्षा होगी गुरू।"

"देखा जाएगा डॉक्टर। यह आन्दोलन खिंचेगा।"

अखिला महाराज एक डब्बे में गोला और एक लोटे में पानी लाए। सभी ने गोला ग्रहण किया। आश्रम में अहरा पर बट्टी लगी हुई थी। अलग-अलग हाँड़ी में दाल-चावल पक रहा था। घर के भीतर जाउर बटुलहिया में चढ़ा हुआ था। जाउर की खुशबू बाहर तक फैल रही थी।

कांता महाराज ने पूछा "अरे! अखिला कौन सा चाउर है?"

"कश्मीरी गुरू।"

"वाह गुरू क्या खुशबू है, गजब?"

गया ने कहा "कश्मीर जाने पर दान में मिला चावल आज निकला है।"

रात चढ़ रही थी। साथ में भाँग का नशा भी। आँखे लाल हो रही थीं। सभी मस्ती में झूम रहे थे। आश्रम में शान्ति थी। सभी आनन्दित और स्थिरचित्त थे।

"का हौ गुरू इ मस्ती कउनौ पाँच सितारा होटल में मिली?"

"ना भाई, इहै हमन क स्वर्ग हौ।"

"अखिला गुरू बनल रहैं, आगे बढ़ैं, इहै आशीर्वाद बा।"

सभी पंगत में बैठ गए थे। दाल-बाटी, जाउर का दौर चला। गया ने पूछा "गुरू मास्टर रामदयाल पाल कहाँ गए?"

"आ रहे हैं, बिना मास्टर के दाल-बाटी का मजा ही क्या?"

बलाले बोले "अरे! फूलचन्द कहाँ है?"

"भूमिगत हैं।"

"फूलचनवा के साथ बड़ा अन्याय भइल?"

"विश्वविद्यालय ना चल पाई'' अखिला बोले।

"रोज-रोज क दउरारी आन्दोलन, धरना-प्रदर्शन कब तक चली?''

दद्दन गुरू बोले "इ लफड़ा जल्दी सुलझे मान क ना बा।''

गया ने कहा "अगले जुलूस में सब फाइनल हो जाएगा। इसलिए जुलूस में चलना चाहिए।''

"क्या चाहते हैं डॉक्टर बुढौती में गोड़ तुड़वाएँ, जेल जाएँ?''

"गुरू जुलूस में चलना जरूरी नहीं है, पर साथ संग रहिए।''

"साथ हैं आगे भी रहेंगे।''

बलाले बोले "डॉक्टर कल का कल देखा जाएगा। आज बाटी-चोखा का आनन्द उठाइए। वाह! क्या स्वाद है। अखिला भाई जुग-जुग जिया।'' अब तक गुरू चार पुरवा जाउर पी चुके थे। तभी रामदयाल जी हाँफते आश्रम पहुँचे। वे कुछ बोल पाते, काँता गुरू बोले "कहाँ रहलीं पाल साहेब, बाटी तनी जुड़ा गइल बा।''

"कोई बात नहीं गुरू।''

"क्या खबर है मास्टर साहब। कल क्या होगा?''

गया बोले "कल का दिन भारी रहेगा। कभी भी कुछ भी घट सकता है।''

"देखा भाई बच के रहा लोगन।'' रात दस बज रहे थे सभी दाल-बाटी खाके तृप्त हुए। फिर पान का दौर चला। दूसरे दिन शाम को अस्सी पर मिलने के वादे के साथ गोल विसर्जित हो गई।

छात्रसंघ भवन के ऊपरी हॉल में आन्दोलन की रणनीति के सन्दर्भ में सम्मेलन आयोजित किया गया है, जिसमें स्थानीय प्रतिनिधियों के साथ-साथ देश के कई छात्रसंघ के अध्यक्षों, महामन्त्रियों को आमन्त्रित किया गया है। तमाम प्रतिनिधि अपना आसन ग्रहण कर चुके थे। हॉल खचाखच भरा हुआ था। नीचे का लॉन भी भरा हुआ था। देबू-दा ने स्वागत भाषण के लिए एन.पी. सिन्हा को आमन्त्रित किया।

"आज की सभा के सदर साहब छात्र प्रतिनिधि, जनप्रतिनिधि, भाइयो तथा बहनो! इस सम्मेलन में सहभागिता के लिए आप सभी साथियो का स्वागत करता हूँ। अभिनन्दन करता हूँ। खैर मकदम करता हूँ। आप सभी जानते हैं कि देश के प्रमुख हिस्सों में भाषा विधेयक को लेकर आन्दोलन, प्रदर्शन तथा धरना जारी है। नौजवानों, छात्रों की बेरोजगारी, बेकारी की समस्या बनी हुई है।

शिक्षा का ढाँचा पूरी तरह अव्यावहारिक और सड़ गया है। आजादी के बाद भी भारतीय भाषाओं का अपेक्षित विकास नहीं हो सका। आज तक राष्ट्र की कोई सम्पर्क भाषा नहीं बन सकी। अंग्रेजी के रहते भारतीय भाषाओं का विकास सम्भव नहीं है। आज की सभा में भाषा मुद्दे के अतिरिक्त छात्रों, नौजवानों की अहम समस्याओं पर भी विचार किया जाएगा। आप सभी से विनम्र आग्रह है कि एजेण्डे पर अपने विचार और सुझाव रखें। धन्यवाद।''

हैदराबाद से आए रामास्वामी पित्ती को देबू-दा ने आमन्त्रित किया।

"मैं हैदराबाद की धरती से आता हूँ, जहाँ हिन्दी कॉफी लोकप्रिय है। तेलुगु भाषी अच्छी हिन्दी जानते हैं। हिन्दी फिल्मों की लोकप्रियता के कारण आमजन हिन्दी आसानी से बोल लेते हैं। मेरा सुझाव है कि अंग्रेजी के स्थान पर भारतीय भाषाओं को कामकाज की भाषा सरकार बनाए। सभी भाषाओं के बीच अगर कोई भाषा सम्पर्क भाषा बन सकती है तो वह हिन्दी ही हो सकती है।''

मद्रास विश्वविद्यालय छात्रसंघ के अध्यक्ष रामाकृष्णन को सादर आमन्त्रित किया गया। रामाकृष्णन ने कहा "काशी विश्व की प्राचीन नगरी है। मैं बाबा विश्वनाथ को प्रणाम कर भारत सरकार से प्रार्थना करता हूँ कि भाषा विधेयक को वापस लेकर हिन्दी और भारतीय भाषाओं को मान्यता दे। यहाँ मैं तमिल और हिन्दी के रिश्ते को मजबूत करने आया हूँ। मेरे पिता और दादा ने काशी में आकर अध्ययन, मनन किया है। मैं दक्षिण-उत्तर के रिश्ते को मजबूत करने के लिए हिन्दी एवं तमिल के रिश्ते को मजबूत करना चाहता हूँ।''

रामाकृष्णन के भाषण के बाद सभागार में तमिल हिन्दी जिन्दाबाद के नारे लगे।

केरल से छात्रसंघ की अध्यक्ष ज्वाला अम्मा आईं। उन्होंने कहा "मेरे सभी परिवार के सदस्य काशी हिन्दू विश्वविद्यालय से शिक्षा ग्रहण करके केरल में कार्यरत हैं। मैं महामना के इस पूज्य मन्दिर में आकर आत्मविभोर हूँ। केरल में हिन्दी कॉफी लोकप्रिय है। मैं चाहूँगी कि भारत सरकार अपनी भाषा नीति में पुनर्विचार कर हिन्दी को राष्ट्रभाषा बनाए। भाषा के मुद्दे पर हम केरलवासी हिन्दी के साथ हैं। जय हिन्दी जय भारत।''

"समाजवादी युवजन सभा के प्रदेश सचिव भाई मुख्तार अनीस से आग्रह है कि अपने विचार से लाभान्वित करें।'' "अध्यक्ष जी, साथियो, बहनो-भाइयो मैं काशी से बचपन से जुड़ा हुआ हूँ। इसलिए काशी हिन्दू विश्वविद्यालय से मेरा गहरा लगाव रहा है। आन्दोलन के कारण कई बार वाराणसी की जेल में भी रहा हूँ। भाषा आन्दोलन सिर्फ भाषा की लड़ाई ही नहीं है, सामाजिक परिवर्तन की

लड़ाई है। हमें भारतीय भाषाओं की अस्मिता के साथ-साथ छात्रों, नौजवानों के हितों को भी ध्यान में रखना है। जहाँ तक भाषा का प्रश्न है अंग्रेजी अब एक दिन के लिए भी स्वीकार्य नहीं है। भारत में गाँधी एवं डॉ. लोहिया ने भाषा के लिए कॉफी कुछ किया है। शेष आपको करना है। भारत सरकार अपना काला कानून वापस ले। अंग्रेजी के स्थान पर हिन्दी को राष्ट्रभाषा घोषित करे। इस आन्दोलन में मैं और मेरा संगठन आपके साथ है। धन्यवाद।''

कलकत्ता विश्वविद्यालय से आए छात्रसंघ के अध्यक्ष रवीन्द्र मुखर्जी ने कहा "मैं बँगलाभाषी हूँ। बँगला एक समृद्ध भाषा है। मैं चाहूँगा कि अंग्रेजी के स्थान पर हिन्दी को देश की मुख्य भाषा बनाई जाए। काशी बंगाली भाइयो का सबसे बड़ा तीर्थ है। यहाँ बड़ी संख्या में बँगलाभाषी रहते हैं और बँगला बोलते हैं। मेरा यही सुझाव है कि भारत सरकार अंग्रेजी की जगह भारतीय भाषाओं को मान्यता दे। धन्यवाद।''

देबू-दा ने हैदराबाद के उस्मानिया विश्वविद्यालय छात्रसंघ के अध्यक्ष नुसरत जहाँ से अपने विचार रखने का आग्रह किया। सभा को सम्बोधित करते हुए नुसरत ने कहा "मैं हैदराबाद से आती हूँ, जहाँ कई बोलियाँ बोली जाती हैं। सरकारी कामकाज अंग्रेजी में होते हैं। दक्षिण की भाषाएँ चाहे वह तेलुगु हो, तमिल हो, कन्नड़ हो अंग्रेजी से किसी मामले में कमतर नहीं हैं। हमें भाषा के सन्दर्भ में गाँधी, लोहिया के सपनों को साकार करने के लिए अंग्रेजी के स्थान पर भारतीय भाषाओं को प्रोन्नत करने का प्रयास करना चाहिए। मैं भारत सरकार से अपील करती हूँ कि भाषा विधेयक को वापस ले ले। हिन्दी हिन्दुस्तान की धड़कन है। मैं आपका पैगाम दक्षिण भारत के तमाम प्रान्तों तक पहुँचाने का प्रयास करूँगी। जय हिन्द।''

पंजाब से आए सुखबीर सिंह ने कहा "मैं पंजाबीभाषी हूँ। पंजाब में पंजाबी के साथ हिन्दी भी बोली जाती है। हिन्दी फिल्मों के गाने पंजाब में बहुत लोकप्रिय है और पंजाबी गाने उत्तर प्रदेश, बिहार में खूब सुने जाते हैं। गुरुग्रन्थ साहब में सन्त कबीर की दर्जनों साखियाँ शामिल हैं। कबीर के माध्यम से पंजाब उत्तर प्रदेश का एक घनिष्ठ रिश्ता बनता है। मैं चाहूँगा कि कबीर के देश में कबीर की भाषा चले। हमारे यहाँ खेती में साठ प्रतिशत से अधिक मजदूर बिहार एवं उत्तर प्रदेश से हैं। अंग्रेजी की जगह पंजाब में पंजाबी और देश में हिन्दी को कामकाज की भाषा बनाने की सरकार से अपील करता हूँ। धन्यवाद।''

मुम्बई विश्वविद्यालय के अध्यक्ष नरेन्द्र फड़नवीस ने कहा "मराठी भारत की एक समृद्ध भाषा है। देश की आजादी में मराठी साहित्य का विशेष योगदान

रहा है। मुम्बई में उत्तर प्रदेश के भइया लोगों की संख्या लगभग बीस-पचीस लाख है, जो हिन्दी बोलते हैं। ये भइया अकसर हिन्दी, मराठी मिश्रित भाषा का प्रयोग करते हैं। इस तरह महाराष्ट्र और उत्तर भारत का एक घनिष्ठ रिश्ता बनता है। जिस तरह महाराष्ट्र में मराठी भाषा फल-फूल रही है और हिन्दी-मराठी का जो मेल है, वह राष्ट्रीय स्तर पर बना रहे। यही मेरी कामना है। मैं बाबा विश्वनाथ की नगरी से भारत सरकार से आग्रह करूँगा कि अंग्रेजी के स्थान पर भारतीय भाषाओं को कामकाज का माध्यम बनाए। मैं आपको विश्वास दिलाता हूँ कि भाषा आन्दोलन को पंजाब, हरियाणा, हिमाचल में पूरा समर्थन मिलेगा। जय हिन्द।''

विद्यार्थी परिषद् के वरिष्ठ छात्र नेता साथी रामबहादुर राय जी से अनुरोध है कि वे आएँ और अपने सुझाव दें।

"अध्यक्ष जी, मित्रो, भाइयो एवं बहनो, सभी को नमस्कार। भाषा मुद्दे पर मैं और मेरा संगठन पूरी तरह आपके आन्दोलन के साथ है, संसद से सड़क तक। हिन्दी का अपमान राष्ट्र का अपमान है। राष्ट्र का अपमान करना, उसे सहना अन्याय है। हम इस अन्याय का प्रतिकार करेंगे। भारतीय भाषाओं की हजार साल से अधिक लम्बी और समृद्ध परम्परा रही है। हिन्दी का शब्द भंडार अंग्रेजी के शब्द भंडार से अधिक विशाल और समृद्ध है। अंग्रेजी के रहते न राष्ट्र का विकास हो पाएगा न हमारे छात्रों, नौजवानों का भविष्य सुरक्षित हो पाएगा। मैं आयोजक साथियो से अनुरोध करूँगा कि राष्ट्रीय स्तर के आन्दोलन का एलान यहीं से किया जाए। फिर दिल्ली में गैर कांग्रेसी दलों, छात्र संगठनों, मजदूर किसान संगठनों तथा ट्रेड यूनियनों के सहयोग से राष्ट्रीय स्तर पर आन्दोलन चलाया जाएगा। जब तक कांग्रेस सरकार हिन्दी को राष्ट्रभाषा घोषित नहीं कर देती, आन्दोलन जारी रखना चाहिए। विद्यार्थी परिषद और हमारे अन्य संगठन आन्दोलन में सहयोगी की भूमिका में निरन्तर सक्रिय रहेंगे। जय भारत।''

संस्कृत विश्वविद्यालय छात्रसंघ के पूर्व अध्यक्ष एवं कांग्रेस लीडर श्री विजय शंकर पांडेय ने कहा "मैं जिस विश्वविद्यालय से आता हूँ वहाँ की भाषा संस्कृत है। हमारे यहाँ अंग्रेजी में कामकाज नहीं होता, पर भारत सरकार से सभी पत्राचार अंग्रेजी में होता है। यहाँ प्रतिवर्ष दो-तीन सौ विदेशी छात्र संस्कृत, दर्शन, वेदान्त, ज्योतिष विज्ञान का अध्ययन करने आते हैं। उनके अध्ययन का माध्यम संस्कृत होता है न कि अंग्रेजी। बिना अंग्रेजी हटाए गरीब और कमजोर छात्रों का विकास सम्भव नहीं है।''

देबू-दा ने मार्कण्डेय भाई को सुझाव के लिए आमन्त्रित किया।

"अध्यक्ष जी तथा साथियो! हमें आन्दोलन का ब्लू प्रिंट बनाकर समयबद्ध कार्यक्रम घोषित करना चाहिए। आन्दोलन, सत्याग्रह जहाँ भी हो लोकतान्त्रिक तथा अहिंसक हो। इस सभा में उपस्थित अपने वरिष्ठ सहयोगियों से गुजारिश करूँगा की सम्मेलन में आन्दोलन की दिशा और कार्यक्रम तय कर उसे क्रियान्वित करने की घोषणा करें।''

देबू-दा ने बचे वक्ताओं से संक्षेप में अपने सुझाव देने का आग्रह किया। "अब शकुन्तला जी अपने सुझाव रखेंगी।''

"अध्यक्ष जी, भाइयो तथा बहनो! मैं भारत सरकार से कहना चाहती हूँ हमारे धैर्य और संघर्ष की परीक्षा मत लो। भाषा के साथ खिलवाड़ बन्द करो। मेरा सुझाव है कि एक सुनिश्चित तिथि से उत्तर प्रदेश बन्द का आयोजन किया जाय। उसके बाद उत्तर प्रदेश विधानसभा और संसद का घेराव किया जाय। हमें एक लम्बे आन्दोलन के लिए तैयार रहना चाहिए।''

इलाहाबाद छात्रसंघ के उपाध्यक्ष अरुण कुमार सिंह मुन्ना ने कहा "मैं इलाहाबाद विश्वविद्यालय छात्रसंघ की तरफ से आपके आन्दोलन की सफलता की कामना करता हूँ और वादा करता हूँ कि उत्तर प्रदेश के सभी विश्वविद्यालयों के छात्र समूह का आपको पूर्ण समर्थन मिलेगा। जब तक अंग्रेजी हटा नहीं दी जाती हमारा अनिश्चितकालीन आन्दोलन जारी रहेगा। इलाहाबाद छात्रसंघ आपके अनिश्चितकालीन हड़ताल में आपका पूर्ण साझीदार रहेगा। हम सभी मिलकर पूरे देश में अंग्रेजी हटाने और भारतीय भाषाओं के उत्थान के लिए सतत अपना अभियान जारी रखेंगे।''

शतरुद्र जी ने अपने सुझाव में कहा "सदियों की दास्ताँ से अब मुक्ति का समय आ गया है। अंग्रेजी हटाकर ही मैकाले की व्यवस्था हटाई जा सकती है। शकुन्तला जी के प्रस्ताव का समर्थन करता हूँ। छात्रसंघर्ष समिति से आग्रह करता हूँ कि कमेटी आन्दोलन के एक महीने के समयबद्ध कार्यक्रम को घोषित करे और आन्दोलन में छात्रों के साथ किसान, मजदूर संगठनों को जोड़ा जाय।''

छात्रों को सम्बोधित करते हुए आनन्द ने कहा "साथियो यह गाँधी, लोहिया का देश है, इसलिए यहाँ लोक भाषा चलनी चाहिए। यहाँ अंग्रेजी हटाकर हिन्दी लाने की बात नहीं है। प्रश्न यह है कि अंग्रेजी कैसे हटे और कैसे भारतीय भाषाओं को प्रोन्नत किया जाय? छात्रसंघर्ष समिति से आग्रह है कि वो विभिन्न संगठनों से विचार-विमर्श कर ठोस समयबद्ध रणनीति का ऐलान करे।''

देबू-दा ने विनम्र भाव से कहा "समयाभाव के कारण जो साथी अपना विचार नहीं रख पाए हैं उन्हें अगले सम्मेलन में अवसर देने का वायदा करता

हूँ।'' सम्मेलन के आखिर में आन्दोलन के समर्थन में दो प्रस्ताव पारित किए गए। जिसे सम्मेलन ने स्वीकृति प्रदान की। सभा के अन्त में श्री रामबचन पांडे ने संक्षेप में आभार व्यक्त किया।

छात्रसंघ भवन में बनारस प्रेस के प्रतिनिधि आ चुके थे। कुछ ही देर में संवाददाता सम्मेलन शुरू होगा। जितेन ने दो पेज का प्रेस स्टेटमेंट तैयार कर लिया था। तैयार स्टेटमेंट की साइक्लोस्टाइल कॉपी तैयार हो चुकी थी। देबू-दा थोड़े नर्वस थे, परन्तु जितेन के समझाने पर आश्वस्त हुए। जितेन ने प्रेस स्टेटमेंट की एक कॉपी पकड़ा दी और कहा "इसी आधार पर आप अपनी बात खुलकर प्रेस से कीजिए।'' जितेन और एन.पी. सिन्हा को साथ लेकर देबू-दा मुख्य कक्ष में दाखिल हो गए। जितेन ने सभी प्रेस प्रतिनिधियों का स्वागत किया और आग्रह किया कि "संवाद शुरू किया जाय।'' देबू-दा के पीछे मोहन भाई, अनिरुद्ध, राधेश्याम बैठ गए। सर्वप्रथम अंग्रेजी संवाद एजेन्सी के संवाददाता ने पूछा "भाषा विधेयक पर आपका आन्दोलन चल रहा है। आगे आनेवाले दिनों में आपका क्या कार्यक्रम है?''

"कल बनारस और पूरे पूर्वांचल में छात्र-छात्राएँ बाँह पर काली पट्टी लगाकर शिक्षण संस्थाओं में जाएँगे। उसके दूसरे दिन सत्याग्रह एवं उपवास, सायं सभा, चार दिन बाद पूरे पूर्वांचल के सभी जनपदों में अंग्रेजी हटाओ रैली आयोजित की जाएगी।''

पत्रकार : "पूर्वांचल में होनेवाली रैलियों को कौन लोग सम्बोधित करेंगे?''

"इन रैलियों को श्री अटल बिहारी वाजपेई, सांसद मधुलिमए, राजनारायण, कर्पूरी ठाकुर, प्रभुनारायण सिंह, रामसेवक यादव, लालकृष्ण आडवाणी सम्बोधित करेंगे।''

पत्रकार : "इस आन्दोलन में सिर्फ समाजवादी पार्टी शामिल है या अन्य दल भी हैं?''

"कांग्रेस छोड़कर लगभग सभी पार्टियाँ व उनके नेता शामिल हैं।''

पत्रकार : "अंग्रेजी अब एक वैश्विक भाषा बन चुकी है। ज्ञान-विज्ञान, टेक्नोलॉजी की भाषा अंग्रेजी है। फिर आप अचानक कैसे हटाएँगे?''

"हम ज्ञान-विज्ञान टेक्नोलॉजी के अध्ययन शोध को धीरे-धीरे भारतीय भाषाओं में बदलेंगे। जैसे दुनिया के तमाम मुल्कों में अपनी भाषा में काम हो रहा है, उसी तरह अध्ययन, अध्यापन एवं शोध में भारतीय भाषाओं को लागू करेंगे।''

पत्रकार : "भारतीय भाषाओं के विकास के बारे में आप क्या सोचते हैं?''

“मेरा विरोध अंग्रेजी की अनिवार्यता से है। अंग्रेजी भाषा से नहीं। हम भारतीय भाषाओं को समृद्ध करेंगे। भारतीय भाषाओं का आपस में अनुवाद कराया जाएगा। महत्वपूर्ण अंग्रेजी पुस्तकों, ज्ञान-विज्ञान की पुस्तकों का अनुवाद भारतीय भाषाओं में उपलब्ध कराया जाएगा।''

पत्रकार : “आपके यहाँ सैकड़ों विदेशी छात्र, दक्षिण भारत, महाराष्ट्र, बंगाल और पूर्वोत्तर राज्यों के छात्र अध्ययनरत हैं। ये छात्र ठीक से हिन्दी नहीं जानते तो इन्हें अंग्रेजी छुड़वाकर किस प्रकार हिन्दी में पढ़ने-पढ़ाने की व्यवस्था कर पाएँगे?''

“हमें अंग्रेजी हटा के हिन्दी लाना नहीं है। हमारा मकसद अंग्रेजी हटाना और भारतीय भाषाओं में पठन-पाठन प्रारम्भ कराना है। यह काम अचानक नहीं हो सकता। धीरे-धीरे ही होगा।''

पत्रकार : “भाषा के अलावा आपके अन्य मुद्दे क्या हैं?''

“हाँ, मेरे माँगपत्र में भाषा के अलावा कई मुद्दे हैं। जैसे शिक्षा परीक्षा के साथ-साथ विश्वविद्यालय के शैक्षिक संरचना में बदलाव, खुला दाखिला, सस्ती शिक्षा, विश्वविद्यालयीय समितियों में छात्र साझेदारी, मुफ्त चिकित्सा, शैक्षिक फेलोशिप, रोजगार या रोजगारी का भत्ता, मैरेज ब्यूरो सेंटर, छात्र न्यायालय, बुक बैंक, शिक्षा के लिए ऋण, छात्र बीमा आदि प्रमुख मुद्दे हैं।''

पत्रकार : “आनेवाले चुनाव में इन माँगों को लेकर आप लोगों की क्या भूमिका होगी?''

“हाँ, हम अपनी माँगों को चुनाव में मुद्दा बनाएँगे। तानाशाह अंग्रेजी दाँ सरकार को उखाड़ फेकेंगे। प्रदेश में जब चाहे तब संविद सरकार गिर जाएगी परन्तु गैरकांग्रेसवाद पर आई सरकार जनता की सरकार है। यह हमारी सरकार है। भाषा नीति पर संविद सरकार झुकेगी।''

पत्रकार : “संविद सरकार भाषा के मामले में किसके साथ है?''

“छात्रों के साथ, प्रदेश के मुख्यमन्त्री ने उत्तर प्रदेश में कामकाज के लिए हिन्दी को स्वीकार कर लिया है, शीघ्र आदेश जारी होनेवाला है।''

पत्रकार : “देश के कई प्रदेशों में हिन्दी वर्चस्व स्वीकार नहीं है। ऐसी स्थिति में देश-विभाजन का खतरा नहीं है?''

“तमिलनाडु को छोड़कर कहीं भी हिन्दी का विरोध नहीं है। हिन्दी कमोबेश पूरे देश में आसानी से समझी जाती है। देश विभाजन का तर्क अंग्रेजीदाँओं का है, जो देश की जनसंख्या के दो प्रतिशत है। हमारे यहाँ तमिल, तेलुगु, कन्नड़ के साथ तमाम भारतीय भाषाओं में अध्ययन-अध्यापन होता है।''

पत्रकार : "केन्द्र सरकार ने भाषा विधेयक संसद में पारित कर दिया। अंग्रेजी को बनाए रखने के लिए भारत सरकार दृढ़ प्रतिज्ञ है। ऐसी स्थिति में आप क्या सोचते हैं?''

"हमारे वरिष्ठ नेताओं ने आगामी सत्र में संसद का घेराव करने का निश्चय कर लिया है। इसकी घोषणा दिल्ली से शीघ्र की जाएगी। संसद पर गैर कांग्रेसी दलों, छात्र संगठनों, मजदूर-किसान संगठनों, आलइंडिया ट्रेड यूनियन फेडरेशन, संयुक्त राज्य कर्मचारी संघ, अखिल भारतीय व्यापार फेडरेशन जैसे सैकड़ों संगठन इसमें शामिल होंगे। देश की सभी सेवाएँ एक दिन ठप्प रहेंगी। संसद भी ठप्प रहेगी।''

पत्रकार : "सम्भवतः आप लोग अब अनिश्चितकालीन हड़ताल पर जा रहे हैं?''

"हाँ, हमारे पास कोई विकल्प नहीं रहा। अब हमारे सभी साथी अनिश्चितकालीन हड़ताल पर जाने के लिए विवश और प्रतिबद्ध हैं। सरकार को जनता की ताकत का पता चलना चाहिए कि लोकतान्त्रिक मूल्य क्या है और सरकार का कर्तव्य क्या है। जो सरकार तानाशाही और हठवादिता पर आमादा है, इस बार उसको चुनाव में उखाड़ फेंका जाएगा तब उसे अपनी कथनी-करनी का पता चलेगा।''

पत्रकारों ने एक-दूसरे को देखा और उठ गए। सभी पत्रकार मुस्कुराते छात्रसंघ भवन से बाहर आ गए छात्रसंघ भवन का लॉन, उत्तरी तथा पश्चिमी सड़कें छात्रों के हुजूम से भरी हुईं थीं। नारा लग रहा था, ''दादा तुम संघर्ष करो हम तुम्हारे साथ हैं... आवाज दो हम एक हैं... जिस ओर जवानी चलती है... उस ओर जमाना चलता है''...। सड़क पर लड़के नाच रहे थे। गा रहे थे। उनका उत्साह परवान पर चढ़ा था। दादा, मार्कण्डेय, एन.पी. सिन्हा, रामबचन पांडे, मोहन जी, आनन्द, अनिरुद्ध और शतरुद्र को लेकर छात्रसंघ भवन के बाहर आ गए। छात्र-छात्राओं की भीड़ आगामी कार्यक्रम जानने के लिए उत्सुक और उत्तेजित थी। छात्रों को सम्बोधित करते हुए देबू-दा ने कहा "मेरे प्यारे भाइयो-बहनो और बाहर से आए हुए साथियो! तीन दिन बाद अपनी माँगों के समर्थन में अगले सप्ताह से छात्रसंघ ने अनिश्चितकालीन हड़ताल पर जाने का फैसला किया है। यह फैसला बहुमत का फैसला है। हमारे सहयोगी छात्र-छात्राओं के पठन-पाठन में जो व्यवधान आएगा, उसके लिए वैकल्पिक प्रबन्ध किया जाएगा। इस बार की परीक्षा में अंग्रेजी की अनिवार्यता हटा दी जाएगी। जोश के साथ होश एवं संयम बनाए रखना होगा। आपके अमूल्य

सहयोग के कारण छात्रसंघ ने एक बड़ा फैसला लिया है। मुझे उम्मीद है कि छात्रों की लगभग सभी समस्याओं को यथाशीघ्र सुलझा लिया जाएगा। अंग्रेजी में फेल छात्रों को अब किसी प्रकार की परीक्षा नहीं देनी होगी। यह संकटकालीन दौर है। इस दौर में परस्पर विश्वास एकता बनाए रखें। मुझे पूरा विश्वास है कि आपके सहयोग से हमें अपने अभियान में कामयाबी मिल के रहेगी। जय हिन्द, जय समाजवाद।''

तय हुआ कि देश के विभिन्न विश्वविद्यालयों से आए छात्रसंघ अध्यक्ष, महामन्त्री विभिन्न युवा संगठनों के प्रतिनिधि, स्थानीय छात्र-छात्राएँ छात्रसंघ भवन से मालवीय भवन तक शान्ति मार्च निकालेंगे। मालवीय मूर्ति पर माल्यार्पण कर आज का कार्यक्रम विसर्जित किया जाएगा। छात्र समूह की गर्जना और नारेबाजी से परिसर की सड़कें थरथरा उठीं। हवा गर्म हो गई। माहौल उत्तेजक हो उठा। छात्रों की भीड़ नारेबाजी करती हुई मालवीय भवन की तरफ बढ़ गई। पुलिस, पी.ए.सी. बुत बने खड़े रह गए। मालवीय भवन में छात्राएँ थाली में चन्दन, रोली लिए खड़ी थीं। मालवीय जी की मूर्ति पर माल्यार्पण के पश्चात छात्राओं ने वरिष्ठ नेताओं को टीके लगाए। मालवीय भवन के बाहर आन्दोलन का संकल्प पत्र बाँटा गया। छात्राओं से टीका लगवाने की छात्रों में होड़ मच गई। लिली, ज्योत्स्ना, श्वेता, सुजाता, रेहाना, श्रुति, मृदांगदा, शिवानी, शान्ति, शेफाली आदि छात्राओं ने छात्रों को टीका लगाया। खूबसूरत बालाओं का साथ संग और स्पर्श पाकर छात्र समूह रोमाँचित और गौरवान्वित महसूस कर रहा था। अब वे कुछ भी कर गुजरने को तैयार हो चुके थे। यह पहला मौका था जब छात्र-छात्राएँ एक-दूसरे से दिल खोलकर आन्दोलन में एक साथ आए। आन्दोलन के कारण आपस की दूरियाँ मिट गईं। वे एक अनजान चुम्बकीय आकर्षण से बँध चुके थे। उनके बीच का कायर मन टूट चुका था। उनके भीतर एक नई शक्ति, ऊर्जा और उत्साह उमड़ आया। अब वे कुछ भी कर गुजरने, किसी कुर्बानी की हद तक जाने को बेताब हो रहे थे।

आठ बज रहे थे। लड़कियों के हॉस्टल लौटने का समय हो रहा था। शान्ति ने लिली को लौटने का इशारा किया। लिली ने सभी छात्र साथियो का अभिवादन किया। मुस्कुराई आगे मिलने के वादे के साथ हॉस्टल की ओर मुड़ गईं। तभी नारेबाजी होने लगी "हमारा नेता कैसा हो... लिली जैसा हो...। लिली तुम संघर्ष करों हम तुम्हारे साथ हैं...।'' रात के सन्नाटे में नारे की अनुगूँज दूर तक सुनाई दे रही थी। छात्र आगामी लड़ाई के लिए मन बना चुके थे। जितेन को देखकर मोहन मुस्कुराए बोले "अब लड़ाई में धार आ गई।''

हवा अब शरीर में चुभने लगी थी। आज मालवीय भवन में मेल-मिलाप का अजीब लोमहर्षक, उत्साह, उमंग दिख रहा था। सभी एक-दूसरे को देख रहे थे। लड़के लड़कियों को देखते रहे। लड़कियाँ लड़कों को। सभी के बीच एक अजीब सा चुम्बकीय सम्मोहन बन गया। धीरे-धीरे भीड़ छँटने लगी। घने वृक्षों से छनकर आती रोशनी सड़क पर झरने लगी। खाकी लौहटोपधारी, सी.आर.पी., रैपिड फोर्स, पी.ए.सी. जवानों के खौफनाक और विद्रूप चेहरे चमक रहे थे। रूइया के मैदान में धुन्ध की चादर तन चुकी थी। मोहन भाई मुस्कुराते तनावमुक्त होकर चल रहे थे। जितेन चिन्तित और उदास। छात्रसंघ भवन के आसपास पुलिस की गाड़ियाँ चक्रमण करतीं निकल रही थीं। चारो तरफ सन्नाटा छाया हुआ था, पर मन में विश्वास और उत्साह था। अभी रातभर विमर्श करना था।

विश्वविद्यालय का मालवीय भवन गोष्ठी, समारोहों, रामकथा, गीता व्याख्यान का मुख्य केन्द्र है। मालवीय भवन में राजनीतिक दलों के विद्यार्थी संगठनों की गोष्ठियाँ भी यदा-कदा होती रहती हैं। आज मालवीय भवन में प्रगतिशील महिला मोर्चा की ओर से 'नर-नारी समता सम्मेलन' का आयोजन किया गया है। यह पहला अवसर है जब काशी हिन्दू विश्वविद्यालय परिसर में नारी मुक्ति के सन्दर्भ में सम्मेलन आयोजित है। इसे लेकर छात्र-छात्राओं का समूह कॉफी उद्वेलित और उत्सुक है। ऐसे मौके मिलते कहाँ हैं? सो छात्र-छात्राओं और समाजवादियों में खासा जोश और उत्साह बना हुआ है। बिना विज्ञापन और प्रसार के इस सम्मेलन का प्रचार हो रहा है। विमेन्स कॉलेज के पास होने से लड़कियों का आना स्वाभाविक है। चूँकि विद्यालय की प्राचार्या संयोजक हैं, इसलिए उनकी खुशामद में हॉस्टल की लड़कियों को आना ही आना है।

शान्ति, शकुन्तला विगत दो सप्ताह से सम्मेलन को सफल बनाने के लिए सक्रिय हैं। उनकी पूरी टीम लिली, श्वेता, ज्योत्स्ना, नेहा, मोनिका, प्रियंवदा, रेहाना के अतिरिक्त अन्य सहयोगी सक्रिय हैं। आज लंकेटियर्स भी भवन के इर्द-गिर्द मँडरा रहे हैं।

सम्मेलन की मुख्य अतिथि विश्व महिला संगठन की अध्यक्ष एवं समाजशास्त्री प्रसिद्ध चिन्तक प्रोफेसर आन्द्रे और प्रोफेसर अनामिका रामचन्द्रन मालवीय भवन पहुँच चुकी थीं। दोपहर दो बजे तक दो सौ से अधिक छात्र-छात्राएँ मालवीय भवन में जुट चुकी थीं। अभी कुछ आ रहे थे। कुछ रास्ते में थे। बनारस में लोग किसी भी समारोह में धीरे-धीरे आते हैं। सब कुछ धीरे-धीरे चलता

है। पर आज कुछ तेजी दिखाई दे रही है। प्रोफेसर आन्द्रे, प्रोफेसर रामचन्द्रन, प्रोफेसर वार्ष्णेय मंच पर बैठ चुकी थीं। तीनों को बुके देने के बाद शकुन्तला ने स्वागत-भाषण प्रारम्भ किया। "आज का दिन हमारे लिए ऐतिहासिक दिन है। हमारे बीच दुनिया की मानी-जानीं विचारक एवं समाजशास्त्री प्रोफेसर आन्द्रे, हारवर्ड यूनिवर्सिटी की शिक्षाविद प्रोफेसर वार्ष्णेय, दिल्ली विश्वविद्यालय की प्रोफेसर रामचन्द्रन मौजूद हैं। मैं सभी का स्वागत करती हूँ। आज का दिन हमारे लिए ऐतिहासिक है। क्योंकि हम एक अहम राष्ट्रीय मुद्दे पर विचार-विमर्श के लिए यहाँ उपस्थित हुए हैं। सभी छात्र-छात्राओं, अभिभावकों तथा वरिष्ठजनों का वन्दन अभिनन्दन करती हूँ। भारत में आज भी स्त्री की स्थिति दयनीय और दोयम दर्जे की बनी हुई है। वह पितृसत्तात्मक व्यवस्था की शिकार है। उसका अपना कोई निजी व्यक्तित्व, अस्तित्व नहीं है। वह पूरी तरह पराधीन है। स्त्री मुक्ति के लिए हमें एक लम्बी लड़ाई लड़नी होगी। समाज में थोड़ा बहुत बदलाव आया है, लेकिन अभी बहुत कुछ बदलना है। मैं प्रोफेसर आन्द्रे से विनम्र आग्रह करती हूँ कि वे आज के सम्मेलन का उद्‌घाटन करें।"

"सम्मानित अध्यक्ष और साथियो! मुझे काशी हिन्दू विश्वविद्यालय में 'नर-नारी समता' सम्मेलन में आमन्त्रित किया है। आभारी हूँ। मेरा सौभाग्य है कि मैं इस महान विश्वविद्यालय में आप सभी साथियो को सम्बोधित कर पा रही हूँ। यूरोप में नारी मुक्ति आन्दोलन की शुरुआत दो सौ वर्ष पहले हुई। अमरीका में नारी मुक्ति आन्दोलन उन्नीस सौ एक में जोर पकड़ा। उन्नीसवीं सदी में समाजवादी चिन्तक चार्ल्स फूरिए ने पहली बार फ्रान्सीसी शब्द फ्रेमिनिज़्मे का प्रयोग शुरू में किया था, जिसकी समाजशास्त्रियों ने अपने-अपने ढंग से व्याख्या की। दरअसल नारीवादी आन्दोलन का आधुनिक रूप सत्रह सौ बानबे में प्रकाशित मैरी वोल्सनक्रॉफ्ट की रचना 'विडीकेशन ऑफ द राइट्स ऑफ वुमेन' और अट्ठारह सौ उनहत्तर में प्रकाशित जॉन स्टुअर्ट मिल की क्लासिक रचना 'द सब्जेक्शन ऑफ वुमेन' की उल्लेखनीय भूमिका है। इन दो पुस्तकों से यूरोप में स्त्री मुक्ति आन्दोलन को लोकप्रियता मिली। इन दोनों का दावा है कि पुरुष की भाँति स्त्री भी तर्क बुद्धि और सदाचार के आदर्शों, मान्यताओं को हासिल कर सकती है। क्रॉफ्ट ने नारीवादी रूसो के संकीर्ण विचारों की आलोचना की। रूसो स्त्रियों को बौद्धिक गतिविधियों के योग्य नहीं मानते थे, जबकि स्त्री पूरी तरह सक्षम और योग्य है। क्रॉफ्ट की मान्यता के कारण नारीवादी आन्दोलन की यूरोप में लोकप्रियता बढ़ी। यूरोप में मॉर्क्स, ऐंगिल्स, बेबेल, सिमोन द बोउवार, जर्मन ग्रीयर्ट आदि ने कॉफी कुछ लिखा

है। ये सभी विचारक स्त्रियों की समानता, स्वतन्त्रता के प्रबल पक्षधर थे। नारी मुक्ति के लिए यूरोप में अनेक महिला संगठन बने। इन स्त्रियों ने समाज में आर्थिक समानता, मतदान की सुविधा, नौकरी में समान वेतन, समान शिक्षा तथा रोजगार, सम्पत्ति पर वैधानिक अधिकार विवाह और तलाक के अधिकार के लिए संघर्ष किया।''

"उन्नीसवीं सदी के प्रारम्भिक तीन दशकों के दौरान स्त्री आन्दोलन के साथ-साथ सक्रिय स्त्री लेखन को देखा जा सकता है। इन्हीं दिनों ढेर सारी महिला लेखिकाओं ने पत्र-पत्रिकाओं में अपने विचार व्यक्त किए। प्राचीन काल को छोड़ दिया जाय तो भारत में स्त्री मुक्ति आजादी के थोड़े पहले प्रारम्भ होता है। उसके बाद भारत के विभिन्न प्रदेशों में उन्नीस सौ सत्तर के बाद विभिन्न महिला संगठनों के माध्यम से फैला। भारत में स्त्री मुक्ति का सपना कुछ हद तक साकार हुआ, परन्तु अभी बहुत कुछ शेष रह गया है। फिर भी आज स्त्री सभी स्तरों राजनीति, समाज, सत्ता और समय को चुनौती देती एक नई दुनिया का सृजन कर रही है। वह रूढ़िवादी पितृसत्तात्मक व्यवस्था को चुनौती देती, उसका ध्वंस करती नए मुकाम और नई भूमिका में अग्रसर हो रही है।''

"स्त्रीवादी आन्दोलन पुरुषवादी पितृसत्तात्मक समाज को चुनौती देती समता, समानता पर आधारित समरस समाज की रचना करना चाहती है। सिमोन द बोउवार की 'दी सेकेंड सेक्स' पुस्तक दुनिया में कॉफी चर्चित रही। उनका कहना है कि स्त्री स्त्री पैदा नहीं होती, बना दी जाती है। आदिकाल से अब तक स्त्रियों की अस्मिता पर प्रहार होता रहा है, परन्तु आज स्थिति बदली है। स्त्री पुरुष के समानान्तर समाज में खड़ी है और अपनी भूमिका का निर्वहन कर रही है। नारीवादी विमर्श ने बींसवी सदी के दौरान समाज विज्ञान और चिन्तन को सर्वाधिक प्रभावित किया है। नारीवादी आन्दोलन के कारण दुनिया के विद्वान, विचारक स्त्री के बारे में नए ढंग से सोचने-समझने को बाध्य हुए। नारीवादी हस्तक्षेप के कारण निजी और सार्वजनिक सम्बन्धी धारणाएँ पहले जैसी नहीं रहीं। उसमें व्यापक बदलाव आया है। विकसित मुल्कों में सभी सामाजिक स्तरों पर स्त्रियाँ पुरुषों के बराबर मुस्तैदी से खड़ी हैं। लेखन के स्तर पर भी स्त्रियाँ किन्हीं-किन्हीं विधाओं में पुरुषों से बेहतर लिख रही हैं। भारत में भी स्त्रियों की स्थिति में पहले की तुलना में कॉफी परिवर्तन आया है और कॉफी कुछ शेष रह गया है। स्त्री की आजादी स्वाधीनता, अस्मिता के लिए हमें लम्बी लड़ाई के लिए तैयार रहना चाहिए। आशा है कि सफलता अवश्य मिलेगी। मैं उम्मीद करती हूँ आप अपने संगठन के माध्यम से स्त्रियों के साथ-साथ पुरुषों में भी

स्त्री-पुरुष समता-समानता का अभियान चलाएँगी। मैं उम्मीद करती हूँ कि इस सम्मेलन के माध्यम से स्त्री मुक्ति का सपना साकार होगा। धन्यवाद।''

शकुन्तला ने कहा "अब मैं दिल्ली यूनिवर्सिटी की प्रोफेसर अंजली रामचन्द्रन से आग्रह करती हूँ कि वे अपने विचार रखें।'' "अध्यक्ष जी प्रोफेसर आन्द्रे तथा साथियो! आपके बीच आकर खुशी हुई। स्त्री मुक्ति के मुद्दे पर हम नए ढंग से कुछ विचार कर सकेंगे। हमारे समाज में अभी भी स्त्री को पूर्ण आजादी हासिल नहीं हो सकी है। अभी भी पुरुष प्रधान समाज घर-बाहर अपना प्रभुत्व बनाए हुए है। स्त्री के प्रति अभी भी पुरुष की दृष्टि सामन्ती और रूढ़िवादी बनी हुई है। यूरोप की तर्ज पर भारत में भी कई राज्यों में कई महिला संगठन सामाजिक परिवर्तन और नवनिर्माण का आन्दोलन चला रहे हैं। गुजरात और महाराष्ट्र में महिलाएँ, मजदूर-किसान आन्दोलनों में सक्रिय साझेदारी करने लगी हैं। महाराष्ट्र में महिला संगठनों ने मार्क्सवादी कम्युनिस्ट पार्टी और सोशलिस्ट किसान, मजदूरों के साथ महँगाई, बेरोजगारी, जमाखोरी, दामबाँधो के लिए लम्बा संघर्ष किया है।''

"भारत में सातवें दशक में मराठी, गुजराती, पत्रिकाओं में अनेक महिला विशेषांक प्रकाशित हुए। इसमें विधवा विवाह, पर्दाप्रथा, नारी मुक्ति, शिक्षा की चर्चा की गई है। महाराष्ट्र, गुजरात के बाद आंध्र प्रदेश के तेलंगाना क्षेत्र में भूपतियों के अत्याचार, बलात्कार, शोषण, बेरोजगारी के लिए महिलाओं द्वारा आन्दोलन चलाए गए। दिल्ली, बंगाल, बिहार, असम जैसे अनेक राज्यों में दहेज एवं स्त्री प्रताड़ना के विरुद्ध अनेक महिला संगठनों ने आन्दोलन किए। आज भी देशभर में दर्जनों महिला संगठन इस दिशा में कार्यरत हैं। साथियो अभी इस दिशा में कॉफी काम करना होगा। सदियों की दासता को खत्म करने में समय लगेगा। स्त्री मुक्ति आन्दोलन से कॉफी जागरूकता आई है। मुझे उम्मीद है कि आगे आनेवाले दिनों में इस प्रकार के आन्दोलन कारगर साबित होंगे। मैं उम्मीद करती हूँ कि आज के सम्मेलन का सन्देश पूरे देश में जाएगा। धन्यवाद।''

"हमारे बीच डॉ. सुनन्दा सुब्रमणियम मौजूद हैं। जो स्त्री मुक्ति आन्दोलन से विगत वर्षों से जुड़ी हुईं हैं। आग्रह है कि अपने विचार प्रस्तुत करें।'' "परम सम्मानित प्रोफेसर आन्द्रे, अध्यक्ष जी तथा साथियो! आजादी के कई दशकों बाद आज भी स्त्री पितृसत्तात्मक समाज की परम्पराओं से जकड़ी हुई है। भारत ही नहीं यूरोप के तमाम बड़े लेखकों ने स्त्री मुक्ति का मखौल उड़ाया। उन्होंने कहा 'स्त्री हमारे लिए आज भी देह पहले है, कुछ और बाद में।' कुछ भारतीय

कथाकारों का कथन है 'जब तक वह (स्त्री) मेरी सम्पत्ति है। तभी तक मेरी प्रिय है। जैसे ही वह मुझसे स्वतन्त्र होकर खड़ी होती है, वह मेरी सत्ता को चुनौती देती है।' यह कथन पढ़े-लिखे पुरुष प्रधान बुद्धिजीवियों के विचार हैं, जो अपने आप में सामन्ती और स्त्री विरोधी है। इस प्रकार के विकृत सामन्ती विचारों के मिथक को तोड़ना होगा। मैं उम्मीद करती हूँ कि पुरुष एवं स्त्री दोनों को मिलकर इस दिशा में काम करना होगा, तभी समाज में सकारात्मक परिवर्तन सम्भव है धन्यवाद''

"अब मैं प्रसिद्ध इतिहासकार प्रोफेसर हरीश कुमार से विचार रखने का आग्रह करती हूँ।''

"अध्यक्ष जी, मुख्य अतिथि जी, छात्र-छात्राओ एवं मित्रो! मैं नर-नारी, समता-समानता का पक्षधर रहा हूँ। मेरा मानना है कि स्त्री मुक्ति अभियान में पुरुषों को एक महत्वपूर्ण सहयोगी की भूमिका निभानी चाहिए। स्त्री-पुरुष की असमानता को समाप्त करने के लिए पुरुष को आगे आना होगा। यदि यह भेद समय रहते समाप्त नहीं हुआ तो समाज पिछड़ा और अविकसित रह जाएगा।''

"अब मैं कुछ युवा वर्ग की छात्राओं को अपने विचार रखने की अध्यक्ष जी से इजाजत चाहूँगी।'' अध्यक्ष की इजाजत के बाद रेहाना को आमन्त्रित किया गया। "आदरणीया प्रोफेसर आन्द्रे, प्रोफेसर रामचन्द्रन एवं अध्यक्ष जी तथा साथियो! स्त्री मुक्ति एक अहम विषय है। स्त्रियाँ दिनोंदिन सभी क्षेत्रों में सफलता हासिल कर रही हैं। आज नई पीढ़ी सभी स्तरों पर पितृसत्तात्मक व्यवस्था को तोड़ रही हैं। स्त्री अपनी स्वतन्त्रता, अस्मिता के अतिरिक्त सामाजिक भूमिका की तलाश में जूझ रही हैं। आज अभी भी हमें समाज में पूर्ण आजादी हासिल नहीं हो पाई है। सभी स्तरों पर स्त्री उपेक्षित हैं। वह पुरुष के अधीन हैं। हमें मिल-जुलकर स्त्री-पुरुष की गैरबराबरी को खत्म करना चाहिए। धन्यवाद।''

"मैं चाहूँगी कि अन्य वक्ता अपनी बातों को संक्षेप में रखें।'' उन्होंने अनामिका का नाम पुकारा। "अध्यक्ष जी, मुख्य अतिथि जी अन्य सम्मानित जन! आज का विषय गम्भीर है। हमें नर-नारी समता-समानता के लिए अभी कॉफी संघर्ष करना बाकी है। हमें अपने अधिकार संघर्ष से लेने होंगे। इसीलिए बड़े स्तर पर हमें जागरूकता लानी होगी। हमें पुरुष की मानसिकता और पितृसत्तात्मक व्यवस्था को बदलना होगा। धन्यवाद।''

"अब लिली जी अपनी बातों को बेबाकी से शेयर करें।'' "परम सम्मानित विश्व चिन्तक प्रोफेसर आन्द्रे, आदरणीय अध्यक्ष जी अन्य वरिष्ठजन तथा

साथियो! मैं अदब और सम्मान के साथ कहना चाहती हूँ कि जान स्टुअर्ट मिल से साईमन द बऊवा तक के स्त्री-विमर्श सम्बन्धी विचार भारतीय समाज में अर्थहीन सिद्ध हो चुके हैं। हम एक बर्बर आदिम और हिंसक समाज में जी रहे हैं। उससे मुक्ति के लिए हमें किताबी ज्ञान और नारेबाजी के बजाय व्यावहारिक स्तर पर उतरकर स्त्री मुक्ति की समस्या का समाधान करना होगा। स्त्री मुक्ति के लिए हमें सामाजिक जागरूकता लानी होगी। एक लम्बे जनअभियान की शुरुआत करनी होगी। हमें इसके लिए सतत प्रयास और जोखिम उठाना होगा। भारत में रेडिकल फेमनिज्म की आवश्यकता है। मैं उम्मीद करती हूँ कि नर-नारी समानता के लिए हमारे छात्र साथी भी पूरा सहयोग करेंगे, तभी हमें कामयाबी मिल सकेगी। मैं यहाँ उपस्थित सभी सम्मानित साथियो, सहयोगियों से अपील करती हूँ कि नर-नारी समता बनाने में अपना सकारात्मक सहयोग प्रदान करें। धन्यवाद।''

"अब मैं अध्यक्षीय भाषण के लिए आदर सहित देश की जानी-मानी हारवर्ड विश्वविद्यालय की पढ़ी शिक्षाविद प्रोफेसर वार्ष्णेय को आमन्त्रित करती हूँ कि वे आएँ और अपने विचारों से हमें अवगत कराएँ।''

"हमारी सम्मानित मेहमान प्रोफेसर आन्द्रे, प्रोफेसर रामचन्द्रन सहयोगियो एवं छात्र-छात्राओ! पश्चिम और पूरब के स्त्री मुक्ति आन्दोलन में कॉफी फर्क है। स्त्री आन्दोलन के यूरोपीय पक्ष पर आपने प्रोफेसर आन्द्रे का महत्वपूर्ण भाषण सुना। तो यूरोप के सम्बन्ध में मुझे कुछ विशेष कहना नहीं है। यूरोप के ढेर सारे देशों में तमाम महिला संगठनों ने दो सौ वर्षों की लम्बी लड़ाई के बाद अपना मुकाम हासिल किया है, परन्तु भारत में स्थिति अत्यन्त विषम और दारुण है। भारत में स्त्री आज भी उपेक्षित, शोषित, पराधीन और कमजोर है। वह अभी भी पितृसत्तात्मक व्यवस्था पर आश्रित है। उसे न घर में आजादी हासिल है, न बाहर। वह आज भी पुरुष की तुलना में समाज में दोयम दर्जे की मानी जाती है। हालाँकि हमारे देश में स्त्रियों के सन्दर्भ में नगरों, महानगरों में बदलाव आया है। स्त्री शिक्षित हुई है। सभी क्षेत्रों में वह पुरुषों की स्पर्धा में कहीं भी कमतर नहीं है। फिर भी उसे अपनी आजादी, अस्मिता, स्वायत्तता और सामाजिक भूमिका के लिए संघर्ष करना पड़ रहा है।''

"भारत में स्त्री स्वातन्त्र्य की चेतना कॉफी बाद में आई। महाभारतकाल में द्रौपदी का संघर्ष पितृसत्तात्मक पुरुषवादी सामन्ती व्यवस्था से रहा। सीता भी पुरुष प्रधान सामन्ती व्यवस्था की शिकार हुईं। मीरा का विद्रोह सामन्तशाही के विरुद्ध रहा। अपने विचारों और विद्रोह के कारण मीरा सन्त बन गईं। भारत

में आज एक वर्ग-विशेष को छोड़कर स्त्रियों की दशा में खास परिवर्तन नहीं आया है।''

"शिक्षा के क्षेत्र में कॉफी कुछ बदलाव आया है। स्त्रियाँ शिक्षा, चिकित्सा, विज्ञान, टेक्नॉलाजी आदि क्षेत्रों में पुरुषों के समानान्तर अग्रसर हैं। स्त्री देह को लेकर दुनिया के साहित्य में बहुत कुछ लिखा गया, परन्तु स्त्री की देह का सामाजिक, राजनीतिक, सांस्कृतिक और आर्थिक परिदृश्य बदला है। आज उसकी देह सिर्फ सौन्दर्य का प्रतीक नहीं रही, बल्कि अनेक उत्पादों के लिए विज्ञापनों में उसकी अनिवार्यता बन गई है। विज्ञापन की अनिवार्यता से उसने समाज में अपनी जगह बनाई है। यूरोप के ढेर सारे विद्वानों ने स्त्री-विमर्श पर दर्जनों पुस्तकें लिखी हैं, जिनका प्रभाव विश्व के स्त्री मुक्ति आन्दोलन पर पड़ा। यहाँ पर हमारे बहुत से समाजवादी, सहयोगी मौजूद हैं। भारत में डॉक्टर राममनोहर लोहिया ने आधुनिक स्त्रीवादी विमर्श में बड़ी भूमिका का निर्वहन किया। स्त्री मुक्ति के सन्दर्भ में उनके विचार क्रान्तिकारी हैं। मार्क्सवादी स्त्रीवादी विमर्श के अनुसार स्त्री की अधीनता आर्थिक कारकों से चलती है। डॉक्टर लोहिया का मानना है कि केवल आर्थिक ढाँचा बदलने से स्त्री को पुरुष के साथ बराबरी का दर्जा नहीं मिल सकता। जब तक उसके दिमाग में स्त्री की पुरुषहित की छवियाँ गढ़ी जाएँगी, तबतक सम्पूर्ण बदलाव सम्भव नहीं। उनका मानना है कि स्त्री को आर्थिक स्तर पर स्वतन्त्र होना पड़ेगा। स्त्री को संविधान और कानून में भी बराबरी का हक मिलना चाहिए। डॉक्टर लोहिया ने दलित और शूद्र स्त्रियों को भी किसी न किसी हद तक किसी न किसी रूप में शोषित और पराधीन माना है। उन्होंने स्पष्ट तौर पर कहा कि समाज में औरत को मर्दों के समान सभी स्तरों पर हक और अधिकार मिलना चाहिए।''

"भारतीय समाज में स्त्रियों के सन्दर्भ में अपेक्षित सुधार नहीं हो पाए हैं। फिर भी कई स्पर्धाओं में स्त्रियाँ पुरुषों को चुनौती दे रही हैं। वे शारीरिक स्तर पर कमजोर हो सकती हैं, पर बौद्धिक स्तर पर पुरुष से कहीं भी किसी भी स्तर पर कमतर नहीं हैं। मैं पितृसत्तात्मक व्यवस्था के विरुद्ध नारी मुक्ति उत्थान और आजादी की समर्थक हूँ। नर-नारी समता सम्मेलन के माध्यम से पुरुष साथियो से अपील करती हूँ कि इस आन्दोलन में अपना सहयोग कर स्त्री पराधीनता को समाप्त करें और नर-नारी समतामूलक समाज के निर्माण में सहयोग दें। धन्यवाद।''

सम्मेलन के अन्त में राजनीति विज्ञान के प्रोफेसर सुनन्दा सुब्रमणियम ने धन्यवाद ज्ञापित करते हुए कहा "मैं माननीय फ्रान्स की प्रोफेसर आन्द्रे,

प्रोफेसर रामचन्द्रन, प्रोफेसर वार्ष्णेय, प्रोफेसर अनीता, प्रोफेसर हरीश कुमार, लिली, श्वेता, रेहाना, अनामिका की आभारी हूँ। मैं सम्मेलन की संयोजक प्रोफेसर वार्ष्णेय जिनके सहयोग के बिना यह आयोजन सम्भव नहीं था, की विशेष आभारी हूँ। मैं श्रीमती शान्ति, शकुन्तला जी एवं अन्य छात्र-छात्राओं के सहयोग के लिए कृतज्ञता ज्ञापित करती हूँ। उम्मीद करती हूँ कि इस सम्मेलन में आए प्रस्तावों एवं वक्तव्यों को अमल में लाने का सभी प्रतिभागी प्रयास करेंगे। धन्यवाद।''

सम्मेलन खत्म होने पर सभी मालवीय भवन से बाहर आ गए। एक ओर सम्मेलन तो दूसरी तरफ आन्दोलन। अजीब विरोधाभास है पर यहाँ एक साथ समानान्तर बहुत कुछ चलता।

सम्मेलन से लड़कियों में सामाजिक चेतना की नई लहर आई। वे नई ऊर्जा, नए आत्मविश्वास से लबरेज हैं। अपना भविष्य खुद तय करेंगी। अब उन्हें नई भूमिका की तलाश है। लड़कियाँ वरिष्ठ प्रोफेसरों के पीछे पूरे जोश और उमंग में चल रही थीं। जागरूकता की अनेक परतें खुल रही थीं। अब पितृसत्ता की बनी बनाए शर्तें मानक टूटेंगे। नर-नारी समता का रास्ता प्रशस्त होगा।

बिरला-ब्रोचा से देखा पूरब में ऊपर आसमान में धुँआ छा रहा था। सड़क पर सन्नाटा। सिर्फ पुलिस, पी.एस.सी. की गाड़ियाँ दौड़ रही थीं। फूलचन्द ने गुलेबन्द से चेहरे को ढँका, फिर ब्रोचा की ओर चलने का इशारा किया। ब्रोचा पर एक्के-दुक्के छात्र नजर आए। गेट पर मिलने पर हरिकेश ने बताया कि कल दिन में पुलिस, पी.एस.सी. हॉस्टल में घुस आई थी। झाँका-ताका फिर लौट गई। उन्हें आशंका थी कि यहाँ से जुलूस निकलनेवाला है। रात में चार कम्पनी पी.एस.सी., सी.आर.पी.एफ. की आई, जिन्हें हैदराबाद कॉलोनी के एक हॉस्टल में ठहराया गया है। विश्वविद्यालय में सिर्फ साइन्स फैकल्टी में कामकाज हो रहा है। बाकी जगह छात्रों का बहिष्कार है। मौरवी हॉस्टल से होते हुए हम दोनों विश्वनाथ मन्दिर के पिछवाड़े आए। यहाँ मार्कण्डेय, यदुनाथ और अनिरुद्ध मिले। यदुनाथ ने बताया "केन्द्रीय कार्यालय में कुलपति कक्ष में विश्वविद्यालय अधिकारियों की बैठक चल रही है। देखिए क्या फैसला होता है?''

"किस बात का फैसला?''

"निष्कासन का।''

फूलचन्द गम्भीर बन गए।

"तो वहीं घेरा जाए'' यदुनाथ ने कहा।

"नहीं, पहले निर्णय लेने दो फिर कल जवाब देंगे हम लोग।''

मार्कण्डेय ने कहा "हमें समय बर्बाद नहीं करना चाहिए, अपनी रणनीति बनानी चाहिए।''

"तब चलते हैं आईटी हॉस्टल।''

"कहाँ?''

"राजपूताना में।''

"कल मालवीय मूर्ति के नीचे उपवास और शाम को लंका से अस्सी तक मशाल जुलूस निकाला जाएगा।''

"तो ठीक है कल दोपहर को मालवीय मूर्ति पर हम सभी मिलते हैं। चार घंटे के उपवास के बाद मशाल जुलूस निकाला जाएगा।'' यह तय हो जाने पर बैठक समाप्त हो गई।

दोपहर बारह बजते-बजते मालवीय मूर्ति के पास छात्रों की भीड़ जुटने लगी। सरोज यादव क्रान्तिकारी कविताएँ सुना रहे थे। भीड़ आज कॉफी गरम-गरम सुनना चाहती थी। तीन-चार चौकियाँ बिछाई गईं, माइक लगाया गया। तमाम साथी उपवास में बैठ चुके थे। तभी खबर आई राजनारायण जी आ रहे हैं। राजनारायण जी के नाम पर पुलिस मुस्तैद हो गई। उन्हें डर था कि जुलूस बाहर के बजाय विश्वविद्यालय परिसर में न घुस जाए। उन्हें तोड़फोड़ व हिंसा की आशंका सता रही थी। सभा की अध्यक्षता के लिए अभिभावक संघ के अध्यक्ष कुँवर आनन्देश्वर प्रसाद सिंह का नाम प्रस्तावित किया गया। तीन बजने को थे गुनगुनी धूप थी। हमेशा की तरह फूलचन्द को माइक पकड़ायी गई। उन्हें राजनारायण जी के आने तक का समय दिया गया।

सम्बोधित करते फूलचन्द ने कहा "साथियो कैसा कलयुग आ गया कि रक्षक ही भक्षक बन गया। मालिक बेईमान व तानाशाह बन गया। शिक्षा मन्दिर गुंडों का अड्डा बन गया। हम शिक्षानीति में परिवर्तन की बात कर रहे हैं। वे अमरीकी सेमेस्टर पद्धति को लागू कर रहे हैं। मुझे इसलिए निकाला गया कि सत्य न्याय की बात करता हूँ। भ्रष्टाचार, भाई-भतीजावाद, लूट, अन्याय का विरोध करता हूँ। अगर सच बोलना बगावत है तो समझो मैं भी बागी हूँ।'' तभी राजनारायण जी सदल-बल सभा स्थल पर पहुँच गए। उनके आते ही देबू ने उनका अभिनन्दन किया और छात्रों से निवेदन किया "जो जहाँ है वहीं बैठ

जाय। सभा के बाद हम सभी अस्सी चौराहे तक मशाल जुलूस के साथ चलेंगे।'' दादा ने राजनारायण जी से छात्रों को सम्बोधित करने का आग्रह किया।

"साथियो तथा प्यारे छात्रों आज कई दिन से भाषा विधेयक विरोधी आन्दोलन चल रहा है। ऐसी विषम परिस्थिति में विश्वविद्यालय कैसे चल सकता है? अपनी बात कहना, सच्चाई के रास्ते चलना, न्याय का साथ देना जुर्म है तो हम बार-बार यह जुर्म करेंगे।'' राजनारायण जी ने आगे कहा "पानी सर के ऊपर बह रहा है। गोरे चले गए। पर काले लोग गोरों की भाषा नहीं छोड़ रहे हैं। यह तो देशी मुर्गी बिलायती चाल है। काला साहब अब गोरा बन गया। पर अब इसको हटाना होगा। मैने प्रधानमन्त्री, राष्ट्रपति से कहा है कि अपनी भाषा में संसद चलाओ... शिक्षा, शासन, न्यायालय से अंग्रेजी हटाओ। बहुत सह लिया। अब सहा नहीं जा रहा है।... इस देश की सरकार हिन्दी को दासी बनाए हुए है। अंग्रेजी अभी भी रानी बनी हुई है। हमें अंग्रेजो की रानी नहीं चाहिए। अंग्रेजी छात्रों की छाती पर बैठी हुई है, उसे हटाना है। लोग जब तक अपनी भाषा नहीं जानेंगे देश आगे नहीं जाएगा जैसे रूस, जर्मनी, फ्रान्स और चीन आगे बढ़ रहे हैं।'' ऊँची आवाज में गर्जना के साथ उन्होंने कहा "अगर लड़कों का निष्कासन वापस नहीं होता, पढ़ाई में अंग्रेजी की अनिवार्यता नहीं हटाई जाती तो यूनिवर्सिटी कैसे चल पाएगी? यहाँ का प्रोफ़ेसर भ्रष्टाचार में लिप्त है। कुलपति की चापलूसी करता है। भाई-भतीजावाद करता है। वह गलत-गलत धन्धे करता है। वह पढ़ाई नहीं करता। यह महामना मालवीय का मन्दिर है। याद रखना इस विश्वविद्यालय के नुमाइन्दो यदि हमारी माँगें न मानी गईं तो हम अनशन, धरना-प्रदर्शन और जनआन्दोलन का रास्ता अपनाएँगे। तुम्हे चैन से रहने नहीं देंगे। जय हिन्द, जय समाजवाद।''

सूरज अस्त हो रहा था। आसमान साफ था। लंका की बत्तियाँ जगमगा उठी थीं। झुंड की झुंड लड़कियाँ निकली हुई थीं। लंकेटिंगवाले अपनी-अपनी अड़ी पर मुस्तैद थे। बाजार में रौनक और उछाल थी। टंडन टी स्टाल पर सभी दलों के ढेर सारे बुजुर्ग-नौजवान नेता जमे थे। कुछ अपने मन से आए थे। कुछ बुलाए गए थे। छात्रों में उत्साह से अधिक कौतूहल था। दो सौ मशाल तैयार की गई। पुलिस, पी.ए.सी. वाले अपना-अपना रूट बदल रहे थे। लड़कियाँ सहमी दाएँ-बाएँ पटरियों से निकल रही थीं। लिली, शान्ति, नेहा, श्वेता, मोनिका, मृदांगदा अपनी सहेलियों के साथ सब कुछ देख रही थीं। तभी नारेबाजी शुरू हो गई। "अभी तो ये अँगड़ाई है... आगे और लड़ाई है... छात्र एकता जिन्दाबाद... जिन्दाबाद।''

दो-तीन सौ मशालें जल रही थीं। जुलूस में छात्रों के साथ तमाशबीन और बच्चे भी शामिल थे। जुलूस धीरे-धीरे रफ्तार पकड़ रहा था। भारी पुलिस बल जुलूस के आगे-पीछे चल रहा था। छात्रों का जुलूस एक सौ चौवालीस धारा को तोड़ते बढ़ रहा था। पुलिस अधिकारियों के निर्देश के कारण आज मूकदर्शक बनी हुई है। किसी मेले-तमाशे को देखने की अस्सी के लोगों में उत्सुकता बनी हुई थी। लोग अपने-अपने मकानों और अड़ी से उतरकर पटरियों पर खड़े हो गए। कुछ बच्चे, महिलाएँ मकानों के छज्जों व छतों और चबूतरों पर खड़े हो गए। पप्पू की दुकान पर गया, बलाले, गुरू, दद्दन महाराज, अखिला महाराज, रामदयाल जी, शैलेन्दर जमे हुए थे। जुलूस अस्सी चौराहे पर आकर रुक गया। किनारे पड़ी एक चौकी पर रामबचन पांडे, दादू, सिन्हा जी, मोहन जी, मार्कण्डेय बैठ गए। मशाल जुलूस के कारण अस्सी चौराहे का रंग बदल गया। दो-तीन सौ लहकते मशालों के कारण एक अजीब सा लोमहर्षक दृश्य बन रहा था। नीला आसमान लाल हो गया था। लाल रंग विजय का प्रतीक है। आवागमन पूरी तरह बन्द हो चुका था। रामबचन पांडे ने चौकी पर खड़े होकर कहा "अस्सी के सम्मानित नागरिको, बहनो-भाइयो तथा छात्र साथियो यह मशाल जुलूस एक प्रतीक जुलूस है। हमारा आन्दोलन आपके सहयोग से अभी तक सफलतापूर्वक चलता रहा और आगे भी सफलतापूर्वक चलते रहने की उम्मीद है। यह काशी की महान धरती है। जहाँ गोस्वामी तुलसीदास ने रामचरितमानस की रचना की। मैं चाहता हूँ आप सब मिल करके नया इतिहास बनाएँ। नया इतिहास तभी बनेगा जब गुलामी की भाषा अंग्रेजी हटेगी। हमें अंग्रेजी हटानी है। जब तक अंग्रेजी नहीं हटती किसान, मजदूर और उत्तर भारत के गरीब छात्रों का भला होनेवाला नहीं है। हमारे बच्चे उच्च शिक्षा नहीं पा सकते। ऐसी स्थिति में आप सभी से गुजारिश है कि अंग्रेजी हटाओ आन्दोलन में अपना सहयोग, आशीर्वाद प्रदान करें। धन्यवाद।''

देबू-दा ने चौकी पर खड़े होकर कहा "आज का जुलूस यहीं से लंका वापस जाएगा। आपने पांडे जी की बात को सुना। हमें आप सभी भाइयो-बहनो, बुजुर्गों का सहयोग एवं आशीर्वाद चाहिए। आप सभी को धन्यवाद। छात्र सहयोगियों से अपील है कि अब हम सभी लंका की ओर वापसी करेंगे।''

जुलूस लौटने के बाद भीड़ छँटने लगी। अड़ीबाज अपनी-अपनी अड़ियों की ओर मुखातिब हो गए। सूरज जब मठों-मन्दिरों के पीछे चला जाता है झलफलाही में तब चाय-पान, भाँग की दुकानें सज जाती हैं। लोग नहा-धो चन्दन टीका लगा अपनी-अपनी अड़ी पर आ जाते। यहाँ राजा-रंक में फर्क

नहीं। अस्सी घाट पर राजा-रंक नहाए कोई फर्क नहीं पड़ता। उसी तरह अलग-अलग अड़ियों पर सर्वसमाज जुटता है। शायद यही समाजवाद है। इनमें कुछ लोग गमछे, लुंगी और धोती में आते। कुछ गेरुआ वस्त्र में। कुछ धोती-कुर्ता में। यह तुलसीदास का मोहल्ला है। बगल में अघोरेश्वर सन्त कीनाराम की स्थली। तीसरी तरफ संकटमोचन और न जाने कितने बीर-पीर, महावीर यहाँ उपस्थित हैं। सुबह चना-चबैना, गंगाजल, शाम बाबा विश्वनाथ का प्रसाद सो यहीं स्वर्ग है। यहीं मोक्ष है। सो काशी क्यों न सेवै? यहाँ कई-कई शंकराचार्य, सन्त-महन्त, ज्योतिषाचार्य, साधक, गुरु, योगी-भोगी सभी अपनी-अपनी अड़ी पर मुस्तैद हैं। यहाँ जीवन-मरण, उत्सव है। यहाँ हर क्षण कोई न कोई उत्सव शृंगार, लीला, रासलीला, भजन-कीर्तन चलता रहता है, दिन-दिन, रात-रात। आज सभी अड़ियों पर भाषा की बहस जारी है। पोई की दुकान आज खचाखच भरी है। ढेर सारे लोग बाहर खड़े हैं। भट्ठी पर चाय खौल रही है। दुकान में बहस जारी है। कई दिन से स्नान-ध्यान पूजा-पाठ पुलिस के कारण बाधित है। कई दिनों से एक सौ चौवालीस धारा लागू है। पुलिस और नेता दोनों मजा किरकिरा कर रहे हैं। उठना-बैठना, आना-जाना, घूमना-फिरना, नहान-निपटान सब बाधित है।

जितेन का कई दिन विभाग में जाना नहीं हो पाया। छात्रसंघ में जाने पर दूसरे अनेक काम होते। छात्रों की समस्या होती। समस्याओं को समझना, सुनना और निस्तारित करना होता। हालाँकि और साथी आते काम करते। अकसर मोहन भाई होते तो बिना खाए-पिए छात्र-छात्राओं की मदद करते। छात्रसंघ, छात्रों के प्रवेश, फेलोशिप, हॉस्टल आवंटन, चिकित्सा, सुरक्षा, बुक बैंक, खेल, स्पोर्ट्स वगैरह में सहयोग और हस्तक्षेप करते। छात्रसंघ घर जाने का कन्सेशन फार्म उपलब्ध कराता। छात्रसंघ में फोन फ्री था। छात्र-छात्राएँ अपने घर फोन करने छात्रसंघ में आते। छात्रसंघ छात्र-छात्राओं के छोटे-मोटे विवाद भी निपटाता।

'चाय लाओ राधे'

मोहन भाई आज सुबह ही छात्रसंघ आ गए, क्योंकि अध्यक्ष, महामन्त्री दिल्ली गए हुए हैं। बगल के कमरे में कुछ विदेशी छात्राएँ हॉस्टल आवंटन के लिए बैठी हैं। ज्यादातर नेपाली, थाई, श्रीलंकाई, जापानी आते। नेपालियों का तो यह काबा है। चाय आ गई। हम चाय पीने लगे तभी हृदयनारायण शुक्ल, फूलचन्द टपक पड़े।

''कुछ नाश्ता हुआ शुकुल महाराज?''

''हाँ चूड़ा-दही खाकर हम लोग चले हैं।''

''क्या खबर नई?''

''यही हवा गरम है, कक्षाएँ कुछ चल रही हैं कुछ ठप्प है।''

''हिन्दी और फैकेल्टी सम्हालिए शुक्ला जी'' मोहन जी ने उत्साहित किया। "वहीं जा रहे हैं हम सब।''

''चलिए मैं भी आता हूँ।''

फैकेल्टी में सन्नाटा है। इक्का-दुक्का छात्र-छात्राएँ दिख रहे हैं। सिर्फ दफ्तर खुले हैं। इक्के-दुक्के छात्रनेता दिख रहे हैं। समाजशास्त्र से होकर मोहन जी हिन्दी में आ गए। दाएँ-बाएँ झाँका तो जितेन, शकुन्तला, राधेश्याम, श्वेता दिख गईं। इन सब में आपस में छात्र समस्याओं को लेकर बहस छिड़ी हुई थी। श्वेता ने कहा "आज भी लड़कियाँ पूरी तरह पराधीन है। वह कहीं भी स्वतन्त्र नहीं, असहाय, आश्रित, बेबस है। आज भी हमारे समाज में स्त्री-पुरुष का भेद बना हुआ है।'' मोहन जी को देखते ही शकुन्तला ने कहा "हम लोग अभी इम्प्लायमेंट ब्यूरो, लीगलसेल, मैरेज ब्यूरो सेंटर और बेरोजगारी का भत्ता की बात कर रहे थे।'' मोहन जी को आधार मिल गया। उन्होंने कहा "जरूर बनेगा। इसी बीच वैशाली, मृदांगदा, अंजली, रेहाना, सुभद्रा का समूह आ गया। सभी कुर्सियों पर बैठ गईं। सभी अपनी-अपनी समस्याओं में उलझी हुई थीं। लीगलसेल और मैरेज ब्यूरो सेंटर की बात सुनकर मृदांगदा ने कहा "क्या सुन रही हूँ गॉसिप?''

"यह गॉसिप नहीं छात्रसंघ की सोच है, जो होकर रहेगी। हम सभी समस्याओं का निपटारा एक छत के नीचे करना चाहते हैं। कोर्ट, कचहरी का चक्कर नहीं लगाना होगा। दूध का दूध, पानी का पानी होगा।''

"यानी यूनिवर्सिटी में कोर्ट लगेगी भाई जी?''

"हाँ-हाँ कानूनी कोर्ट लगेगी। मुकदमों का यहीं मजिस्ट्रेट निपटारा करेगा।''

"तो यहाँ फैमिली कोर्ट भी लगेगी?''

"क्यूँ नहीं मृदांगदा जी। मुकदमों का फैसला कोर्ट करेगी।''

"तो यह बड़ा फैसला और बड़ा काम है।''

"अरे! वाह क्या आइडिया है। तब तो मैरेज ब्यूरो शादी भी कराएगा। विज्ञापन भी कराएगा। काउन्सलिंग भी कराएगा वह भी कैम्पस में सिर्फ डेटिंग नहीं कराएगा और सब करेगा।'' सभी लड़कियाँ खिलखिला पड़ीं। सहेलियों ने

एक-दूसरे को विस्मय से देखा। अपने को सिक्योर समझा और मन की मुराद मन में रख ली।

"सबसे जरूरी है जॉब, बिना जॉब के आर्थिक सुरक्षा कहाँ, क्यों रेहाना?"

"जॉब होने पर ही हम लड़कियाँ अपने पैर पर खड़ी हो पाएँगी, नहीं तो किसी न किसी के गले मढ़ दी जाएँगी। फिर झेलें नरक उम्र भर। इससे अच्छा है पहले जॉब ढूँढ़ो। अपने पैर पे खड़े हो जाओ। फिर ठोक-बजाकर मन मुताबिक पार्टनर का चयन करो। क्यूँ ज्योत्स्ना?" रेहाना के चेहरे पर गहरा तनाव खिंच आया। चेहरा ललछउँ हो गया। अचानक सबकी आँखों में असुरक्षा का अँधेरा छा गया। सन्नाटा तोड़ते मोहन भाई ने कहा "सबको सुरक्षित और खुशहाल निकालेंगे हम लोग। घबराएँ नहीं। हमारी लड़ाई पढ़ाई के साथ-साथ समाज परिवर्तन की लड़ाई भी है। आप लोगों के पीछे हम सभी खड़े हैं और अन्त तक पूरी ईमानदारी के साथ मैं और मेरे साथी आप लोगों के साथ खड़े रहेंगे।" लड़कियों से मिलकर मोहन जी आज प्रसन्न थे। साथ पाकर हौसला बढ़ा। अचानक अनिरुद्ध के साथ रत्नाकर गुरू प्रकट हुए। मोहन उठे शकुन्तला दीदी और अन्य सहयोगियों से हाथ जोड़कर विदा ली। जाते-जाते कहा "हम आपके हर मोर्चे में आपके साथ हैं।"

गुरू को देखते ही मृदांगदा की भौंहें टेढ़ी हो गईं। वैशाली से पूछा "ये लाल आँखोंवाला छटा गुंडा यहाँ कहाँ आ टपका? याद है पिछले साल इसके कारण लंका चलना मुश्किल हो गया था। याद है नेपाली, राणा की घटना शेफाली?"

"हाँ याद है पर अब पांडे गाँधीवादी हो गया है। अब वह पूरी तरह बदल गया है।"

"अच्छा, हृदय परिवर्तन हो गया है।" अब शुभद्रा ने जिज्ञासा की।

"अब तो छात्रसंघ में बैठते हैं। देखा नहीं पिछले दिनों लंका धरने पर निगाह नीचे किए बैठे थे। आगे क्या मजाल उनके रहते अब लंका पर कोई किसी लड़की को फब्ती कसे या छेड़छाड़ करे। गुरू अब चोला बदल दिए हैं।"

शान्ति ने ज्योत्स्ना से कहा "हाँ भाई गाँधी को पढ़ो, सन्तों को पढ़ो, गीता, महाभारत, रामायण पढ़ो। साथ-साथ मैं ये भी कहूँगी मार्क्स को भी पढ़ो।"

"हाँ दीदी, पढ़ूँगी।"

"कब पढ़ोगी? यही समय है पढ़ने-लिखने, सीखने स्वयं को दूसरों को जानने-समझने की। समय निकल जाने पर बहुत कुछ छूट जाता है। जो छूट जाता है, वह फिर हासिल नहीं हो पाता।"

"क्यूँ मृदांगदा हमें अपने कैरियर के बारे में गम्भीरता से सोचना होगा। क्यूँकि आर्थिक सिक्योरिटी ही सामाजिक सिक्योरिटी है। जब तक हम अपने पैर पर खड़े नहीं होते सामाजिक स्वीकृति नहीं मिलेगी।"

"अब तो परीक्षा महीने बाद होगी। समय मिल गया तैयारी का। रैंक लाना होगा। बिना रैंक फेलोशिप नहीं मिलेगी।"

"ज्योत्स्ना तुम्हारी तो मँगनी हो चुकी है?"

"हाँ।"

"तो तुम अब घर बसाओ।"

"क्यूँ शादी से क्या फर्क पड़ता है, मैं आगे रिसर्च करूँगी। लिखूँगी-पढ़ूँगी सामाजिक काम करूँगी।"

"रूढ़ अन्धविश्वासी क्रूर पितृसत्तात्मक समाज को बदलने में अभी समय लगेगा?"

"यह तो सही है, पर सभी को अपने स्तर पर प्रयास करते रहने की जरूरत है। तभी कुछ बदलेगा।" मृदांगदा ने श्वेता की ओर सहमति की नजर से देखा।

"मृदांगदा अपने बस में क्या है? इस जड़ और बर्बर समाज में हम कहाँ खड़े हैं? कितने स्वतन्त्र हैं?"

"सो तो ठीक है, कहीं तो हम सबको स्टैंड लेना होगा। यह तो तभी सम्भव है जब हमारे समूह में अपने प्रति जागरूकता आए?"

"शान्तचित्त बैठकर प्लान करते हैं कि कहाँ से शुरुआत हो?"

"हाँ दीदी।"

"मेरे घरवाले आगे पढ़ाने के पक्ष में नहीं हैं, पर मैं पढ़ूँगी चाहे जैसे। घरवाले जल्दी शादी करके मुक्त हो जाना चाहते हैं। मेरे ऊपर शादी का गहरा दबाव है, इसलिए मुझे रैंक भी चाहिए। फेलोशिप भी। फेलोशिप मिल जाने पर मैं अपने पैर पर खड़ी हो जाऊँगी और शादी नहीं करूँगी।"

"इतना भी टेन्शन मत लो। पढ़ाई करो, रैंक ले आओ, फिर आगे देखा जाएगा।"

"अभी समाज परिवर्तन या स्त्री मुक्ति का मोर्चा खोलना जल्दीबाजी होगी।" ज्योत्स्ना ने आगाह किया। सभी ने मिलकर यह तय किया कि खूब श्रम करके पहले रैंक लाया जाय, फिर आगे का रास्ता तय किया जाय। श्वेता ने कहा "हमें तनाव मुक्त रहने की जरूरत है। तनाव से पढ़ाई बाधित होगी, इसलिए मेरा प्रस्ताव है कि आज शहर में चल के थोड़ा मन फेर किया जाय।

कुछ मौज-मस्ती की जाय। जरूरत की मार्केटिंग की जाय तो दीदी चलिए दशाश्वमेध चला जाय। वहीं गंगा दर्शन करेंगे। बाबा विश्वनाथ का दर्शन करेंगे। सभी सहेलियों के लिए आशीर्वाद लेंगे। फिर देखा जाएगा।'' श्वेता के प्रस्ताव को सभी ने सहजता से स्वीकार लिया।

"ठीक है आज थोड़ी आउटिंग हो जाएगी। कुछ खरीद-फरोख़्त भी।'' दो रिक्शों पर लदकर सहेलियाँ गोदौलिया की ओर कूँच कर गईं।

गोदौलिया-दशाश्वमेध में खूब रौनक है। गुलजार है बाजार। भीड़ है। पटरियाँ छोटे-मोटे दुकानदारों के सामान से पटी हैं। तौलियाँ, गमछा, चोटी, चोली, साड़ी, घाघरा, जूता-चप्पल, चूड़ी, नेलपॉलिश, खिलौने, मूर्तियाँ न जाने क्या-क्या बिक रहा है इन दुकानों में? छोला-भटूरा, समोसा, पकौड़ी, गोलगप्पा, टिकिया तरह-तरह की मिठाइयाँ, रबड़ी-मलाई, दूध-दही की दुकानें सजी हैं। एक से एक कपड़े की दुकानें सजी हैं। दुकानों के आगे तरह-तरह के मॉडल खड़े हैं। यहाँ स्त्रियों, लड़कियों, दर्शनार्थियों की भीड़ है। भीड़ में उचक्के, शोहदों व पॉकेटमारों की कमी नहीं है। इसमें सँभलकर चलने की जरूरत है। भीड़ चीरती सभी सहेलियाँ दशाश्वमेध घाट आ गईं। घाट पर फेरी वाले लाई, चना, समोसे, आइसक्रीम, कुल्फीवाले दर्जनों घूम रहे थे। नेहा गोलगप्पेवाले को खोज रही थी। अचानक गोलगप्पेवाला दिख गया। नेहा उछल गई, दीदी मैं तो पहले गोलगप्पे खाऊँगी। फिर कहीं बैठूँगी। तभी फेरी लगाता फुन्नींदानीवाला आ गया। श्वेता ने चार पैकेट रख लिए। गोलगप्पेवाला गोलगप्पे में मसालेदार पानी भरकर एक-एक को दोने में देता जाता था। एक साथ सभी सहेलियाँ गोलगप्पे का स्वाद चख रही थीं। सामने से तीन-चार जोड़े हाथ में हाथ मिलाकर चल रहे थे। ज्योत्स्ना ने व्यंग्य किया "वाह रे बनारस वाह! मुम्बई फेल हो गया। क्या जुहू, क्या चौपाटी?'' जोड़े सीढ़ियों पर सटकर बैठ गए और गुफ्तगू में मशगूल हो गए। गंगा में दूर तक नावें ही नावें दिख रही थीं। हवा रुक-रुककर चल रही थी। हवा के साथ पीपल की पत्तियाँ झर-झरकर गिर रही थीं। हलकी-हलकी हवा चुभ रही थी। हवा का स्पर्श शरीर को झकझोर रहा था। "खा लो जी भर गोलगप्पा, खूब खाओ न जाने यह साथ कब तक रहेगा। यह पल आए न आए इसे जी लो।'' श्वेता ने अपने खुले बालों को झटका दिया। वे पीठ पर फैलकर छितरा गए। सोडियम लाइट में उसके झुमके रह-रहकर चमक उठते। झुमके से रोशनी में कई-कई रंग बनते बिखरते, कई कोणों में छा जाते।

"नेहा यहाँ का नजारा कितना मोहक, मादक, उत्तेजक और नशीला है। आज इसे जीभर जीना चाहते हैं।''

यहाँ आकर सब कुछ भूल जाने का दिल करता है। तरह-तरह के लोग घूम रहे हैं। पवित्र भाव लिये रंग-बिरंगी डोंगियाँ गंगा में तैर रही हैं। तरह-तरह के गीत, तरह-तरह के भजन की ध्वनियाँ सुनाई दे रही हैं। गाना बज रहा था... "गंगा मइया तोहें पियरी चढ़ईबो, कर दे गवनवा हमार...।" शान्ति को छोड़ सभी कुँवारी हैं। उनकी मानसिकता भी कुँवारी है। सहेलियों ने एक-दूसरे को देखा और मुस्कुरा दीं। उनके भीतर के तमाम सपने आँखों में उतर आए। मन बेचैन हो उठा। श्वेता बुदबुदायी "हे देवों के देव महादेव आपसे प्रार्थना है कि अपना आशीर्वाद हम सभी पर बनाए रखिए।" चारों सहेलियाँ गंगा की सबसे निचली सीढ़ी पर बैठ गईं। नेहा ने कहा "आज यहाँ से जाने का जी नहीं कर रहा, शायद यही जीवन का चरम सुख है। जहाँ मन शान्त हो जाय। निर्मल हो जाय। तनाव एवं विकारों से मुक्त हो जाय। वही चरम सुख है।" शान्ति की तरफ देखते नेहा ने कहा "दीदी दिल करता है रातभर गंगा में पैर डालकर सीढ़ी पर बैठी रहूँ। न जाने यह पल फिर आए, न आए।" तीनों सहेलियाँ गम्भीर हो गईं। तीनों के बीच आँखों में एक मौन छा गया। ज्यों-ज्यों रात घनी होती जाती भीड़ बढ़ती जाती। भाँति-भाँति के किस्म-किस्म के लोग घाट पर मँडराते, फिरते। एक अजीब सी मस्ती में डूबते-उतराते तभी मन्दिरों के घंटे बजने लगे। भजन के बोल ध्वनित होने लगे। गंगा आरती होने लगी। एक साथ कई-कई कलश लहकने लगे। शान्ति ने देखा सहेलियों की भंगिमा। मस्ती, स्फूर्ति। उसे लगा कि तीनों अच्छे वर की मंगल कामना कर रही हैं।

"तुम लोगों की कामना बाबा ने सुन ली?" शान्ति ने उत्सुकता से पूछा।

"नहीं तो हम लोगों ने देश-दुनिया में शान्ति, अमन-चैन, लोगों की खुशहाली, अच्छे भविष्य की कामना के साथ सामाजिक परिवर्तन और स्त्रियों के हक-हुकूक की दुआ माँगी है।"

"अपने लिए कुछ नहीं माँगा श्वेता?"

"अपने लिए क्या माँगना, जो कुछ होगा मैं खुद तय करूँगी।"

"अच्छी बात है। अगर इतनी आजादी है तो?"

"न भी हो तो भी हासिल करूँगी दीदी। दीदी अब तो मन बना लिया है कि तय करूँगी अपनी राह, मंजिल और भविष्य।"

"तो दृढ़प्रतिज्ञ हो अब।" शान्ति के होठों पर कुटिल मुस्कान तैर गई।

"हाँ दीदी अपनी आजादी अस्मिता और सामाजिक भूमिका के लिए आगे बढ़ेंगे।"

"पार्टनर कब ढूँढ़ोगी?"

"पार्टनर की तो अभी कोई बात नहीं। अभी तो पढ़ाई है। कैरियर है। अपने पैर पर खड़ा होना है, तब सोचेंगे।"

"समय किसी का इन्तजार नहीं करता है।"

"मैं समय के अनुकूल अपने को ढालूँगी। समय और जमाने के साथ चलूँगी।"

"मैं तुम्हारे साथ हूँ श्वेता।" नेहा ने उसका कन्धा पकड़ लिया। शान्ति की ओर मुखातिब होते नेहा ने कहा "हम सभी को अपनी अस्मिता, आजादी, सम्मान एवं सामाजिक भूमिका के लिए एकजुट होकर ही कुछ करना होगा।"

"तुम लोगों ने अगर ठान ही लिया है तो कुछ भी नामुमकिन नहीं।"

ज्योत्स्ना ने श्वेता, नेहा का कन्धा थपथपाते कहा "बी-रिलैक्स्ड, चलो तुम लोगों को बनारसी लस्सी पिलाते हैं।"

"चारों सहेलियाँ विश्वनाथ गली में आ गईं। गली दर्शनार्थियों से खचाखच भरी थी। चलना मुश्किल था। देह से देह छिल रही थी। दोनों पटरियों पर दुकानें जगमगा रही थीं। यह गली का पिक आवर है। भक्त बाबा के दरबार में जा-आ रहे थे। बल्ली सरदार एक बड़ी हँड़िया में मथनी से दही मथ रहे थे। ज्योत्स्ना को देखते ही रुक गए। बोले "बिटिया का चाही।"

"दादा चार बड़ी लस्सी।" "अच्छा बिटिया।" सरदार फिर मथनी फेरने लगे। चार बड़े पूरवे में सरदार ने लस्सी डाली। फिर मलाई-रबड़ी की परत सजाई। गुलाबजल छिड़का और लस्सी बढ़ा दी। चारों सहेलियाँ पटरी से सटकर लस्सी का लुत्फ उठाने लगीं। रह-रहकर हर-हर महादेव के नारों से गली गूँज रही थी। "ऐसी गली दुनिया में शायद ही कहीं मिले नेहा?" यह काशी है यहाँ जनम-मरण दोनों उत्सव है। शिव के त्रिशूल पर बसी काशी एक मिथ है। रहस्य है। इसी मिथ और रहस्य को जानने दुनियाभर के लाखों लोग आते रहते हैं। लस्सी पीकर चारों सहेलियाँ तृप्त हो गईं। अब रिक्शा पकड़ लेना चाहिए। देर हो रही है। शान्ति जितनी अधीर और बेचैन है। श्वेता, नेहा उतनी ही निश्चिन्त। ज्योत्स्ना ने कहा "देर होने पर हॉस्टल का फाटक बन्द हो जाएगा।"

"कैसे बन्द हो जाएगा? देखती हूँ अगर जरूरत पड़ी तो आज फाटक का ताला तोड़ दूँगी।"

"तुम आज बहुत उत्तेजित हो श्वेता?"

"नहीं दीदी नहीं बिलकुल नहीं।"

"धीरज रखो। सुब्रमणियम उदार और समझदार हैं। कुछ नहीं होगा निश्चिन्त रहो।"

"ठीक है दीदी आप हैं तो क्या फिकर।''

ज्यों-ज्यों रात ढल रही थी विश्वनाथ गली की रौनक बढ़ रही थी। गली ठसाठस भरी थी। आने-जानेवालों से यह गली दुनिया की गलियों में अजूबा है। यहाँ स्त्री प्रसाधन का सब कुछ उपलब्ध है। सभी ने कुछ न कुछ खरीदा। श्वेता कुछ ढूँढ़ रही थी। सबकी आँखें बचाकर आखिर उसने परफ्यूम खोज ही लिया। इंटीमेट, रोलेटचार्ली, नेलपॉलिस, रॉबेनरेड और क्रीम खरीदा। नेहा ने लिपस्टिक खरीदी।

चारों सहेलियाँ गोदौलिया चौराहे पर आ गईं। नेहा ने उत्सुकतापूर्वक दी रेस्टूरेंट देखना चाहा। ज्योत्स्ना ने पश्चिमी पटरी से दी रेस्टूरेंट दिखाया। शाम के आठ बज रहे थे। रेस्टूरेंट खचाखच भरा था। नेहा, श्वेता ने गौर से देखा रेस्टूरेंट में सिर्फ पुरुष ही पुरुष भरे हैं। एक भी महिला नहीं दिख रही थी। उसे यह दृश्य देखकर आश्चर्य नहीं हुआ, क्योंकि यह पुरुष प्रधान समाज का रेस्टूरेंट है। यहाँ स्त्री के लिए कोई जगह नहीं है। शान्ति ने दो-तीन बार घड़ी देखी और कहा अब चलना चाहिए। नेहा ने दो रिक्शा ठीक किया। रिक्शे पर चारों बैठ गईं। रिक्शे की सवारी भी कितनी मौजवाली शानदार सवारी है। लड़कियाँ जब रिक्शे पर बैठ जातीं तो रिक्शेवाले उड़ने लगते हैं। उन्हें पंख लग जाता है। रिक्शा अपनी रफ्तार से खरामा-खरामा लंका की ओर बढ़ रहा था। डब्ल्यू सी गेट पर आकर लड़कियाँ रिक्शे से उतर गप्पे मारतीं भीतर हॉस्टल की ओर बढ़ गईं।

सुबह विभाग पहुँचने पर सीढ़ी पर मोनिका, ज्योत्स्ना, रमा मिलीं। मोनिका ने पूछा ''सेमेस्टर परीक्षा होगी या टलेगी?''

''यह तो बहुमत के ऊपर है'', शुक्ल बोले।

''अरे! पढ़ाई तो कुछ हुई ही नहीं, क्या लिखेंगे खाक?''

''अभी तो पिछले का रिजल्ट भी नहीं आया है।''

''ये तो अध्यक्ष का काम है। उसे मँगाएँ।''

''उसके पास फुर्सत है। वह बन्द कमरेवाला बहादुरशाह रँगीला है।''

''कल परीक्षा टालने की सभा है फैकेल्टी में श्वेता।''

''देखो ज्योत्स्ना माहौल कॉफी गरम है। यूनिवर्सिटी के दिन कॉफी गर्दिश में चल रहे हैं।''

''फूलचन्द, जितेन के आने से सही खबर मिलेगी कि क्या हो रहा है?''

''भीतर एम्पीथिएटर में पीएसी आ गई है। लगता है कुछ अनिष्ट होनेवाला है।''

''वी.सी. लॉज के पीछेवाले बँगले में पुलिस कंट्रोल रूम बना दिया है। भइया मैदान में भी तम्बू गड़ रहा है...।''

''लंका तो छावनी बनी है। क्या होनेवाला है? दीदी हमें तो नहीं लगता कि यूनिवर्सिटी चल पाएगी।''

''आने दो जितेन को सब स्पष्ट हो जाएगा।''

राणा औवल दर्जे का स्वार्थी, घुन्ना और मामलेबाज है। सती-सावित्री की बात करता है। सुनैना गांगुली को कमरे में बुलाकर दरवाजा भीतर से बन्द कर लेता है। दोनों तीन-चार घंटे बन्द कमरे में बिताते हैं। इस बीच क्या मजाल कि कोई दरवाजा खुलवा दे। अध्यक्ष के नाते मन आया तो कक्षा में गया। नहीं तो बन्द कमरे में रमण करता। सारी फाईल शाम को देखता। जब सब चले जाते सिर्फ गांगुली होती। चपरासी नीचे बैठता पाँच रुपया टिप पर। वह खुद को हीरो समझता। नई सड़कवाली जीन्स-शर्ट पहनता। कभी कुर्ता-जीन्स, कभी पैंट-शर्ट। बालों को डाई, फेशियल कराता। विभाग में कोई बोल नहीं पाता कुछ।

क्योंकि कुछ मुस्टंडे पाल रखे हैं। उन्हीं के बल पर उसकी रासलीला चलती है। चोर नजरों से खूबसूरत छोकरियों को भाँपता। खासकर हॉस्टलरों को। पसन्द आने पर लाईन मारता। कीरो की किताब पढ़कर लड़कियों का हाथ देखता। भविष्य बाँचता। अपने को मार्क्सवादी बनता। उसे अंग्रेजी जरा भी नहीं आती तो अनुवादित पुस्तकें पढ़ता। शाम होने पर चेला ढूँढ़ता, जो दारू पिलाए। हालाँकि खुशामदी घर बोतल पहुँचा देते। मौके-बेमौके इंग्लिश न उपलब्ध होने पर देसी से काम चलाता। पर शाम को चाहिए प्रतिदिन। ये सुरा-सुन्दरीवाले लोग हैं।

सड़कों पर पहले की तरह चहल-पहल नहीं। अध्यापक-कर्मचारी दफ्तरों में आ-जा रहे हैं। हॉस्टलर आशंकित हैं कि कभी भी हॉस्टल छोड़ना पड़ सकता है। भाषा का मुद्दा व्यावहारिक और दूरगामी है। अनिवार्य अंग्रेजी में गाँववाले बड़ी संख्या में फेल हो रहे हैं। फीस बढ़ी है आर्ट्स में। सेमेस्टर प्रणाली लागू की गई है। सेमेस्टर अमरीकी शिक्षा नीति की नकल है। विभाग के हेडों के हाथ में कैरियर है, जिसे चाहें फेल करें या टाप कराएँ।

साइन्स, एग्रीकल्चर, आर्ट्स में तो स्थिति और बदतर है। वहाँ तो बड़ा भेदभाव और छात्रों का शोषण है। वहाँ तो टीचरों के हाथ में पूरा का पूरा कैरियर है। शान्ति ने बताया "आठ बजे रात तक लैब में काम होते हैं। तुम्हारी सहेली शिवानी, भारती, जूलॉजी में है न। वो बताती होंगी कि वहाँ छात्राओं का कितना शोषण होता है?"

"हाँ बताती है कि पढ़ाई-रिसर्च तो होती है, पर कॉफी काम लेते हैं हम लोगों से। लैब के नाम और मार्किंग फेलोशिप के नाम पर कुछ भी हो सकता है। वहाँ शारीरिक, मानसिक, आर्थिक शोषण है।"

"अरे! पिछले दिनों लक्ष्मी नटराजन का केस वी.सी. के पास गया था। नटराजन की शिकायत पर गाईड रामचन्द्र नागपाल सस्पेंड हो गया था। वह लक्ष्मी का शारीरिक शोषण करना चाहता था और जान से मारने की धमकी दी थी।"

"बॉटनी, साईकॉलजी में तो छात्राओं का एबॉर्शन तक कराया गया। सभी लड़कियाँ जानती हैं इन नर पिशाचों को। फिर भी ये साँड़ की तरह घूमते हैं कैम्पस में। किसी को तो आगे आना होगा। ये सब रोकना होगा दीदी?"

"एक काम करते हैं। छात्रसंघ में चलकर इन हब्शियों की जाँच करने की माँग करते हैं।" ज्योत्स्ना आवेश में आ गई।

"खूब सोच-समझ लो हमारा मुस्टंडा अध्यक्ष अपने बारे में न सोचने लगे?"

''हाँ, वो मुआ कुछ भी सोच सकता है। कान का कच्चा और शक्की है।''

''छोड़ो ये लफड़ा। मर्द कभी नहीं सुधरेगा।'' शेफाली ने कहा।

''पहले सेमेस्टर पास करो, फिर देखा जाएगा।'' श्वेता ने राय दी।

''ठीक कहती हो श्वेता। पहले अपना काम निकाला जाए, फिर बाकी कुछ।''

''तो दादा लोग किस काम के?''

''दादा लोग नहीं, छात्रसंघ ही सक्षम है। पर अभी फँसे हैं सब।''

''छात्रसंघ तो खुद जाँच कराने उन्हें निकालने का काम कर सकता है।''

''कर सकता है। समय आने दो।''

''समय कभी नहीं आएगा।'' नेहा बोल उठी।

''देख नेहा, अभी रिजल्ट लो। रैंक बनाओ। फिर इस मुद्दे को उठाएँगे हम लोग।''

''ठीक कहती हो दीदी। दादू बोल रहे थे पढ़ाई के साथ लड़ाई होगी।''

''स्त्री कहीं स्वतन्त्र नहीं है। कहाँ-कहाँ सहेगी पुरुष अत्याचार, अन्याय और शोषण को?''

''हाँ हम स्वतन्त्र नहीं हैं, कहीं भी। घर-बाहर, कहीं भी।''

''किताबों में बड़ी-बड़ी बातें आदर्श'' लिखा है।

''प्रतिरोध क्या जरूरी नहीं है?''

''प्रतिरोध के लिए जोखिम लेना होगा। खोना भी पड़ सकता है?''

''कहीं तो यह सब रुके। थमे।''

''मोनिका हमारी मजबूरियाँ और सीमाएँ हैं। क्योंकि हम फिमेल हैं?''

''ये सीमा कौन बनाता है, पुरुष समाज। तो तोड़ेगा कौन?''

''पीछे से आवाज आई हम सब मिलकर तोड़ेंगे...'' सुभद्रा, वैशाली और प्रियंवदा आ गईं।

शकुन्तला दीदी आ पहुँची। मुझे चिन्ता है अपने भाइयो की। इतना बड़ा अन्याय नाइन्साफी और विश्वासघात? दीदी का पारा चढ़ गया। आँखें लाल हो गईं। दीदी के विकराल रूप को देख नेहा, श्वेता और शेफाली सहम गईं। बैठे-बैठाए कोई काली छाया मँडराने लगी थी। किसी अनहोनी का डर मन में बैठ गया। नेहा का जी घबराने लगा। दीदी की ओर मुखातिब होकर उसने सहमते कहा "न जाने क्यूँ दीदी आज मेरा मन घबरा रहा है?''

"मन को काबू में रख, अभी तो खेल शुरू हुआ है। ऐसा खेला होगा जो अभी तक किसी ने देखा नहीं होगा। फिर देखो कितने गुल, कितने रंग खिलते हैं?''

"दीदी क्या होगा? श्वेता दीदी से चिपक गई, किसी अनहोनी को भाँपकर।

"वक्त का इन्तजार करो। हवा के रुख को देखो। फिर अपनी रणनीति तय करेंगे। धैर्य और हिम्मत रखो।" "श्वेता अगर इस लड़ाई में हम सभी विफल हुए तो जिन्दगी की बाजी हार जाएँगे। फिर कभी जीत हासिल नहीं कर पाएँगे। यह हमारी अग्नि-परीक्षा है। हमें जोखिम उठाना ही होगा।"

"श्वेता विभाग का क्या हाल है?"

"बुरा हाल है। पढ़ाई-लिखाई बन्द है। रोज अध्यक्ष की धौंस सुनते हैं। वो विजय दुबे लेक्चरर बनने के लिए सबकी जासूसी करता फिरता है।"

"वह बेईमान, दलाल, हरामखोर कहीं का, दिखा था क्या?"

"हाँ विभाग में रोज एक बार आता है। अध्यक्ष से गुफ्तगू करता, फिर प्रॉक्टर की गाड़ी में निकल जाता।"

"दिख जाय तो उसकी हजामत करूँ? हरामखोर कहीं का।"

"स्थिति अराजक है दीदी। सभी बच्चे डरे, सहमे हुए हैं। कितनों को डराएँगे, धमकाएँगे?"

आज अध्यक्ष ने छोटू, दुबे, नाटे, महेश, कमलेश और विमल को धमकाया कि मैं एक-एक को देख लूँगा। जिन्दगी खराब हो जाएगी। याद रखना। वह सबको धमकाता, चमकाता, फुफकारता फिर रहा है। किस पर गाज गिरेगी? कौन निष्कासित होगा? पता नहीं।

"वह गांगुली दिखी थी क्या? नहीं ऊपर कमरे में होगी हेड के।"

"तो चल आज दोनों का नशा उतार देती हूँ। मुआ को मसल दूँगी, खून फेक देगा। उसकी ऐय्याशी का भूत उतार दूँगी। जो गांगुली बहुत खेल रही है उसका हबुआना निकाल न दिया तो कहना। घुन्ने को आदमी बना दूँगी। अभी आन्दोलन में फसान है। इससे फुर्सत पाते ही घुन्ने, दुबे, दारूवाला, बॉटनी, जुलॉजीवालों के पास चलूँगी। सबको ठीक न किया तो नाम बदल दूँगी। ये साले विश्वविद्यालय को रंडीपाड़ा बनाना चाहते हैं। हरगिज नहीं बनने दूँगी। इन सभी को कालिख पोतकर परिसर में घुमवाऊँगी।"

शकुन्तला कुर्सी पर बैठ गई। एक ग्लास पानी पीने के बाद वह शान्त हो गई, तभी जितेन दो-तीन मित्रों के साथ दाखिल हुआ। शकुन्तला के पास पहुँचते ही दीदी ने पूछा "सब खैरियत तो है न?"

"हाँ दीदी।"

"शो-काज नोटिस का कुछ पता चला?"

"अभी तो नहीं, पर नोटिस जल्दी जारी होगी।"

बहन जी उठकर जितेन की बाँह पकड़ लीं। पीठ पर हाथ फेरते कहा "चिन्ता मत करो। तुम अकेले नहीं हो। हम सभी तुम्हारे साथ हैं। और अन्त तक रहेंगे।" दीदी भावुक हो गईं। आँखे भरभरा गईं। सन्नाटा छा गया। फिर मुखातिब होते हुए दीदी ने कहा "अगर तुम्हें निष्कासित किया गया तो कुछ भी करूँगी। किसी भी हद तक हिला दूँगी, विश्वविद्यालय व सरकार को। इस बार दिल्ली, लखनऊ एक कर दूँगी। शान्ति, श्वेता, नेहा, शेफाली, मृदांगदा दीदी को घेरकर बैठ गईं।

"तुम लोग यहाँ यह क्या विवाद कर रही हो? यही कि हम लड़कियाँ कहीं आजाद नहीं हैं और मुस्टंडे विभागों में मनमानी मचाएँ हैं।"

"साइकोलॉजी का दारूवाला खुलेआम रिसर्चस्कालर रखा है। कइयों को झांसा देकर शादी का, घुमाया-फिराया और छोड़ दिया। वहाँ सब जानते हैं कि रेहाना टाप करेगी। रेहाना रोज उसके घर जाती है। देर रात हॉस्टल लौटती है। जूलॉजी का अध्यक्ष अपनी रिसर्चस्कालर लेकर काठमाँडू गया। कश्मीर घूमा कोई क्या कर लिया? पत्रकारिता का जयसवाल अपनी स्टूडेंट को लेकर पूना गया। पन्द्रह दिन पर लौटा। कोई क्या कर लिया? माहौल तो बिगड़ेगा फिर। इसलिए स्वयं को ठीक रखो अपने सर्किल को। यहाँ कोई भुलावे, झाँसे, लालच में न आए। याद रखिए सभी।" शकुन्तला का भाषण खत्म हुआ।

दोनों गमगीन और शान्त थे। शान्ति को आभास था कि जितेन फूलचन्द पर प्रशासन कार्रवाई करेगा। यहाँ डीन और हेड का कहना है कि दोनों के कारण अशान्ति है। यहाँ एक विजय दुबे है, जो लेक्चरर की नियुक्ति के लालच में जासूसी करता है। इधर घुन्ने से मिला हुआ है, ऊपर प्राक्टर ऑफिस से। विभाग में एक सीआईडी प्रवेश ले चुका है।

शकुन्तला दीदी उर्मिला के साथ विभाग के ऊपरी तल्ले में आ गईं। कामन रूम में शान्ति, श्वेता, शेफाली, ज्योत्स्ना, मंजू एक कोने में उदास बैठी थीं। शकुन्तला ने पूछा "आज क्या बात है कि नीचे भीड़ और ऊपर तुम लोग बैठी हो? आखिर क्या माजरा है?"

श्वेता ने कहा "खबर है कि जितेन, फूलचन्द विश्वविद्यालय से निष्कासित किए जानेवाले हैं।" दीदी की त्योरी चढ़ गई। भौंहें टेढ़ी और चेहरा लाल हो गया। "अगर इन दोनों को विश्वविद्यालय से निष्कासित किया गया तो महासंग्राम होगा। ऐसा संग्राम जिसकी कल्पना कोई कभी नहीं की होगी। इधर विभाग की हालत खराब है। घुन्ना विभाग बर्बाद कर रहा है। सबको धमका-

चमका रहा है। विभाग बदनाम हो रहा है। किस पर क्या गाज गिरेगी? किसका कैरियर चौपट होगा, कुछ पता नहीं?''

"परीक्षा कब होगी दीदी?'' नेहा ने पूछा। "अभी तो आन्दोलन है। इसके बाद ही परीक्षा सम्भव है।''

"क्या करें हम लोग?''

"विभाग आओ प्रतिदिन। आन्दोलन में सहयोग करो। रात को पढ़ो। सब ठीक रहेगा।''

जितेन की पीठ पर हाथ फेरते शकुन्तला ने कहा "तुम अकेले नहीं हो हम सभी तुम्हारे साथ हैं। हिला देंगे विश्वविद्यालय को। सरकार को इस बार।'' बड़ी आँखों में लाल रंग छलकने लगा "दीदी जितेन को पुलिस पकड़ेगी। मारेगी, फिर जेल भेजेगी। क्या अब यही रह गया है देखने को?'' "देखती चलो, यही जीवन है। जीवन की रफ्तार। जो भी होगा हम सब मिलकर देखेंगे श्वेता।'' श्वेता की आँखें नम थीं।

"परिस्थितियों का धैर्य से मुकाबला करेंगे, रास्ता निकालेंगे हिम्मत रखो।''

"जी दीदी।''

"प्रदेश में संविद सरकार है। अपनी सरकार है। जितेन का बाल बाँका नहीं होगा। संसद सत्र चलने दो फिर देखो क्या होता है? कैसे चलती है संसद हम सभी चलेंगे दिल्ली। पूरा देश जुटेगा घेरेंगे संसद तब देखना क्या होता है। हमारे दो नहीं, हजारों हाथ हैं।''

"राष्ट्रपति विजिटर हैं क्या कुछ करेंगे?''

"उसका बाप करेगा। परिस्थिति ऐसी है कि कुछ न कुछ फैसला हो के रहेगा।''

"तुम सब यहाँ किसलिए खड़ी हो?''

''सेमेस्टर रिजल्ट और अगले सेमेस्टर परीक्षा की तारीख जानने के लिए।''

''अरे! यूनिवर्सिटी में आग लगी है। धुँआँ सुलग रहा है और तुम लोग रिजल्ट के चक्कर में हो?''

''हाँ दीदी।'' किसी ने कहा।

''जब यूनिवर्सिटी चलेगी, तभी परीक्षा होगी, तो वह हो कहाँ रही है। कल संकाय मैदान में सभा है। परीक्षा टलवाने और भाषा विधेयक को लेकर।''

''तो विभाग न जाएँ दीदी'', मोनिका ने पूछा।

''कल का दिन देख लो। कल मैं सबको मार्कशीट दिलवा दूँगी राणा से।''

राणा छात्रनेताओं से कॉफी डरता था। उनके सामने उनकी चापलूसी। वीसी के यहाँ निन्दा। क्योंकि उसे अन्दाजा है कि कॉफी कुछ छात्र निष्कासित होनेवाले हैं। राणा बेखौफ है। गुंडों, छात्रनेताओं और खूबसूरत छोकरियों को पेपर आउट करता रहता। गेस पेपर पाने के चक्कर में लड़के-लड़कियाँ उसके चक्कर लगाते और अपना मुँह बन्द रखते।

आचार्य गजाधर मिश्र रिक्शे से उतरे। उन्हें देखते सभी उठ खड़े हुए, ''अरे! तुम लोग यहाँ सब खैरियत तो है न?''

राधेश्याम ने कहा ''गुरु जी सेमेस्टर रिजल्ट लेने आए हैं।''

''क्या रहा रिजल्ट?''

''अरे! मिले तब ना।''

''क्यों क्या बात है?''

''अध्यक्ष कमरे में बन्द है।''

''ओ बाबा...इन्तजार करो....इन्तजार करो... छाता बन्द करते वे सीढ़ियों पर चढ़ गए। राम..राम शिव...शिव...। क्या होगा विभाग का बच्चों का...?''

रोज का काम है। अध्यक्ष कमरे में सुनैना गांगुली को बुलाता है और रूम भीतर से बन्द कर देता है। दो-दो, तीन-तीन घंटे। अध्यापक बाबू कोई दरवाजा खटखटा नहीं सकता। सब जानते हैं कि भीतर विभागाध्यक्ष और अकेली लड़की बन्द है।

शान्ति ने बड़े बाबू से पूछा "कहाँ है रिजल्ट?''

''हेड साहब की आलमारी में।''

''तो ले आओ न।''

''बन्द है कमरा भीतर से।''

''खुलवाओ।''

आते ही जितेन ने देखा कि हेड के कमरे के बाहर शान्ति, ज्योत्स्ना, श्वेता, फूलचन्द, राधेश्याम, विनोद, राजेन्दर खड़े हैं। कुछ शोधार्थी भी जिन्हें फेलोशिप पर हस्ताक्षर कराना था। जितेन आगे बढ़ा तो शान्ति ने रोक दिया ''नहीं तुम दरवाजा नहीं खटखटाओगे।''

तय हुआ कि कल दोपहर यहाँ धरना देंगे और वीसी या डीन को बुलाएँगे। बाहर से ताला बन्द करेंगे। शाम के पाँच बज रहे थे। कमरा अभी बन्द था। सभी छात्र-छात्राएँ नीचे आ गए। तय हुआ कि कहीं चाय पी जाय, फिर कल की रणनीति तय होगी।

शान्ति बोली ''तुम लोगों ने रोटेटरी हेडशिप की माँग क्यों नहीं रखी?''

''रखी है पर यू.जी.सी. और मानव संसाधन मन्त्रालय को तय करना है।''

''ये बालीवुड हो गया है क्या?'' ज्योत्स्ना बोली।

''हाँ उससे बदतर।''

''टाप करने के लिए हमबिस्तर होना पड़ेगा।''

''छी-छी क्या बात करते हो तुम लोग।''

''अरे! यही हकीकत है'', फूलचन्द की त्योरी चढ़ी।

''नहीं-नहीं यूनिवर्सिटी बदनाम न करो भाई।''

''यहाँ क्या हो रहा है दिनदहाड़े?''

''नरक बना दिया है इसे नरपिशाचों ने।''

''यही सब लेकर हेड नाराज हैं हम लोगों से न?'' फूलचन्द उत्तेजित होकर बोलने लगे।

''आज छोड़ो इस मसले को, कल हल किया जाएगा।''

''अच्छा फूलचन्द चलते हैं चाय पीने। तुम्हे भूख लगी होगी।''

''हाँ दीदी सबेरे से दौड़ ही रहा हूँ, यहाँ-वहाँ।''

फिर श्वेता ने कहा ''मधुबन चलते हैं। वहीं कुछ खाने को मिल जाएगा।''

अध्यक्ष का कमरा अभी बन्द है। शाम पेड़ों की पत्तियों के नीचे से छनकर आने लगी। गुलमोहर के लाल फूलों से छनकर खास चम्पई रंग झरने लगे। शाम धीरे-धीरे नशीली हो रही थी। अभी विभागाध्यक्ष कक्ष से बाहर निकले नहीं थे। तय यह हुआ कि सामूहिक रूप से चलकर दरवाजा खटखटाया जाय और इन्हें चेताया जाय कि विश्वविद्यालय का माहौल न बिगाड़ें। जितेन थोड़ी देर के लिए जेनी से मिलने गया, पर वह मिली नहीं। पता चला कि विभाग आई ही नहीं।

कभी-कभी जितेन जेनी एक साथ भी यूनिवर्सिटी आते रहे हैं। कहानी लिखते-लिखते उसने तय किया कि हिन्दी या अंग्रेजी में प्रवेश लेंगे। लेकिन दोनों विभागों में उसे प्रवेश नहीं मिला। तब हारकर मनोविज्ञान में प्रवेश ले लिया। प्रवेश लेते समय उसने जितेन से वादा किया कि दोस्ती में कोई फर्क नहीं आएगा। उसने कहा था कि हम साथ हैं और साथ ही रहेंगे। आन्दोलन जेल के कारण कुछ अलग-थलग सा हो गया था। एक ओर पढ़ाई, दूसरी तरफ आन्दोलन। तीसरी ओर निजी जिन्दगी। लगता था कि सब कुछ बिखर रहा है। इसी को जोड़े रखने की चुनौती थी उसके सामने। एक साथ उसकी आँखों में ढेर सारी तसवीरें दृश्य और सपने तैर गए। उसके भीतर ढेर सारे प्रश्न और

चुनौतियाँ थीं। उसे पार करना था। वह गुमसुम और उदास चल रहा था। दोनों ओर हरे-हरे पेड़... डूबता सूरज.... कैरियर का अँधेरा। उसे नहीं मालूम वह कहाँ जाएगा? क्या होगा कल का?

वह कैरियरिस्ट नहीं है। हो सकता है खाद बन जाय। सूरज की तरह हम भी कभी न डूब जाएँ अँधेरे में। इसका डर लगातार सता रहा था।

कवि बच्चन 'की मास्टर' की बात करते थे, पर मेरे पास तो की मास्टर नहीं है। न कोई गाडफादर। सिर्फ जोखिम है। सिर्फ जोखिम। संघर्ष है। सिर्फ खोना है...।

बाहर अँधेरा छाने लगा था। अभी रंगनाथ नीचे नहीं उतरे। शायद बिहारी का दोहा चरितार्थ कर रहे थे। भवन के नीचे छात्र-छात्राएँ गालियाँ दे रहे थे। चपरासी नीचे ताली लिये गैलरी में घूम रहा था। शायद दस रुपये पाने का लिहाज कर रहा हो।

जितेन ने कहा "चलो सभी मधुबन में चाय पीते हैं। कल डीन और वीसी से बात की जाएगी।'' रंगनाथ की रासलीला को कोसते सभी वहाँ से चल दिए।

मधुबन में मजमा लगा हुआ था। चारों तरफ का नजारा रोमैंटिक और दिलकश बना था। अपनी-अपनी चहेतियों के साथ जोड़े छिटककर झाड़ियों में बैठे थे। झलफलाही के कारण किसी के चेहरे साफ नजर नहीं आ रहे थे। वे आपस में कॉफी मशगूल थे। अभी बम्बई जैसा नजारा नहीं बन पाया था, लेकिन जल्दी ही देखने को मिलेगा।

''आज बहुत उदास हो जितेन?'' शान्ति ने पूछा।

''नहीं-नहीं शान्ति बहन सब ठीक है। बस जरा दोस्तों, आन्दोलन और भविष्य को लेकर सोच रहा हूँ।''

वह मुस्कुराया। उसकी मुस्कुराहट में एक गहरी टीस और घना तनाव झलक रहा था। ज्योत्स्ना ने पूछा, ''तबीयत तो ठीक है न जितेन?''

''हाँ, हाँ ज्योत्स्ना मैं ठीक हूँ।''

ज्योत्स्ना चुलबुली पर शार्प है। शान्ति हिम्मती और मुँहफट दोनों की जोड़ी खूब जमती है।

अचानक नीले परिधान में पिया जी दिखीं। अपने संघी-साथी के साथ। उनका साथी पास आया। विश किया ''हाय जितेन कैसे हैं आप?''

''ठीक हूँ।''

''कैसे हो परमानन्द।''

''ठीक हूँ। म्यूजिक में प्रवेश चाहता हूँ।''

''अच्छा है, किसमें?''

''सितार सीखना चाहता हूँ।''

''ओ गुड, वेरी गुड परमानन्द।''

''पिया जी?''

''वह तो कत्थक सीखना चाहती हैं।''

''बहुत अच्छा, पर कबीरचौरा घराने में सीखें। यहाँ तो कत्थक का कोई विशेषज्ञ है ही नहीं।''

''नहीं पता।''

''मुझे मालूम है कत्थक के लिए कबीरचौरा घराना। राम-श्याम। फिर लखनऊ-दिल्ली या भोपाल यही घराने हैं कत्थक के।''

''कहाँ जा पाएँगी पिया बाहर, यहीं सीखें अच्छा रहेगा।''

''श्योर।''

तब तक पिया जी सामने आ गईं। जितेन पिया जी का कॉफी सम्मान करता था। खड़ा हो गया अभिवादन के लिए। फिर सभी खड़े हो गए। पिया शरमाईं।

''अरे! प्लीज बैठिए प्लीज...।''

'कैसी हैं पिया जी?'

''ठीक हूँ।''

इधर कॉफी दिनों से मुलाकात नहीं हुई।

''हाँ, मैं दिल्ली कत्थक सीखने चली गई थी। एक महीने का कोर्स किया है।''

"बहुत अच्छा किया।'' जितेन ने उसे बकअप किया।

''पर बी.एच.यू. म्यूजिक में कुछ भी नहीं है। कत्थक सीखने के लिए।''

''हाँ सिर्फ कबीरचौरा में राम-श्याम हैं।''

''आप जानते हैं उन्हें।''

''जी हाँ।''

''तो मुझे मिलाइए प्लीज।''

''ठीक है परसों।''

''ओके।''

''क्या लेंगी पिया जी?''

''अरे! कुछ नहीं।''

''फिर भी, चाय, कॉफी, कोल्ड या और कुछ?''

नहीं सिर्फ कॉफी ले लूँगी। पिया जी ने ठंडी साँस के साथ जितेन को निहारा और पास बैठ गईं। जितेन ने शान्ति, ज्योत्स्ना, मोना और राधेश्याम से परिचय कराया। पिया शायद मोनालिसा से अधिक खूबसूरत और शान्त हैं। जितेन ने उन्हें हॉस्टल दिलाया था। वो परमानन्द को बहुत प्यार करती हैं, पर परमानन्द कर्मकांड पढ़ने आया है। विचारों में पूरा कट्टरपन्थी, हिन्दुआइट और प्रतिक्रियावादी है। पिया प्रगतिशील उदार और स्वाभिमानी हैं। दोनों में द्वन्द्व टकराहट और प्यार है। परमानन्द बहुत उपेक्षा करता है। पिया जी कहाँ चीली का संस्कार, कहाँ मॉरिशस का विश्व हिन्दू परिषदीय संगम, दोनों में कोई मेल नहीं। पिया दर्शन की छात्रा हैं। साथ में संगीत, कत्थक और योग में रुचि है। पिया की खूबसूरती और शान्त स्वभाव का राज योग है। भारतीय दर्शन योग और संगीत ने उन्हें भारत की ओर खींचा। पिया के कमरे में बुद्ध, गाँधी और चेग्वारा की तसवीर है। कहाँ बुद्ध, गाँधी, चेग्वारा कहाँ हेड्गेवार और संघ? जितेन ने पिया जी को गाँधी की पुस्तकें पढ़वायी थी। उन्होंने गीता, रामायण, महाभारत भी पढ़ा है। चीली में पहले से समाजवादी व्यवस्था है। जितेन ऐसे अनेक लोगों से मिलता रहा है। जानता रहा है।

चाय-कॉफी पीते पूरा अँधेरा हो चुका था। मधुबन में सिर्फ रोशनी और अँधेरा था। ''पिया तो ठीक है, पर ये परमानन्द बदमाश है। मैं जानती हूँ, कट्टर हिन्दूपन्थी और पिया सैक्यूलर हैं। कैसे जोड़ा मिलेगा इनका?''

''सिर्फ कुछ ही निभाते हैं साथ।'' ज्योत्स्ना बोली।

मोना बोली ''देखो न साइकोलॉजी वाला प्रोफेसर दारूवाला पारसी बीबी को तलाक देकर कितनी छोकरियों को घुमाता है। दुष्ट कमीना कहीं का।''

''यह बदमाश और ऐयाश हैं प्रोफेसर साले।'' मोना बोली। "मेरा बस चले तो लाद फाड़ दूँ कमीनों की।'' वह आवेश में आ गई।

''अरे! तो अपने गुरुजी किसी से कम हैं इश्कबाजी, औरतबाजी में? सुनैना गांगुली को लिए दिन-रात कमरे में बैठे रहते हैं। राम-राम, छी-छी वहसी जानवर?''

''हाँ ठेंगे पर रखता है वह सबको।''

राधेश्याम ने कहा "तुम लोग छोड़ो फिजूल की बहस। ये बताओगे क्या करना है? क्या पढ़ना है? क्या प्लान है?''

जितेन, राधेश्याम की बात को महत्त्व नहीं दिया।

शान्ति बोली ''जवान बेटियाँ हैं, फिर भी शर्म नहीं।''

''अरे! तुम्हें क्या पता वह सबको धमकाता है। जीवन बिगाड़ देंगे हरामजादा पापी कहीं का। पर हमें पढ़ाई और कैरियर के बारे में सोचना चाहिए।''

''ठीक कहते हैं राधेश्याम भाई। हमें इस पर गम्भीरता से सोचना चाहिए, नहीं तो सिर्फ अँधेरा ही अँधेरा है, हम सबके सामने।'' सभी गमगीन और मायूस हो गए। इतने में कॉफी लेकर वेटर आ गया। वेटर ने जितेन को सलाम किया और पूछा ''क्या लेंगे सर?''

''कुछ नहीं।''

''यह क्या बात सुबह से बिना खाए हो तुम।'' शान्ति बोली।

''हैवी नाश्ता किया था।''

''अरे! तो नाश्ते पर कितना चलोगे पाँच बजनेवाले हैं।'' शान्ति ने वेटर को पाँच मसाला डोसा का आर्डर दिया।

''अरे! कॉफी पीकर डोसा खाएँगे क्या?''

''तो क्या हुआ शेफाली बोली।''

''अरे! मेरे पेट में तो चूहे कूद रहे हैं।'' श्वेता ने कहा।

''आज मेस नहीं गई क्या?''

''नहीं तभी तो।'' सभी खिलखिला पड़ीं।

शान्ति ने व्यंग्य करते हुए कहा ''जितेन तुम्हारी भी कई हाई-फाई गर्लफ्रेंड हैं?''

''अरे! नहीं शान्ति बहन राहुल बरुआ ने मिलवाया था एक फंक्शन में। फिर मैंने हॉस्टल आवंटित करा दिया। बस परिचय हो गया और खास कुछ नहीं।'' शर्माते हुए जितेन ने कहा।

''दीदी आजकल जितेन के चक्कर में फिरंगियाँ कई घूमती हैं। शरारत भरे लहजे में।'' ज्योत्स्ना बोली।

''क्यों जितेन आजकल दसों उँगलियाँ घी में।'' शान्ति ने व्यंग्य किया।

''नहीं-नहीं शान्ति अफवाह है ये सब।''

कल ज्योतिकुंज में चर्चा थी कि लिली तुम्हारे लिए चिन्तित और परेशान है। रात को तो पूरे यूनिवर्सिटी की गतिविधियों की समीक्षा होती है। लिली के कमरे में मार्क्स, गाँधी की पुस्तकें हैं। अंग्रेजी, पंजाबी साहित्य की ढेर सारी किताबें। मैंने वहीं गीता, महाभारत की टीका देखी। कुछ यूरोपीय दार्शनिकों, उपन्यासकारों की किताबें भी देखी। तभी से लिली के बारे में मेरी राय सम्मानजनक बन गई।

''पढ़ने में भी तो रैंकर है।''

''हाँ दीदी।''

''किसान की बेटी है। गाँव जाती है तो ट्रैक्टर चलाने से मवेशी सँभालने तक का काम करती है।''

''हमारे यहाँ तो लड़कियाँ यह सब कुछ भी नहीं करतीं। मर्द ही करते हैं।''

''इसीलिए यूपी पिछड़ा और दिमागी तौर पर संकीर्ण है।''

''तो दीदी उतरो खेत में।'' सभी हँस पड़ीं।

''श्वेता जो भी हो लिली चतुर, मृदुभाषी और कूटनीतिज्ञ है। तभी तो सारा बीएचयू लट्टू है, उसकी एक झलक पाने को।''

''सो तो है।'' नेहा ने कटाक्ष किया। ''हाँ आजकल उसका दबदबा चारों तरफ दिख रहा है। क्या मजाल लंका पर कोई बोली बोल दे। सभी गुंडे पैर छूते हैं। झुककर विश करते हैं। उनके पीछे छात्रसंघ खड़ा है।''

''छात्रसंघ सबके ही साथ है।''

''हम लोगों ने छात्रों को प्रशिक्षित किया है। छात्रों में बदलाव आया है। हमारा काम सिर्फ चुनाव लड़ना। लड़ाना नहीं, उन्हें भारतीय परम्परा, संस्कृति, इतिहास से परिचित कराना है ताकि वे अपने गाँव-घर, शहर में सामाजिक कार्य कर सकें। वे समता, सम्पन्नता और समरसता कायम करने का प्रयास करें।''

''अच्छा यह बताओ लिली, पिया और जेनी में कौन सबसे सुन्दर है?''

''सभी अपने में खास हैं। सुन्दर है।''

''ये दोनों ऊपर जैसी दिखती हैं, क्या भीतर भी वैसी ही हैं?'

''क्या बात है?''

''जितेन तुमसे तो लिली की अच्छी दोस्ती है न?''

''बस थोड़ी बहुत।''

''कभी तुम्हारे घर मिलने आई, हाँ एक बार जब प्रिन्सिपल उसे हॉस्टल से निकाल रही थीं तब।''

''तुमने अच्छा किया उसे रखवाकर बेचारी कहाँ जाती?'' शान्ति में जलन और ईर्ष्या का भाव उभर आया।

''तुम्हें लिली से कोई शिकायत है?''

''नहीं तो।''

''फिर क्या चिन्ता दूसरों के लिए?''

''पर एक बात का मुझे एतराज है। जितेन तुम सिनेमा के फर्स्ट शो का टिकट तो लिली को ही दिलाते हो। हम लोगों को नहीं?''

''अरे! यार एक बार टिकट क्या दिलाया कि जान की आफत। सारे हॉस्टल में शोर हो गया और तुम्हीं सबने यह प्रचार किया है।''

''नहीं-नहीं जितेन भइया।'' मोना बोली "वो तो श्रुति ने बताया सबको।''

''वह पूरी पागल है।''

''श्रुति अभी थोड़ी नादान है।'' श्वेता बोली "लिली मीठी और होशियार है।''

''अच्छा उसके पास लंका से छात्रसंघ और यूनिवर्सिटी की तमाम खबरें रहती हैं?'' नेहा ने कहा "बड़ी स्वीट और हाजिरजवाब है।''

''अरे! मैं तो तुम्हीं लोगों के बल पर यहाँ हूँ। कौन है हमारा? जब सहयोगी ही खिलाफत करेंगे तो कैसे अस्तित्व बचेगा। विभाग खिलाफ, अधिकांश अध्यापक, अधिकारी, प्रशासन खिलाफ तो कौन है अपना? किसके लिए आता हूँ। यहाँ जरा सोचो।'' जितेन थोड़ा उत्तेजित हो गया।

"जितेन की पीठ सहलाते शान्ति ने उसे आश्वस्त किया कि चिन्ता न करो हम सभी तुम्हारे साथ हैं।''

''शान्ति बहन तुम्हीं लोग तो हो और कौन है मेरे साथ?''

''अच्छा छोड़ो मोना। ये बताओ कि तुम लोगों ने अपने ब्वायफ्रेंड से हमें नहीं मिलाया कभी?''

''अरे! क्या बकते हो जी। फ्रेंड कोई नहीं यहाँ। हम लोग पारिवारिक लोग हैं। इज्जतदार घर के।'' मोना की आँखें चढ़ गईं। गोया उस पर शक किया जा रहा हो।

''नाराज हो गई?''

''नहीं, पर शक करने पर गुस्सा आता है।''

''हम लोग कहाँ तुम्हारी तरह भाग्यवान हैं?''

''सच?''

हाँ-हाँ सभी ने एक स्वर में कहा।

''तुम ऊपर से जितने शर्मीले दिखते हो, उतने हो नहीं। हाँ हम लोग गाँव के लोग हैं। पॉलिश्ड नहीं हैं।''

''अरे! मैं भी गाँव का ही हूँ।''

''तुम तो पूरे शहरी कल्चर के हो। तुम्हें लड़कियों से बात करने की कला आती है। हाँ तुम संकोची हो। शरीफ हो इनोसेंट नहीं।''

''तो क्या सजा देना चाहती हो तुम लोग?''

''यही कि तुम सभी को पिक्चर दिखाओगे। डरोगे तो नहीं, कहीं लिली या जेनी नाराज न हो जाएँ?''

''अरे! यार, क्या सोचती हो? तुम लोगों से अजीज कौन है? तुम लोगों के लिए मैं बहुत सम्मान रखता हूँ। यकीन करो।''

''तो पिक्चर का क्या होगा। चलोगे जितेन?'' शान्ति ने व्यंग्य भरे लहजे में पूछा।

''हाँ-हाँ शान्ति चलेंगे। बोलो कब और किस सिनेमाहॉल में?''

''मजदा में।''

''ठीक है, दिन और शो तय करके बताओ।''

वेटर डोसा रख गया और सभी खाने पर टूट पड़े। मधुबन रंग बदलने लगा था। वह हरे से सुनहरा हो रहा था। कितने दिनों बाद सहपाठियों के साथ बैठने का मौका मिल रहा है। शान्ति ने देखा पिया गम्भीर है कुछ। शेफाली, श्वेता भी शान्त हैं। सिर्फ ज्योत्स्ना चैतन्य है। शान्ति ने पिया से पूछा ''बड़ी गम्भीर हो। सितार सिर्फ जितेन को सुनाती हो।'' सभी खिलखिला पड़ीं। पिया मुस्कुराई।

''हाँ पिया ऐसी तान सुनाओ कि मन का कलुष, मानसिक सन्ताप, तनाव, कुंठाएँ खत्म हो जाएँ। मन निर्मल हो जाय। ईर्ष्या-द्वेष मिट जाय। ज्ञानचक्षु खुल जाय। हम अपने आत्मविश्वास को पुनः प्राप्त कर सकें। नई दृष्टि, नई राह मिल सके।''

श्वेता बोली ''ज्योत्स्ना चैती-ठुमरी और भजन गाती है। सुना है तुमने?''

''नहीं तो।''

''हाँ, उसे पिछले साल भारत सरकार से दो राष्ट्रीय पुरस्कार मिल चुके हैं।''

''अच्छा किसी ने बताया नहीं मुझे?''

''क्या बताती। जितेन तुम्हारे पास समय कहाँ है, हम लोगों के लिए।'' शान्ति बोली।

"ऐसा कुछ भी नहीं है। तुम लोगों के लिए हमारे पास समय है और प्राथमिकता भी।''

शाम के झलफलाहे में म्यूजिक कॉलेज से सितार और सारंगी, घुँघरुओं की खनखनाहट मधुबन की गुगगुनी हवा में घुलने लगी। जितेन इन स्वर-लहरियों

में खो गया। गोया लिली के घुँघुरूओं के बोल हों। उसकी आँखों में कत्थक की अनेक भंगिमाएँ नाच उठीं। शाम का नजारा मोहक और चुभनेवाला था। न जाने ऐसी शाम कब आएगी? हर शाम के अपने पल होते हैं। अलग अनुभूति होती है। जरूरी नहीं कि वह फिर-फिर आए। शाम, संगत यह मौसम न जाने कब आए, न आए फिर कभी? परिसर में खामोशी पसर चुकी थी। मधुबन सही मायने में रोशनी के कई रंगों में निखरने लगा था। यहाँ से उठने का जी नहीं कर रहा था। शान्ति ने सन्नाटे को तोड़ते हुए कहा "तुम भावुक हो रहे हो जितेन?"

"पता नहीं यह शाम हमारी आखिरी शाम न हो।"

"ऐसा अपशकुन क्यों बोलते हो। ऐसी शाम बार-बार आएगी।"

''अरे! जितेन अब उठना चाहिए। उसने घड़ी देखी छह बज रहे थे। सभी उठ गए। रूइया मैदान के समानान्तर सड़क पर चलने लगे साथ-साथ। यह साथ कब तक कितनी दूर तक...?''

''आज बड़ा भारी फिलासफर लग रहे हो जितेन?'' ज्योत्स्ना ने टोका। सब हँस दिए। पिया ने कहा ''थोड़ा टेन्शन है जितेन को। सब ठीक हो जाएगा।'' जितेन ने महसूस किया कि शायद आज का दिन दुनिया का सबसे खूबसूरत और यादगार दिन है। आज के पलों को वह पूरी तरह जज्ब कर लेना चाहता है। नेहा ने पूछा "कल क्या होगा दीदी?"

''बवाल होगा... धरना प्रदर्शन... हड़ताल... न जाने क्या-क्या?''

''हाँ जितेन, फूलचन्द को नोटिस मिलनेवाली है शो काज।''

''अरे! नेहा तू तो बड़ी सयानी है?''

''नहीं दीदी, भइया लोगों से ही पता चलता है।''

''भइया लोग ही जंग जीतेंगे। चाहे प्रशासन जितना भी दमन करे। फौज बुला ले। यूनिवर्सिटी साइनडाई होके रहेगी।'' उसका गुस्सा उबल रहा था। शान्ति ने आशीर्वादस्वरूप उसके सिर के ऊपर हाथ रख दिया।

''नेहा तुम अब मेच्योर्ड हो गई हो।''

''आखिर सहेली किसकी है?''

शान्ति ने कहा "सही सोहबत में तो है न?"

''हाँ-हाँ'' श्वेता ने हाँ में हाँ मिलाया।

''तुम अगर रस्टिकेट हुए तो हम सभी को गहरा सदमा पहुँचेगा जितेन।''

''देखो क्या होता है दीदी?''

''साथ छूट जाएगा पढ़ाई में। फिर भी साथ रहेगा।''

''स्वेटर पहन लो जितेन।'' शान्ति ने आत्मीयता से कहा।

''हाँ-हाँ पहनता हूँ।''

''कैसे जाओगे घर?''

''लंका पर साइकिल है।''

''अच्छा।''

''घर जल्दी पहुँचने की कोशिश करना।'' शान्ति स्वेटर में लगी धूल झाड़ने लगी मानो कोई बच्चा हो। एक शान्ति और जेनी दो ही हैं, जो जितेन को कभी-कभी डाँटती हैं और वह सुनता रहता है चुपचाप।

''तुम कभी घर बुलाओ हम लोगों को?''

''हाँ-हाँ जरूर-जरूर।''

''देखता हूँ, यदि विश्वविद्यालय सामान्य रहता है तो दो-तीन दिन में?''

''हाँ-हाँ ठीक है।''

''अरे! जितेन को क्यों तंग कर रही हो। कौन चाय बनाएगा?''

''हम सब मिलकर बनाएँगे-खाएँगे।''

''नहीं-नहीं मेरा महराज बनाएगा-खिलाएगा।''

''फिर हम मस्ती करेंगे। म्यूजिक सुनेंगे। तुम्हारी लाइब्रेरी देखेंगे। बगीचे में घूमेंगे।''

''क्यों नहीं, अहो भाग्य मेरा।''

''सच?''

''हाँ जी, मेहमान भगवान स्वरूप होता है।''

''धत्त हम लोग दोस्त हैं। ये भगवान वगैरह क्यों बोल रहे हो तुम...?''

''तुम लोग आओगे तो मैं धन्य हो जाऊँगा। सच शान्ति बहन।''

''तुम आज कॉफी भावुक हो रहे हो जितेन।''

''यह साथ मुझे भावुक बना रहा है। यह साथ। यह विश्वास। यह अनमोल लमहे।''

''देखो लंका या अस्सी अधिक देर मत रूकना। घर सही समय पर पहुँचा करो।'' शान्ति बोली।

''आज सीधे घर जाता हूँ बिना कहीं रूके।''

''बिलकुल।'' नेहा ने कहा।

''तुम लोग तो हॉस्टल में रात को पढ़ती होगी न?''

''हाँ पर कभी-कभी ग्रुप में गाना-बजाना या विमर्श भी करते हैं। कभी-कभी क्या अकसर आधी रात हो जाती है। दिनभर की समीक्षा रात को होती है। कौन गेट पर अपनी गर्लफ्रेंड से मिलने आया? कौन चोरी से पिक्चर गया? किसका किससे चल रहा है। कौन किसके पीछे पड़ा है। कौन चोरी-चोरी लव लेटर लिख रहा है। कौन किससे अस्पताल-लंका, अस्सी घाट या मधुबन में मिल रहा है। यह सब भी चर्चा का विषय होता है।''

''अच्छा, पूरी नजर है लड़कियों की?''

''हाँ नजर है।'' सभी खिलखिलाकर हँस पड़ीं। सबसे पहले उसने रिक्शा रोका मोना के लिए। मोना, ज्योत्स्ना बैठ गईं।

''धन्यवाद! जितेन रिक्शे के लिए।''

बाकी विमेन्स कॉलेज हॉस्टल की ओर मुड़ीं।

''कल मिलना जितेन, विभाग में ताकि रिजल्ट मिल सके और भविष्य की रणनीति तय हो सके।'' सबको विदा कर जितेन, राधेश्याम, फूलचन्द लंका की ओर चल दिए।

वीसी लॉज में यूनिवर्सिटी के अधिकारियों की आपात बैठक चल रही थी। वीसी लॉज को पुलिस घेरे हुई थी। आला अधिकारी एल.डी. गेस्टहाउस में बैठक खत्म होने का इन्तजार कर रहे थे। कुलपति की अध्यक्षता में बैठक प्रारम्भ हुई। सर्वप्रथम उन्होंने चीफ प्राक्टर से रिपोर्ट माँगी और क्रमवार संकायाध्यक्षों से समीक्षा का आग्रह किया। सबसे पहले कला संकाय के डीन से आग्रह किया।

कला संकाय के डीन प्रो. रमाशंकर मिश्र ने कहा "मेरे संकाय की स्थिति कॉफी खराब है, क्योंकि सबसे अधिक नेता यहीं हैं। लेकिन अभी तक इन लोगों ने कोई तोड़फोड़, मारपीट, आगजनी या अनुशासनहीनता का काम संकाय में नहीं किया है। चूँकि आन्दोलन का मुद्दा प्रशासनिक-शैक्षिक, भ्रष्टाचार, भाई-भतीजावाद, शिक्षा परीक्षा प्रणाली में बदलाव, एकेडमिक एक्सक्यूटिव काउन्सिल कोर्ट में छात्र भागीदारी, शिक्षा का माध्यम हिन्दी तथा भारतीय भाषाओं को रखा है। मेरा ख्याल है इनके माँगपत्र पर विचार कर उचित कदम उठाया जाय।" प्रो. मिश्र अपना वक्तव्य देकर बैठ गए। अब बारी थी लॉ फैकेल्टी की। उसके डीन प्रो. ढकोलिया ने कानून व्यवस्था की बात उठाई। उन्होंने कहा "पूरे विश्वविद्यालय में छात्रों के आतंक, गुंडागर्दी का राज है। तोड़फोड़, मारपीट, आगजनी मची है। सेंट्रल लाइब्रेरी फूँकने की धमकी मिल रही है। पोस्ट ऑफिस की वैन जलाई गई। रुपया लूटा गया। छात्र परीक्षा टलवाना चाहते हैं। प्रशासन और अध्यापकों पर हमलावर हो उठे हैं कुछ छात्र। इस प्रकार की गुंडागर्दी और अराजकता पर अंकुश लगाना चाहिए। गुंडों और उपद्रवियों को विश्वविद्यालय से निष्कासित किए बिना यूनिवर्सिटी नहीं चल सकती।" कुछ ने मेज थपथपाई। कुछ मौन रह गए। कुलपति ने आईटी के डायरेक्टर से राय जानना चाहा। प्रो. आर.के. त्रिपाठी जो मजे कूटनीतिज्ञ और ब्राह्मण समाज के मुखिया हैं, कहा "मैं विधिसंकाय के डीन से पूरी तरह से सहमत हूँ। अनुशासन बगैर विश्वविद्यालय नहीं चल पाएगा। कुलपति जी मैं आपके साथ हूँ। जो भी निर्णय करेंगे, वह मुझे स्वीकार्य है।" कुलपति जी की

बाँछें खिल गईं। उम्मीद जगी तो उन्होंने विज्ञान संकाय के डीन से अपनी बात रखने का आग्रह किया।

"कुलपति जी तथा साथियो! मैं स्पष्ट कहना चाहूँगा कि दोष सिर्फ छात्रों का ही नहीं है। उन्हें उकसाने, पीठ पर हाथ रखनेवाले हमारे बीच के ही लोग हैं। छात्रों से छात्रों के मन की बात और यहाँ छात्र विरोधी बातें करते हैं। छात्र गुंडे और आतंकी नहीं हैं। उन्हें समझाया जाय। वार्ता की जाय। कोई सम्मानजनक रास्ता निकाला जाय। आवश्यक हो तो किसी अवकाश प्राप्त न्यायाधीश से घटनाओं की जाँच कराई जाय, फिर आवश्यक कार्रवाई हो।'' प्रो. आर.एल. सिंह ने दृढ़ता और तार्किक ढंग से अपनी बातें रखीं। प्रो. सिंह का कई ने समर्थन भी किया। कुछ लोगों ने कुलपति को खुश करने के लिए कहा "सर आप निर्णय लीजिए, हम लोग आपके साथ हैं।''

विश्वविद्यालय के मुख्य द्वार पर छात्रसंघ की सभा चल रही थी। सभा को कुलपति के निर्णय की प्रतीक्षा थी। सभी छात्रनेताओं को पता चल गया था कि तीन या पाँच लोगों का आज निष्कासन होगा। बुजुर्ग नेता मन ही मन प्रसन्न थे। निष्कासन से आन्दोलन जोर पकड़ेगा और छात्र-नेता एवं उनका समूह पूरी ताकत से लड़ेगा। सी.आई.डी. पल-पल की खबर पुलिस हेडक्वार्टर और आला अफसरों तक पहुँचा रही थी। अधिकारी चिन्तित थे। उन्हें हैरानी थी कि स्थिति को सुलझाने के बजाय विश्वविद्यालय प्रशासन उसे उलझा रहा है। कुलपति की बैठक में वाणिज्य संकाय तथा लॉ के डीनों ने संयुक्त रूप से तीन छात्रों के निष्कासन का प्रस्ताव रखा।

वाणिज्य संकाय के डीन भंडारी ने कहा "मा. कुलपति जी पानी सिर के ऊपर बह रहा है। विश्वविद्यालय विस्फोट के कगार पर खड़ा है। हमें उपद्रवियों, गुंडों के विरुद्ध सख्त कार्रवाई करनी चाहिए। सर छात्रसंघ का प्रेशर है कि खुला दाखिला हो। फीस कम हो। गरीबों की फीस पूरी माफ की जाय। जब परीक्षा की तारीख तय करते हैं तो वे और बढ़ाने की बात करते हैं। हॉस्टल आवंटन में दखल देते हैं। छात्रसंघ के सामने के गेस्टहाउस में छात्रों का कब्जा है। सर, सभी कमेटियों में अपना प्रतिनिधि रखना चाहते हैं। ऐसे कैसे चलेगा? विश्वविद्यालय।'' दूसरे डीन ने कहा "भंग कीजिए छात्रसंघ सर। सारे बवाल और अशान्ति का जड़ छात्रसंघ है। न रहेगा बाँस, न बाजेगी बाँसुरी।''

समाजशास्त्र के अध्यक्ष नाटे गुरु हाथ जोड़कर खड़े हुए। "सर यूनिवर्सिटी को बचा लीजिए। गेहूँ के साथ घुन भी पिस रहा है। निर्दोष और बवाली में अन्तर नहीं रहा। तीन-चार मछलियाँ तालाब गन्दा कर रही हैं। मन बना लीजिए

सर। विश्वविद्यालय हित में हम सभी आपके साथ हैं।'' कुलपति की निगाहें नाचती रहीं। उन्हें लगा कि उनके मन की बात हो रही है। कुछ चाहकर भी असलियत नहीं बता पा रहे हैं। अब चापलूसों में श्रेय लेने की होड़ लग गई कि कौन कुलपति का कृपा पात्र बने।

इसी बीच उदास कुलपति कुछ पुलकित हुए। प्राच्य विद्या संकाय के आचार्य रमाशंकर शुक्ला को इशारा किया। उन्होंने खड़े होकर दोनों हाथ जोड़कर कहा "आप दातादानी हैं। मुखिया हैं। हम लोग आपके साथ हैं पूरी तरह। आप जो भी निर्णय करेंगे उचित होगा।''

आईटी के निदेशक ने कहा "अगर कोई रास्ता नहीं निकलता तो जो उचित न्यायसंगत हो निडर होकर करिए न...।'' मुस्कुराहट भरे लहजे में कहा "विश्वविद्यालय चलाने के लिए अनुशासन, स्थिरता और शान्ति चाहिए। इसे कायम करने के लिए कभी-कभी अप्रिय निर्णय भी लिये जाते हैं। आपका निर्णय विश्वविद्यालय के हित में होगा सर। आपका जो भी निर्णय होगा उचित होगा।''

विज्ञान संकाय के डीन प्रो. सिंह ने कहा "आप लोग विश्वविद्यालय को रसातल में ले जा रहे हैं। कुलपति जी को फँसा रहे हैं। धैर्य और शान्ति से सोचें और व्यावहारिक निर्णय लें। सैडिस्टिक एंटी स्टूडेंट होने से काम नहीं चलेगा। हमें धैर्य, संयम, न्यायसंगत काम करना होगा। क्योंकि यूनिवर्सिटी भी चलानी है। लोकतन्त्र में संवाद जरूरी है। संवादहीनता से भ्रम बढ़ता है और विद्वेष भी। हमें विवेकपूर्वक समाधान की तलाश करनी चाहिए।'' कुलपति इधर-उधर नजर घुमाने लगे। तभी लाइब्रेरियन कौला बोला "ऐक्शन लीजिए सर जल्दी।'' शोर हुआ "कार्रवाई... गुंडागर्दी बर्दाश्त नहीं। हम लोग आपके साथ हैं।''

वी.सी. लॉज में बैठक के बाद ढकोलिया ने शो काज के बजाय सीधे निष्कासन का ड्राफ्ट बनाया और वीसी को सुनाकर रजिस्ट्रार को दे दिया। वहीं डॉक्यूमेंट ड्राफ्ट टाइप हुआ। रजिस्ट्रार ने दस्तखत किए।

डॉ. ढकोलिया ने कहा ''अब गुंडागर्दी, अराजकता और हिंसा बर्दाश्त नहीं होगी सर। हम देर से आए पर दुरुस्त आए। अब देर करना बहुत कुछ खो देना होगा सर।''

रजिस्ट्रार ने वी.सी. से कहा "रेस्टीकेशन नोटिस कल सर्व कर दी जाएगी सर।''

''कुलपति ने सिर हिलाया, ओके। थैंक्यू।''

प्रो. सिंह अपनी असहमति देकर अपने आठ-दस सहयोगियों के साथ वी.सी. लॉज के बाहर आ गए। लॉज में प्रो. त्रिपाठी, रजिस्ट्रार, चीफ प्राक्टर

और भंडारी रह गए। सभी कॉफी पीने लगे। प्रो. भंडारी ने कहा "आपने ठीक किया सर। यही पहले हुआ होता तो इतनी अनुशासनहीनता नहीं बढ़ती।'' प्रो. त्रिपाठी ने व्यंग्य किया "हमारे बीच कितनी पॉलिटिक्स हैं, पर देर में ऐक्शन हुआ। दुरुस्त हुआ।'' प्रो. ढकोलिया ने कुलपति को बधाई दी "आपने सही वक्त पर सही निर्णय किया।'' प्रो. आर.एल. सिंह, प्रो. रमाशंकर मिश्र, दीपांकर पांडेय, रजनीकान्त, राजेश्वर उपाध्याय और कई प्रोफेसर असहमत होकर बाहर निकले, बिना हस्ताक्षर किए। उन्हें पता था कि आर.एस.एस. के इशारे पर सब कुछ हो रहा है। प्रो. सिंह ने प्रो. मिश्र से कहा "मिश्र जी दुर्भाग्यपूर्ण है आज का निर्णय। विश्वविद्यालय को इन लोगों ने विनाश में झोंक दिया है। सभी बच्चे अच्छे, अनुशासित और पढ़नेवाले हैं। यह एकतरफा निर्णय है।''

''हाँ सिंह साहब! जितेन, फूलचन्द तो मेरे प्रिय विद्यार्थी हैं। यदुनाथ जी शिष्ट हैं।''

''अकल नहीं है कुलपति को। दूसरों के इशारे का निर्णय हानिकारक होता है।''

मिश्र जी ने कहा ''मुझे तो कुलपति अपना विरोधी समझते हैं सर।''

''समझने दीजिए। चिन्ता करने की जरूरत नहीं है।'' सिंह बोले।

''मिश्र जी कल देखिएगा क्या होता है। यहाँ से लेकर संसद तक हंगामा होगा। लाठी-गोली चलेगी। विश्वविद्यालय साइनडाई हो जाएगा। विनाशकाले विपरीत बुद्धि है।''

''यह तो सर बड़ा बुरा हुआ।''

''क्या करोगे चापलूसों से घिरे हैं वी.सी.। अकल मारी गई है। आन्दोलन के बाद किसी कमीशन को यदि सरकार गठित करती है तो उसका फैसला कुलपति के खिलाफ होगा।''

''मुझे लंका होकर जाना है सर।''

''मैं गाड़ी से छुड़वा दूँगा। चलिए घर चाय तो पी लो, फिर देखा जाएगा।'' डॉ. मिश्र को डॉ. सिंह ने आश्वस्त किया।

''जो आज्ञा सर! हम लोग तो आपके साथ हैं।'' डॉ. सिंह मुस्कुराए और सभी गाड़ी में बैठ गए।

फिर एक मौन छा गया सबके बीच। घर आने पर चाय-नाश्ते का आदेश दे प्रोफेसर साहब सोफे में धँस गए।

''मिश्र जी न्याय कहाँ है?''

''सर।''

''कहाँ है लोकतन्त्र में अभिव्यक्ति की आजादी?''

''जी सर! आपकी बात वी.सी. समझ गए होते तो बवाल टल जाता।''

''देखिए न डीन लोगों को कितनी नफरत है छात्रों से। वे अपने बच्चे हैं। अध्यक्ष तो स्टाफ सन है। निकाल दिया उसे बर्बरता से।''

''हाँ सर! बच्चे सभी शिष्ट और अनुशासित हैं।''

''छात्रसंघ है तो कुछ न कुछ बोलेंगे। तो सुनो और समाधान निकालो भाई।''

कुछ प्रोफेसर बरामदे में दिखे...। प्रो. सिंह ने उन्हें भीतर बुलाया। "तुम लोग कहाँ से आ रहे हो?''

काशीनाथ ने कहा "सर लंका से।''

''लंका तो गरम होगा?''

''हाँ बहुत बड़ी सभा चल रही है। दो सांसद भी मौजूद हैं। सभा के बाद शायद छात्रसंघ अनिश्चितकालीन हड़ताल पर जाय।''

''देखा, मिश्र जी क्या कहा था मैंने?''

''सर आपकी बात मान लेते तो यूनिवर्सिटी बच जाती।''

''न माने, हम तो सबके हित की बात कह रहे थे।''

काशीनाथ ने कहा ''बड़ा अन्याय हो रहा है सर। जितने भ्रष्ट डीन हेड हैं, सभी हद की दलाली पर उतर आए हैं।''

मिश्र ने कहा ''गनीमत है सर कि बच्चे हिंसा पर उतारू नहीं हुए हैं।''

''हिंसा तो होनी है। अब कौन रोक पाएगा?''

''आपकी न मानने की बात समझ में नहीं आई सर।''

''हमें तो ये अपना विरोधी और छात्र समर्थक मानते हैं।''

''सर आपके सुझाव से सब सुलझ जाता।''

''तो कुछ लोगों को अपनी रोटी सेंकनी है। पद पाना है और कुछ को प्रमोशन।''

काशीनाथ ने कहा "वी.सी. के पीछे संघ और विद्यार्थी परिषद खड़ा है।''

''कुलपति को तटस्थ होना चाहिए। यदि वह पार्टी बनेंगे तो कैसे चलेगी यूनिवर्सिटी?''

''जी सर।''

''विश्वविद्यालय दो छात्र गुटों में बँट जाएगा। हिंसा-अराजकता बढ़ेगी।''

रजिस्ट्रार का फोन आया ''कुलपति जी रात दस बजे आपात बैठक बुलाए हैं। सर आपका रहना जरूरी है।''

''सॉरी रजिस्ट्रार साहब, मुझे माफ करिएगा....।'' रिसीवर रख दिया। एक लम्बी साँस ली। ''जाओ मरो अब।''

काशीनाथ ने कहा ''सर लड़के अनुशासित न होते तो कई की पिटाई हो चुकी होती। उनका आन्दोलन अहिंसक और सत्य पर आधारित है।''

डॉ. सिंह मुस्कुराए ''काशीनाथ जी आपको वस्तुस्थिति की जानकारी है?''

''हाँ, सर मैं तो कॉमनर हूँ। सभी मिलते रहते हैं, पर उनके साथ अन्याय हुआ है। अन्याय का सपोर्ट नहीं कर सकते हम लोग।''

''क्या हो रहा है लंका पर? डॉ. सिंह ने उत्सुकता जाहिर की।''

"मालवीय मूर्ति के नीचे बड़ी सभा चल रही है। शाम आठ बजे छात्रसंघ कार्यक्रम का ऐलान करेगा।''

लंका पर सभा चल रही थी। रेस्टीकेशन की खबर आग की तरह फैली। सभा में व्यवधान हुआ। यदुनाथ, फूलचन्द दौड़कर माइक पकड़े। स्थिति को भाँपकर दादा दौड़े और माइक हाथ में ले लिया। ''साथियो! अभी-अभी खबर मिली है कि हमारे तीन साथी यदुनाथ, फूलचन्द, जितेन रेस्टिकेट हुए हैं और पच्चीस छात्रों को नोटिस दी गई है।'' भीड़ में हलचल मची। कुछ अफरातफरी मची। भीड़ बढ़ रही थी। नारेबाजी तेज हो गई। सभी नेता मंच पर आ गए। माहौल गरम हो गया। दादा ने कहा ''हम अपने निर्दोष साथियो का बदला लेकर रहेंगे। यूनिवर्सिटी प्रशासन की तानाशाही और मनमानी नहीं चलने दी जाएगी।'' फिर नारेबाजी शुरू हो गई। 'वी.सी. के दलालों को एक धक्का और दो... जो हमसे टकराएगा चूर-चूर हो जाएगा।' दादा ने कहा ''इस जालिम कुलपति को हटाना है, चाहे जो कुर्बानी देनी पड़े देंगे।'' फिर उन्होंने कहा "प्रशासन के निर्णय का जवाब छात्र-अभिभावक और कर्मचारी देंगे। छात्रसंघ ऐलान करता है कि कल से हम अनिश्चितकालीन धरने पर जाएँगे। बाद में अनिश्चितकालीन हड़ताल पर।'' छात्रों के उत्तेजना को देखते हुए रामबचन पांडे ने दूसरे दिन बारह बजे से आर्ट्स फैकेल्टी मैदान में सभा का ऐलान किया।

कई की चाहत रही कि पूरी भीड़ लेकर वी.सी. लॉज चला जाय। पूछा जाय कि क्यों रेस्टीकेट किया है साथियो को? पर मार्कण्डेय, रामबचन, एनपी

सिन्हा और दीपक मलिक ने राय दी कि टकराव बचाया जाय। कल से अहिंसक आन्दोलन शुरू हो। देबू-दा ने वरिष्ठों से रणनीति के लिए बैठने का इशारा किया। मोहन भाई को स्थान का जिम्मा सौंपा गया। उसी दिन शाम को मोहन भाई ने दद्दन महाराज के यहाँ बैठक की व्यवस्था की।

दद्दन महाराज के भदैनी स्थित पुराने दालान में बैठक तय हुई। भूसावाले घर के बगल के कमरे में दो चौकी पड़ी है। गुरू ने दोनों पर दरी बिछवा दिया। पंडिताइन से चाय-पकौड़ी बनाने का सन्देश दे दिया। सात बजते-बजते दस-पन्द्रह लोग इकट्ठा हो गए। दोनों चौकी के बीच में दो बोरसी रख दी गई। सबसे पहले मोहल्ले के कारण मोहन जी आए। फिर दादा, रामबचन, अनिरुद्ध, राधे, को-मास्टर मोहल्ले के दो-चार लोग। दादा ने रामबचन को बात शुरू करने को कहा।

पांडे अचानक गम्भीर हो गए ''देखिए भाई यूनिवर्सिटी और सरकार मुद्दे से हम लोगों को भटका रही है। विश्वविद्यालय प्रशासन हमारे आन्दोलन को छात्र-पुलिस संघर्ष में बदलना चाहता है। पहले हम भाषा मुद्दे को सुलझाएँ, फिर निष्कासन को। ये सब आन्दोलन तोड़ने और हम लोगों को डीमॉरलाइज्ड करने के लिए हो रहा है। यह तो बड़ा अन्याय है। सीधे रेस्टीकेट कर देना। न शोकाज, न पूछताछ। यह कौन सा कानून है?'' सिन्हा जी उत्तेजित हुए। पोई की दुकान से हाँफते-फलाँगते फूलचन्द, भंटासिंह पहुँचे। दादा ने फूलचन्द को बगल में बैठाया। वे बहुत क्षुब्ध और उत्तेजित थे। को-मास्टर ने कहा ''रात मेरे साथ घर चलना, नहीं तो घर पर पिटोगे।''

''आज नहीं तो कल तो पिटेंगे। बाबू नाराज हैं। घर के बाहर सड़क पर डड़ौंकी लिये जोह रहे हैं।''

''कल का कार्यक्रम तय कीजिए गम्भीरता से आप लोग।''

पांडे ने कहा ''मेरा सुझाव है कि कला संकाय के मैदान में सबको जुटाया जाय। सभा हो और सबको लेकर सेंट्रल ऑफिस पर चलकर पत्रक दिया जाय। क्यों सिन्हा जी?'' मार्कण्डेय ने सुझाव दिया "मैं पंडित जी से सहमत हूँ।''

कल जितेन, फूलचन्द के सभी क्लासमेट दोस्तों और अंग्रेजी में फेल होनेवाले छात्रों को लेकर साइन्स फैकेल्टी चलना है। साइन्सवालों को लेकर गुप्तनाथ की कैंटीन होते केन्द्रीय कार्यालय चलना है।'

''हाँ-हाँ ठीक रहेगा।'' अपनी मूँछों को फेरते दादा ने कहा। यदुनाथ काठ की तरह चुपचाप जितेन के बगल में बैठे रहे। को-मास्टर ने पूछा "यदुनाथ नोटिस में क्या लिखा है?''

''मैंने देखा नहीं, वापस कर दिया।''

''हो सकता है हम लोग हाईकोर्ट जाने की सोचें।''

''अरे! मास्टर साहब, मैं तो जनता के कोर्ट का फैसला चाहता हूँ।''

''यदुनाथ भाई कटले पर का कटी। अब आर-पार की लड़ाई होई।'' फूलचन्द तख्ता से उठ गए।

मोहन जी ने पकौड़ी का प्लेट पकड़ाया। एक साथ चार पकौड़ी मुँह में डाल लिया। अनिरुद्ध हँस रहे थे। ''अब सब हँसी हमहने पर काहे के, निकलुआ हो गईलीं न?''

''घबड़ाओ नहीं फूलचन्द। तुम्हारे, यदुनाथ, जितेन के निष्कासन का बदला लेके रहूँगा।'' पांडे जी पकौड़ी रख दिए। ''हाँ अब याचना नहीं रण होगा।'' उन्होंने कुर्ते की बाँह चढ़ा ली।

गर्म-गर्म चाय आ गई। सभी चाय पीने लगे। दद्दन महाराज हाथ जोड़ के खड़े हो गए बोले ''साव की खोवावाली बर्फी भी आ रही है।'' चाय की चुस्की से सभी में जान आ गई।

को-मास्टर बोले ''आप लोग विश्वविद्यालय देखिए। हम लोग शहर देखते हैं। क्यों राधे?''

''हाँ मास्टर साहब। कल आपके यहाँ बैठक हो जाय और काम बाँट दिया जाय। अरविन्द, कुँवर सुरेश, मान्हवीशरण, प्रदीप कुमार, परमानन्द, शमशेर, शोभनाथ, केशव, गिरिजापति, डीएवी, हरिश्चन्द्र कॉलेजवाले शहर में दौरा कर सब व्यवस्थित कर देंगे।''

''और कुछ।'' दादा बोले।

''तो तय हुआ कि हम सभी कल बारह बजे आर्ट्स फैकेल्टी मैदान में जुटेंगे, फिर वहाँ से छात्र-छात्राओं को लेकर केन्द्रीय कार्यालय चलेंगे। यही न?''

''पक्का रहा। कल से शुरू हो जाय।''

सबने सहमति दी और बैठक समाप्त हो गई। पांडे जी ने सुर्ती बनाई और होंठों में दबा लिया। चुनौटी जेब में रख ली। विश्वविद्यालय और बाहर लंका, अस्सी, गोदौलिया में खबर आग की तरह फैली। हम सभी निष्कासित किए जा चुके थे।

''मुझे मालूम था कि मैं निकाला जाऊँगा। इसलिए कि मैं गरीब हूँ। किसी नेता, प्रोफेसर या बड़े बाप का बेटा नहीं हूँ...। मुझे सच बोलने और न्याय माँगने का यह सिला मिला है। लोहिया के शब्दों में समाजवाद लाने के लिए खाद बनना होगा, तो मैं खाद बन गया।'' दादा ने समझाया ''फूलचन्द हम सब आपके साथ हैं।'' "वह तो ठीक है।'' वे गम्भीर हो गए। माथे पर पसीना छलक आया। बाकी लोग मौन थे। हम पीछे-पीछे संकटमोचन गली से गुरुवर डॉ. भोलाशंकर व्यास के घर आए। गुरुदेव ने ऊपर बुलाया। हालचाल पूछा, फिर जलपान कराया। धीरे से कहा ''बगल में ढकोलिया हैं वी.सी. के आदमी।'' फूलचन्द की जेब में कुछ रुपये रख दिए। उन्होंने चुपचाप निकल जाने का इशारा किया।

अब कहाँ चले फूलचन्द ने पूछा? ''दुर्गाकुंड।''

''चलते हैं दुर्गाकुंड, गुरुवर के पास।''

हम दुर्गाकुंड आ गए। गुरुवर त्रिभुवन जी उठे सीधे हम दोनों को ऊपर ले गए।

''वारंट कटा है, तुम सब पर।''

''मालूम है।''

''ऐसे मत घूमो।''

''अभी दो-तीन दिन बचो फूलचन्द।''

''जी गुरुदेव।''

बाहर सब जगह पुलिस सीआईडी घूम रही है। गुरू यूँ भी हम दोनों को देखकर घबड़ा गए थे। उनका ब्लडप्रेशर हाई हो रहा था। वे यूनिवर्सिटी अधिकारियों को नाराज नहीं करना चाहते थे। हम लोगों को भी। जल्दी-जल्दी चूड़ा-मटर खिलाया। फिर हम बाहर आ गए। पता लगा रविशंकर के साथ तीन लोग कैम्पस में पकड़ लिए गए, जिन्हें भेलूपुर थाने में बैठाया गया है।

सुबह हो चुकी थी। धूप धीरे-धीरे खिल रही थी। लोग स्वेटर, जर्किन, बंडी, शाल लिये हुए थे। सिर्फ लड़कियों के शरीर पर कम कपड़े थे। जितेन ने मफलर ले रखा था। इससे वह कान-गला के साथ-साथ मुँह छिपाने का काम भी लेता है। जब फोटो कैमरा, सीआईडी, पुलिस अधिकारी सामने पड़ता तो मुँह ढँक लेता। यूनिवर्सिटी के मुखबिरों से भी बचना होता। फूलचन्द, जितेन एक ही साइकिल पर जाते, पर आज छिपते-छिपाते जाना है। दोनों नरिया गेट से परिसर में घुसे। धूप पेड़ों के ऊपर से छनकर फैल रही थी। छात्र-छात्राएँ अपने-अपने विभागों में आ-जा रहे थे। रणनीति के हिसाब से हमें संकाय जाना था। परीक्षा टलवाने के लिए राय-बात करनी थी। अधिकांश छात्र परीक्षा टलवाना चाहते थे। इसी मुद्दे पर वो साथ आएँगे। सो चतुराई से भीड़ जुटानी थी।

तीन निष्कासन होने पर विश्वविद्यालय का माहौल गर्म एवं तनावपूर्ण बन गया। जितेन, फूलचन्द को देखकर सभी सहपाठी दुखी और सहमे हुए थे। ज्यादातर भयाक्रान्त थे किसी अनहोनी से। खुफिया निगाहों से बेपरवाह आम छात्र सदमे में आक्रान्त थे। पहले हिन्दी विभाग में सभा हुई, फिर शकुन्तला, शान्ति के नेतृत्व में कक्षाओं का बहिष्कार हुआ। फिर पी.जी. बिल्डिंग के सभी विभागों में कक्षाएँ छोड़कर छात्र निकल गए। पहले छात्राएँ बाहर निकलीं, फिर छात्र शकुन्तला, शान्ति के साथ ज्योत्स्ना, शेफाली, मंजू, सुभद्रा, अनामिका अंग्रेजी की रंजिता, उर्मिला बहन के साथ छात्राएँ बड़ी संख्या में मैदान में आ गईं। लड़कियों को देख स्नातक के छात्र उत्सुकतावश मैदान में जुट गए। अब मैदान के चबूतरे के इर्द-गिर्द छात्र कॉफी संख्या में इकट्ठे हो गए। देबू, सिन्हा, रामबचन, मार्कण्डेय, अनिरुद्ध भनक पाते ही बदहवास मैदान में पहुँच गए। लोगों का मूड-मिजाज देखते ही दादा ने सभा के बाद जुलूस निकालना तय किया। राय-बात से शकुन्तला, उर्मिला, फूलचन्द को चबूतरे पर चढ़ाया गया। तब तक मोहन जी, महेन्द्र, यदुनाथ मैदान में पहुँच चुके थे। मोहन के आते ही नारेबाजी शुरू हो गई। छात्र एकता जिन्दाबाद... जिन्दाबाद... निष्कासन वापस करो... वी.सी. हाय-हाय... जितेन ने दादा, रामबचन, यदुनाथ, मार्कण्डेय को चबूतरे पर चढ़ाया।

अब पूरा मैदान भर चुका था। रामबचन भीड़ थहाने लगे। धूप खिल रही थी। मौसम खूबसूरत और रोमैंटिक बन रहा था। शकुन्तला को सम्बोधन का इशारा किया गया। उन्होंने कहा "मेरे प्यारे भाइयो-बहनो आज का दिन काला दिन है। मेरे तीन भाई अकारण निष्कासित किए गए हैं। वे निर्दोष हैं। उन्हें इसलिए निकाला गया कि उन्होंने छात्रों की वाजिब समस्याओं को उठाया। न्याय की माँग की। मैं विश्वविद्यालय प्रशासन से माँग करती हूँ कि वे निष्कासन वापस करे। मैं प्रशासन को खबरदार करती हूँ कि चेतो, विश्वविद्यालय को अस्थिर और अशान्त मत करो, लोकतन्त्र का गला मत घोटो। धन्यवाद...।''

छात्रों को उम्मीद थी कि अंग्रेजी का अनिवार्य पेपर हटेगा। परीक्षा टलेगी। दादा, सिन्हा जी ने समझ लिया कि अब भाषणबाजी का समय नहीं रहा। जल्द केन्द्रीय कार्यालय की ओर बढ़ा जाय। विज्ञान संकाय और गुप्तनाथ कैंटीन पर सैकड़ों छात्र-छात्राएँ प्रतीक्षारत हैं। वहाँ शतरुद्र, आनन्द के साथ सैकड़ों छात्र जमे हुए हैं।

जितेन ने दादा से कहा "आप बोल लीजिए। फिर जल्दी जुलूस निकालेंगे।'' मार्कण्डेय भाई ने कहा "लोहा गरम है। यही वक्त है वार करने का, सो विलम्ब न हो।''

"हम अपनी वाजिब माँगों के लिए शान्तिपूर्ण ढंग से केन्द्रीय कार्यालय चलेंगे। अनिवार्य अंग्रेजी का पर्चा हटाने, परीक्षा आगे टालने का प्रशासन को माँगपत्र देंगे। आप सभी से गुजारिश है कि शान्तिपूर्ण ढंग से चलें।''

शकुन्तला, शान्ति ने छात्राओं को मैदान में ही रुक जाने को कहा, पर छात्राएँ नहीं मानीं। ऐन वक्त पर श्रुति, लिली के साथ भीड़ चीरते जितेन के पास पहुँच गई। लिली को देख जितेन अचकचा गया। हतप्रभ देखता रहा। लिली की आँखे डबडबा गईं। उसने जितेन का दाहिना हाथ पकड़ लिया "मैं आज तुम्हे यहाँ से साथ ले चलूँगी। तुम्हें फ्रंट पर नहीं जाने दूँगी। न जाने कब क्या हो जाय? क्या पता? अब बहुत हो गया। हाँ, हमें अपनी लक्ष्मण रेखा के भीतर ही रहना चाहिए।'' उसका शरीर काँप रहा था। जितेन शान्त, धीर, गम्भीर, आत्मविश्वास से भरा हुआ था। लिली का भार दाहिने कन्धे पर आ गया। लिली ने उसे जोर से पकड़ रखा था कि छूटने न पाए। तभी शकुन्तला कक्षान बाँधकर आगे आ गई। उनके बाल पीठ पर बिखरे हुए थे। आँखें चढ़ी हुई थीं। वे बड़बड़ाते हुए सड़क की दोनों पटरियों पर चक्कर काटने लगीं। जुलूस तेजी से बढ़ते हुए विज्ञान संकाय से होते गुप्तनाथ के कैंटीन पर आ गया। यहाँ शतरुद्र, आनन्द

एक बड़े छात्र समूह के साथ शामिल हो गए। शकुन्तला दीदी को हाथ जोड़ पांडे जी ने शान्त किया।

अब पूरब केन्द्रीय कार्यालय की ओर बढ़ना था। सामने बड़ी संख्या में पुलिस, पी.ए.सी., सी.आर.पी.एफ. के जवान तैनात थे। फायरब्रिगेड, पुलिस, पी.ए.सी. और वायरलेस की गाड़ियाँ लगी थीं। अब छात्र-पुलिस दोनों एक-दूसरे के समानान्तर आ चुके थे। दादा, मार्कण्डेय ने दौड़कर छात्र-छात्राओं के जुलूस को रोक दिया और सड़क पर बैठ जाने की अपील की। धरने में अगली पंक्ति में छात्राएँ, फिर छात्र, उनके पीछे कर्मचारी सड़क पर बैठ गए। महाभारत की सेनाओं की तरह यहाँ मोर्चा और व्यूह बन गया। एक ओर सशस्त्र बल दूसरी ओर निहत्थे छात्र-छात्राएँ।

माइक से घोषणा हुई "विश्वविद्यालय में एक सौ चौवालीस धारा लगा दी गई है। आप सभी से अपील है कि वापस लौट जाएँ। यह मजमा गैरकानूनी है।'' धरने से सौ गज पूरब जिलाधिकारी, बड़े कप्तान आपस में कुछ गुफ्त-गू कर रहे थे। माइक से पुनः घोषणा हुई कि छात्रों के कोई तीन प्रतिनिधि कुलपति को पत्रक देने आ सकते हैं। नेताओं ने तय किया कि इस बार शकुन्तला, शान्ति के नेतृत्व में प्रतिनिधिमंडल भेजा जाय। क्योंकि वरिष्ठों के जाने पर बहस विवाद हो सकता है। दादा, रामबचन और मार्कण्डेय ने शकुन्तला, शान्ति और लिली को भेजने का निश्चय किया। थोड़ी देर बाद खबर आई कि कुलपति ने प्रतिनिधिमंडल का पत्रक लेने और मिलने से इनकार कर दिया। छात्रों के लिए इससे बड़ा अपमान क्या हो सकता था। दादा ने पीछे मुड़कर देखा श्रुति, लिली और तमाम सहेलियाँ मुँह बाँधकर बैठी थीं। उन्होंने श्रुति को धीरे से बुलाकर कहा "अब धीरे से उठ जाओ। यहाँ बैठना खतरनाक हो सकता है।'' श्रुति ने कहा "हम आपको, जितेन को छोड़कर नहीं जाएँगे। चाहे लाठी चले या गोली।'' अजीब दृश्य था तनाव, उत्साह और रोमाँच का। धरना मौन बन गया। सभी चुप, शान्त बैठे रहे।

छात्रों की गाँधीगिरी से जिला प्रशासन का मन पिघल गया। शायद उन्हें अपने बच्चों की याद आई हो। कप्तान किसी हीरो की तरह अपने जज्बातों, कानूनी वसूलों के साथ अकेले निहत्था धरने पर आया। अपने संक्षिप्त सम्बोधन में उसने कहा "प्यारे छात्रो मेरी तथा सम्पूर्ण पुलिस प्रशासन की सहानुभूति आपके साथ है। आपकी माँगों से हम वाकिफ हैं। मेरा काम कानून व्यवस्था बनाए रखना है। आप परिसर में शान्ति बनाए रखें। गाँधीवादी तरीके से अपना पक्ष रखें। मैं वादा करता हूँ कि आप पर लाठी, गोली नहीं चलने दूँगा।'' चार-पाँच वरिष्ठ छात्रनेताओं से हाथ मिलाया। सभी का अभिवादन किया।

"हमारा कप्तान कैसा हो राधेश्याम जैसा हो...। पुलिस हमारा भाई है, नहीं कोई लड़ाई है...।" पुलिस के जवान मुस्कुराने लगे। अचानक सारा तनाव खत्म हो गया। तभी कप्तान के इशारे पर पुलिस, पी.ए.सी सौ गज पीछे हट गई।

पाँच बज रहे थे। गोधूलि में सूरज वृक्षों के पीछे छिप गया था। एक सिन्दूरी रंग आसमान में छा गया था। आज का दिन हमारी जीत का दिन है। गाँधीगिरी की जीत है। छात्रों ने पुलिस कप्तान का दिल जीता, फिर फोर्स का। यह छात्रों के सविनय अवज्ञा की जीत थी। आज किसी की भाषणबाजी नहीं हुई। अँधेरा होने के पूर्व धरना उठा लिया गया। धरनावाले सभी छात्र विजयी भाव से उठ गए। पुलिस, पी.ए.सी. के जवान ट्रकों में बैठ रहे थे। झिलमिलाती रोशनी में कप्तान का दाहिना हाथ हिल रहा था। हम सभी धरना स्थल से लौट रहे थे, गोया कोई जंग जीती हो।

धरना विसर्जन के बाद भीड़ अपनी-अपनी दिशा में तितर-बितर हो गई। छात्राओं का झुंड शकुन्तला, शान्ति और लिली के साथ वापस लौट रहा था। सबसे प्रसन्न शकुन्तला बहन थीं, क्योंकि उनकी सूझबूझ से फिलहाल का संकट टल गया था। छात्र-छात्राओं की सूझबूझ और अहिंसक धरने से प्रशासनिक अधिकारी पूरी तरह जागरूक और संवेदनशील बन गए।

शकुन्तला ने शान्ति से पूछा "आज का दिन तो अच्छा गुजरा क्यों?"

"हाँ दीदी।"

"पर तुम लोग उदास क्यों हो इतना।"

"आगे का भविष्य अन्धकारमय दिखता है दीदी।"

"हिम्मत और धैर्य रखो। हमे कामयाबी मिल के रहेगी शान्ति।"

उत्तर में शान्ति ने सिर हिलाया। लिली, श्रुति, ज्योत्स्ना, श्वेता, नेहा और शान्ति चुपचाप चल रही थीं।

शकुन्तला ने पूछा "अरे! श्रुति जितेन दिखा?"

"हाँ दीदी।"

"बड़ा अन्याय हुआ। जितेन के साथ," फिर वह तैश में आ गईं। "इस बार ईंट से ईंट बजा दूँगी।" चेहरा अचानक लाल हो गया। पीछे, पीछे रामबचन, सिन्हा, दादू, अनिरुद्ध, इन्दीवर, शतरुद्र, आनन्द, मोहन जी और राधेश्याम चल रहे थे। पांडे के चेहरे पर आज के विजय की मुस्कुराहट और चमक झलक रही थी। हाथ झटकारकर तैश में बातें कर रहे थे। शकुन्तला दीदी के मुड़ते ही वे शान्त हो गए।

"पांडे धैर्य रखो। अभी तो यह शुरुआत है। आगे लड़ाई लम्बी और संघर्षपूर्ण है।''

"जी शकुन्तला जी।''

"पांडे जी बात करो। दिल्ली, शीतकालीन सत्र में भाषा और छात्र समस्याओं को हमारे नेता संसद में उठाएँ। संसद के समक्ष धरना-प्रदर्शन हो। हफ्तेभर में उत्तर भारत गरमा जाएगा। देखते हैं पुलिस के बल पर ये कितने दिन यूनिवर्सिटी कॉलेज चलाते हैं।'' विमेन्स कॉलेज आने पर लिली, श्रुति को छोड़ सभी छात्राएँ हॉस्टल में दाखिल हो गईं। जितेन के आने तक लिली, श्रुति गेट के बाहर सड़क पर रुक गईं। जितेन के पहुँचते ही लिली ने कहा "अब मैं तुम्हें अकेले नहीं छोड़ पाऊँगी। आगे के कार्यक्रम में हम सभी तुम्हारे साथ रहेंगे। घर जल्दी जाना। अपना ख्याल रखना।'' लिली की आँखों में एक अजीब सी बेचैनी छलक आई। जितेन साथियो के साथ लंका की ओर बढ़ गया।

टंडन टी स्टाल पर मजमा लगा हुआ था। पटरी पूरी तरह पटी पड़ी थी। टंडन की भट्ठी गरम थी। टंडन की चाय का जायका ही अलग है। टंडन को पता है कि नेता कड़ी चाय पीते हैं। बैठने की जगह नहीं थी। दादा, सिन्हा, रामबचन, मार्कण्डेय, विजयनारायण, को-मास्टर सभी मौजूद थे। शतरुद्र, आनन्द कुछ कागज पत्रक के साथ पहुँचे। दादा ने पूछा "जितेन, यदुनाथ, फूलचन्द कहाँ हैं?'' मोहन जी ने बताया "आ रहे हैं। आज छात्रों के साथ कर्मचारी, अभिभावक और राजनीतिक दल साथ आ गए।'' पांडे जी चुन्नट निकालकर सुर्ती मलने लगे। सिन्हा ने कहा "मोर्चा बनाएँ।'' अब तो ताकत बढ़ गई है।

"यही सही वक्त है सिन्हा जी।'' पांडे ने सुर्ती मलते कहा "अब तो जंग की शुरुआत हो गई है। सिर्फ बिगुल बजाना है। अबकी फतह हो के रहेगी। बस जैसे चल रहा है शान्ति और धैर्य के साथ चलने दीजिए।''

शान्ति और शकुन्तला के झुंड को देखकर पांडे जी पुलकित हो गए। टंडन टी स्टाल से पांडे दादा को लेकर शकुन्तला के समूह की ओर बढ़ गए। उन्होंने पूछा "सब लोग ठीक तो हैं न?''

"हाँ-हाँ।''

लड़कियों ने कहा "हम सभी सहेलियाँ इस लड़ाई में छात्रसंघ के साथ हैं। इस संघर्ष में जो भी विघ्न-बाधाएँ हों, हम सभी साथ रहेंगे।'' नेहा ने कहा "यदि जेल भी जाना हुआ तो भी पीछे नहीं हटेंगे। मुझे पता है कि कभी भी, कहीं भी

कुछ भी घट सकता है। स्थितियाँ खतरनाक और जोखिम भरी हैं। परन्तु अन्याय का प्रतिकार करने को हम साथ हैं।''

आन्दोलन में शान्ति, शकुन्तला के साथ लिली, श्रुति, नेहा, शेफाली, सुभद्रा, अंजली, प्रियंवदा और श्वेता को पाकर छात्र कॉफी उत्साहित और जोश से लबरेज हैं। छात्रों का उत्साह दोगुना हो गया। वे किसी भी हद तक जाने को तैयार हैं।

दादा ने कहा "आप सभी बहनो के सहयोग के लिए हम सभी आभारी हैं।''

श्रुति ने पूछा "दादा अगला निर्देश क्या है?''

"कल मुख्य द्वार पर बारह से चार बजे तक का उपवास है।''

"ठीक है, हम सभी अपने समूह के साथ शामिल होंगे।''

"तुम लोगों के आने से हौसला अफजाई होगी और अनुशासन बना रहेगा।''

सभी छात्राएँ आज संकटमोचन न जाकर हॉस्टल लौट रही हैं। मन उदास, सशंकित और बेचैन है। झुंड में लिली के चेहरे पर चिन्ता की रेखाएँ खिंच आईं। उसे जितेन की फिक्र सताने लगी। शकुन्तला ने कहा "कब तक हम मूकदर्शक बने रहेंगे? हमें खुलकर मोर्चे पर आना ही होगा। मुझे पूर्ण विश्वास है कि कामयाबी मिल के रहेगी। आज हमारे भाई निकाले गए। कल कुछ और निकाले जाएँगे। इस सिलसिले पर विराम लगाने के लिए सविनय अवज्ञा ही एकमात्र रास्ता है। चाहे जो हो जाय, अपने भाइयो का निष्कासन वापस कराना है। अंग्रेजी को पूरी तरह विदा करना है।'' शकुन्तला का चेहरा गोरे से लाल, खूँखार सा दहकने लगा। श्रुति डर गई, उनकी आँखों को देखकर। लिली के पीछे दुबक गई। छात्र एवं नेता जितने उत्साहित, छात्राएँ उतनी ही उदास, निराश दिखीं। हाँ, उदासी तोड़ते श्रुति ने कहा-

"दीदी पुलिस तो आज दुबक गई। गाँधीगिरी के समक्ष?''

"हाँ, यही गाँधीगिरी है। यही हमारा रास्ता है।''

"श्रुति जो डर गया, वह मर गया।'' हॉस्टल के गेट में दाखिल होने तक शकुन्तला का प्रवचन जारी रहा। सभी छात्राएँ चुपचाप सुनती रहीं। भीतर आकर फौव्वारे के चबूतरे पर बैठकर सुस्ताने लगीं।

अभी टंडन की अड़ी पर नेताओं का मजमा जमा है। कल की तैयारी में नेता मशगूल हैं। पुराने पान का बीड़ा थूककर पांडे जी ने नया बीड़ा मुँह में डाला। वे आँखें बन्द कर पान घुलाने लगे। फूलचन्द चिन्तित थे। आज उनकी पिटाई

घर पर सुनिश्चित थी। कई दिन से घर छूटा है। इसलिए आज हर हालत में घर पहुँचना है। उन्होंने साइकिल उठाई और चल दिए जितेन के साथ।

पिता शाम से ही फूलचन्द को जोह रहे थे। घर में दाखिल होते ही बाप गरजे "का रे फूलचनवा कहाँ घूमत हउवे? रात नौ बजत हौ। बुजरौ के कवन पढ़ाई करत हउवे?" एक सोटा उनके हाथ में था। उन्होंने दनादन पीठ पर सोटा चलाया। पीठ इतनी मजबूत थी कि फूलचन्द टस से मस नहीं हुए। मार खाते रहे। "भोसड़ो के चलल हउवे नेता बने, धिचोद आवारा कहीं क। हम दिनभर बीड़ी बनावत हईं। पान बेचत हईं। ई गांड़ी पर दीया बारत हौ। भँड़ुआचोद... हरामखोर।" माँ ने दौड़कर सोटा पकड़ लिया।

"बस बहुत हो गयल। बस करा।" वह बेटे की पीठ सुहराने लगीं। बाप गुस्से में बड़बड़ाते गली से बाहर निकल गए। मुहल्ले में मजमा लग गया। तरह-तरह की बातें, तरह-तरह की अफवाहें। मुहल्लेवालों ने पूछा "का भईल भैया?"

"कुछ ना ही फूलचनवा नेता बनत हौ। पढ़ाई-लिखाई कुछ नाही। यहाँ रोज पुलिस आवत हउवे। वारंट कटल हौ। स्कूल से निकाल देवल गईल हौ। स्कूल में बवाल मचउले हौ। माई-बाप हलकान बाड़ै। गली में रोज पुलिस चक्कर मारत हौ। छापा पड़त हौ। आज पिटायल हौ बाउ से...।" घर के बाहर भीड़ जुट गई। माँ ने हलदी, प्याज पीसकर फूलचन्द के पीठ पर लगाया।

माँ ने कहा "ठीक हो जाइ बचवा। तूँ कहाँ स्कूली बवाल में फँसल हउवा। जा पढ़ा-लिखा। सीधे घरे आव। तोहरे बाबू के मना लेब।" माँ ने धीरज धराया।

दरवाजे पर पुलिस वारंट की नोटिस चिपका गई थी। पुलिस के आने और लौट जाने के बाद गली में कानाफूसी बढ़ गई थी। बाहर और भीतर मार खाने के बाद फूलचन्द की नेतागिरी परवान चढ़ गई थी। मार खाने के बाद उनका हौसला, हिम्मत और बढ़ गई। पीछे का कुर्ता हलदी, प्याज के कारण पीला हो गया। उसने माँ से कान में कुछ फुसफुसाया और साइकिल उठाकर निराला निवेश में को-मास्टर के पास आ गया। आते ही वह चुपचाप फर्श पर लेट गया। मास्टर ने स्टोप पर चाय का पानी रख दिया, फिर पूछा कि

"चोट कैसे लगी?"

"बाबू ने आज गुस्से में डड़ौकी से पीटा।"

"अधिक चोट लगी है क्या?"

"थोड़ी सी।"

को-मास्टर ने देखा। पीठ की तरफ कुर्ता हलदी से पीला पड़ गया था। हल्दी, प्याज की महक से कमरा भर गया। मास्टर ने दो कप चाय बनाई

और फूलचन्द की ओर एक कप सरका दिया। पढ़ने-लिखनेवाले को-मास्टर फूलचन्द को देखकर चिन्ताग्रस्त हो गए।

कॉलोनी के गेट में घुसते ही जेनी फाटक के भीतर दिख गई। जितेन को देखते ही उसने आवाज लगाई और गेट नम्बर तीन पर बुलाया। वह गेट के भीतर आ गया।

जेनी ने पूछा "कैसे हो?" नीचे से ऊपर तक देखा। फिर भीतर चलने का इशारा किया। ड्राइंग रूम के बजाय डायनिंग रूम में दोनों आ गए।

जेनी ने पूछा "खैरियत तो है?"

"सोचा तुम्हें बता दूँ कि क्या गुजर रही है मेरे ऊपर।"

"क्या?"

"मैं यूनिवर्सिटी से रेस्टिकेट हो गया।"

"क्या सुन रही हूँ।" जेनी अवाक हो गई।

वह जितेन के पास आ गई। उसके सिर पर हाथ रखकर कहा

"ये सब क्यों हो रहा है?" वह जितेन के पास बैठ गई। उसका सिर सहलाने लगी। वह बोल नहीं पा रहा था। उसने भीतर का दरवाजा उठकाया। पास बगल में आकर बैठ गई।

"ये सब क्यों हो रहा है तुम्हारे साथ?"

"सिर्फ इसलिए कि मैं सच बोलता हूँ।"

मैंने तुम्हें कितनी बार मना किया "बवाल, लफड़े, जुलूस, मजमे और नेतागिरी से दूर रहो... तुम तो मानते नहीं मेरी बात?"

"सबको पता है कि तुम रेस्टिकेट हो गए हो?"

"सभी पेपरों में छपा है। सभी जान गए। पर लोगों को हकीकत का कुछ पता नहीं है।"

"हकीकत क्या है?"

"मैं निर्दोष हूँ।"

"पर अब क्या करना है?"

"पार्टी मुकदमा करने की सोच रही है। पार्टी कुछ नहीं करेगी। पार्टी तुम जैसों को सिर्फ इस्तेमाल करेगी। देखते रहो। यह सिर्फ बर्बादी है और कुछ नहीं। पार्टी क्या देगी? अब तक दिया क्या? बताओ न?"

वह निरुत्तर था।

"खाना खाया?"

"अभी नहीं।''

"पहले खाना लाती हूँ, फिर बात करती हूँ।''

"खाना तो घर पर खा लूँगा।''

"नहीं, छोड़ो गरम खाना लाती हूँ। दिनभर से भूखे हो तुम।'' वह किचन में चली गई। उसने देखा गुलाबी पर्दे उड़ रहे हैं। एक अजीब सी खुशबू फैल रही थी तन-बदन में।

दिनभर की भागदौड़ से शरीर ऐंठ रहा था। जितेन को लगा कि सही दिशा में बढ़ रहा है। समाज बहुत निष्ठुर और क्रूर है। उसी को तोड़ना है... उसने महसूस किया कि नहीं आना चाहिए था जेनी के पास। पर न जाने कितनी रातें कहाँ बीतें, जेल में या बाहर। मैं एक कायर की तरह न हार मानूँगा, न छिपूँगा...। तभी जेनी ट्रे में न जाने क्या-क्या लेकर आई। फिर पानी लेने गई।

"अरे! खाओ न।'' वह आकर बगल में बैठ गई।

"खाओ शर्माओ नहीं...।''

"वह धीरे-धीरे खाना खाने लगा, जैसे बच्चे खाते हैं...।''

खिड़की से हवा का झोंका आ रहा था। वह सोचने लगा एक ओर जेनी और दूसरी ओर आन्दोलन।

जितेन के बहुत नजदीक आकर उसे दुलराया, सहलाया। उसके चेहरे-सिर पर हाथ फेरा, गोया कोई छोटा बच्चा हो। जितेन शान्त और निःशब्द बैठा रहा। उसने देखा जेनी के माथे पर चिन्ता की रेखाएँ उभर आईं।

"साफ-साफ बताओ? यह सब क्यूँ कैसे हुआ तुम्हारे साथ?''

"सिर्फ इसलिए कि मैं छात्रों की समस्याओं को लेकर सच बोलता हूँ।''

"सच को स्वीकारना आसान है क्या? मैंने कितनी बार मना किया कि बवाल में मत जाओ। जुलूस, मजमें और नेतागिरी से दूर रहो...। तुम तो मानते नहीं मेरी बात? देखो नेता-परेता सब स्वार्थी, शोषणकर्त्ता होते हैं। उन्हें कार्यकर्त्ता चाहिए। भीड़ चाहिए। बताओ आज कौन काम आ रहा है? संकट में कोई काम नहीं आता। वही आते हैं जो अपने खास होते हैं। राजनीति जुआ है जुआ। विधायक या एम.पी. बनकर कोई क्या कर पाएगा। सिर्फ पाँच साल गणेश परिक्रमा करेगा। झूठ बोलेगा। कमीशनखोरी करता रह जाएगा। जैसी राजनीति है, तुम खाद बन जाओगे? तुम खाद बनने के लिए नहीं हो जितेन। मैं खाद नहीं बनने दूँगी तुम्हें।'' वो जितेन से लिपट गई। कुछ देर तक दोनों लिपटे रहे। जितेन के चेहरे को अपने दोनों हाथों में लेते उसने कहा "झौसा गया है चेहरा धूप में दौड़ते-दौड़ते...। क्या हालत बना ली है तुमने अपनी?'' उसकी आँखें

भरभरा गईं। फिर से जितेन को भींच लिया कसकर। किसी छोटे बच्चे को जैसे चूमते हैं, चूमने लगी।

जितेन ने जेनी की आँखों में देखा आत्मीयता का उमड़ता ज्वार।

घड़ी देखी ग्यारह बज रहे थे। ''अब चलना चाहिए।''

"जेनी आज जाने का जी नहीं कर रहा, न जाने क्यों।''

"तो रुक जाओ, यहीं ऊपर सो जाओ।''

"नहीं अब चलता हूँ। माँ राह देखती होगी। कल मिलता हूँ।''

जेनी के कन्धे पर अपनी ठुड्डी रख दी। आँखे भरभरा गईं। छोटे बच्चे की तरह चिपक गया। जेनी ने उसका सिर उठाया। "मैं तुम्हारे साथ हूँ। जितेन हिम्मत और हौसला रखो। न्याय मिल के रहेगा।''

नींद गायब थी। आँखों में कभी जेनी कभी लंका की सड़क। कभी ढेर सारे साथी... भीड़... जुलूस का शोर तैर रहा था। सुबह-सुबह पहुँचना है। बहुत दिनों बाद जेनी मिली थी, सो नसों में दौड़ रही है उसकी खुशबू। क्या है उसमें जो मैं खिंचा चला आता हूँ। गोया कोई चुम्बक खींचता है बार-बार। क्या होगा आगे कुछ पता नहीं। भविष्य... अपनी राह, अपनी मंजिल? हमें चलना है। चलते जाना है। मैं टूटूँगा तो एक पीढ़ी टूटेगी। समाज भी टूटेगा। फिर अन्याय का प्रतिकार नहीं हो पाएगा।

"कहाँ है न्याय? कहाँ लोकतन्त्र है?, कहाँ आजादी है? जंगलराज है यहाँ।'' वह एक साँस में बोल गई। जितेन चुप था।

"मैं तो न्याय की बात कर रहा हूँ।''

"तो कहाँ है न्याय? न्यायपालिका, कार्यपालिका कहाँ? कहा है लोकतन्त्र? कहाँ है लोकतान्त्रिक समाजवाद? समाजवाद की बात तो बेमानी है।'' जेनी से विदा लेकर वह लौट आया।

वह बिस्तर पर लेट गया। घड़ी में एक बज रहे थे। दिमाग में तेजी से सपने दौड़ रहे थे।

अचानक दरवाजे पर काला कपड़ा पहने पाँच ब्लैककैट आए। वे एल.एम. जी. लिये हुए थे। उन्होंने जितेन को टाँगा और बाहर लाकर जीप में फेंक दिया। कोई गरजा।

"ले चलो साले को आज जबह कर देंगे। नाक में दम कर दिया है। न रहेगा बाँस, न बजेगी बाँसुरी।''

काली पोशाक की कई जोड़ी लाल आँखें छा गईं।

जीप अँधेरे में दौड़ती रही बेतहाशा। बाहर टीयर गैस की गन्ध। फिर फायरिंग की आवाज आने लगी। सड़क पर सिर्फ आग की लपटें और धुएँ का गुब्बार उठ रहा था। चाँद खिला था। खूबसूरत चाँद। जेनी अभी पढ़ रही होगी। जेल के साथी सो रहे होंगे। उसे लगा कि यह रात भयानक और अन्तिम रात है।

अचानक जीप पर ढेले बरसने लगे। जीप का शीशा टूट गया। ड्राइवर लहूलुहान और जीप खम्भे से टकरा गई। आँखों में अँधेरा छा गया, तब कमाँडो ने उसके सीने पर एल.एम.जी. सटा दी। उसे लगा अब ट्रिगर दगेगा इसी क्षण। तेज धमाके के साथ उसके शरीर के चिथड़े उड़कर बिखर जाएँगे।

सुबह सड़क धुल जाएगी। सब कुछ सामान्य हो गया। मेरा नाम गुमशुदगी में दर्ज किया जाएगा। उसने आँखे बन्द कर ली। तेज धमाके में जीप के परखचे उड़ने लगे। सड़क धुएँ से भर उठी। तभी दरवाजा खुला। अचानक माँ चाय लेकर आ गई।

वह बिना हाथ-मुँह धोए चाय पीने लगा। खटका लगा है कि पुलिस कभी भी आकर गिरफ्तार कर सकती है। कभी भी जेल जा सकता है। उसने महसूस किया कि वह भागकर कहीं छिपेगा नहीं। जोखिम लेगा। कैरियर की परवाह नहीं करेगा। माँ चुपचाप खड़ी थी। चिन्तित थी।

उसने सोचा छिपने से बेहतर है संघर्ष करते जेल जाएँ। जेल जाने पर जेनी दुखी होगी। क्यों दुखी होगी कि कहीं मुझे कुछ हो न जाय। आन्दोलन में कब कहाँ लाठी-गोली चले। कब किसका सीना छलनी हो जाए? डरकर जोखिम से भागना कायरता नहीं होगी? उसने तय किया कि कुर्बानी की हद तक जाएगा। आन्दोलन नहीं टूटने देगा किसी कीमत पर। उसने सोचा यदि मैं और मेरे दोस्त नहीं रहेंगे तो छात्रों-अभिभावकों का विश्वास उठ जाएगा। आन्दोलन टूटकर बिखर जाएगा।

अब तो यहाँ से निकलना मुश्किल है। राजनीतिक जुनून में आदमी उन्मादी बन जाता है। उसे कुछ पता नहीं होता। अपने परायों का। वह उन्माद और जज्बात में उड़ता होता। समाजवादी उन्माद में हम सभी घर-परिवार, गाँव, दोस्तों को भुला बैठे हैं। शायद मैं अपनों को मिस कर रहा हूँ।

अखबार उठाकर देखा तो आन्दोलन, धरना, प्रदर्शन गिरफ्तारियों से भरी हैं खबरें। खबरों को पढ़कर वह बेचैन हो उठा।

सिन्धू बाबू के साथ जितेन कबीर मठ आ गया। यहाँ शान्ति है, सुकून है। यह मध्यकालीन भक्ति आन्दोलन की धुरी है। कबीर ने यहीं से ज्ञान की धारा बहायी। बनारस में यही सही जगह है, जहाँ हम सुकून से पढ़ सकते हैं और सीख सकते हैं। प्रेरित होते हैं। दोनों मित्र पत्थरवाले मन्दिर के बरामदे में पलत्थी मारकर बैठ गए। कबीर की लड़ाई तो अभी लड़नी है। विवेकदास तो अभी लड़ रहे हैं अन्धविश्वास पाखंड और साम्प्रदायिकता से।

"हमारी भी लड़ाई तो इसी को लेकर है?"

"हाँ बिलकुल, अकेले कितना लड़ेंगे ये लोग?"

"यह तो बात है मुक्तिबोध ने ठीक लिखा है, "अकेले में नहीं मिलती मुक्ति।"

छात्र आन्दोलन अकेले सफल नहीं होगा। साथ में अगर अभिभावक, किसान-मजदूर नहीं होगा तो हम कुछ नहीं कर पाएँगे?

"ये तो सही सोच रहे हैं। बिना व्यापक मोर्चा, सफलता नहीं मिलेगी।"

"जनसमूह का होना भी जरूरी है।"

"वह तो धीरे-धीरे बढ़ रहा है उत्तर भारत में।"

"समाज परिवर्तन के लिए वर्ग-संघर्ष के बजाय वर्ग सहयोग नहीं हो सकता?"

"क्यों नहीं?"

"हमें गहन विचार कर इसे अमल में लाना होगा, तभी बदलाव सम्भव है।"

घंटी बजने लगी। सभी साधु-भक्त इकट्ठा होने लगे। तभी आचार्य श्री प्रकट हुए चरण स्पर्श के बाद। उन्होंने पूछा "अरे! जितेन ठीक तो हो न?"

"जी महाराज, आपका आशीर्वाद है।"

"अच्छा आता हूँ, तुम लोग यहीं रहो।"

पूजा-पाठ, अर्चना के बाद बाबा गद्दी पर बैठ गए। गम्भीर भाव से बोले "तुम्हारे जैसे लड़कों को बिना कारण प्रशासन ने निष्कासित किया। बड़ा

अन्याय है। छी-छी कैसे लोग हैं। मैं जानता हूँ तुम निर्दोष हो। पवित्र हो। ईमानदार हो। सच्चरित्र हो... उनका नाश होगा, निश्चित मानो।'' जितेन श्रद्धा से उनके पाँव पर झुका रहा। तभी महाराज ने उसे उठाया। "चिन्ता मत करो अन्याय से संघर्ष होगा और विजय होगी।''

"जाओ हाथ-मुँह धो लो और प्रसाद ग्रहण करो। तुम्हारी लड़ाई हम लड़ेंगे।'' बाबा की आँखों में न जाने क्या नाच रहा था। उन्होंने आँखे बन्द कर लीं। किसी भक्त या साधु से बात नहीं की।

सभी भक्तगण लंगर में बैठ गए प्रसाद के लिए। बाबा ने अपने साथ जितेन और सिन्धू बाबू की थाली मँगाई, बाबा ने भोग लगाया। दोनों साथ-साथ प्रसाद ग्रहण किए। हाथ धोने के बाद बाबा ने कहा "आश्रम में विश्राम करो पुत्र! चिन्ता मत करो। हम हैं न?''

जितेन को नींद कहाँ आती है। कभी कुछ याद आता है...कभी कुछ एक अँधेरा बाहर-भीतर फैला हुआ था। अँधेरे में राह की तलाश है कि राह नजर नहीं आती।

यहाँ एक राह है कबीर की राह। कबीर का दर्शन। कबीर की वाणियाँ। यहाँ से इसी चबूतरे से ललकारा था कबीर ने। जात-पात के साम्प्रदायिकता, असमानता के खिलाफ... कबीर ने कहा "सांईं इतना दीजिए जामे कुटुम समाय। अपने भूखा ना रहे, साधु न भूखा जाय।'' इससे बड़ी समाजवाद की परिभाषा क्या होगी...? जितेन में अपराधबोध जगा कि मैंने देरी कर दी। यहाँ आते-आते... शायद देर नहीं हुई है। अभी तो जंग शुरू हुई है। उसे अंजाम तक पहुँचाना है।

कोई रहे न रहे। साथ आए न आए। साथ चले न चले। चलते जाना है। ऐसे ही कारवाँ बनेगा जो घर छोड़ेगा। यूनिवर्सिटी छोड़ेगा वही चल पाएगा आगे समाज बदलने। आदमी बदलने। सभी प्रसाद ग्रहण कर सोए थे। जितेन पुस्तकालय में अकेले आ गया और पढ़ने लगा। उसे नहीं समझ आ रहा था कि कहाँ से शुरू करें। शुरू करना ही जरूरी है, क्योंकि इसका अन्त नहीं है। यह अन्तहीन है। उसे लगा कि यहाँ से नए रास्ते की तलाश होगी। उसे रास्ता दिख रहा है। बचपन यहीं लोहटिया में गुजरा। डी.ए.वी. के मैदान में खेलते रहे। इसी गली से गुजरते रहे। पर आज आकर कबीर को पाकर धन्य हो गया। उसका आत्मविश्वास लौटने लगा। दोनों दोस्त मूलगादी के चबूतरे पर आ गए। एक पुस्तक लेकर वह कबीर की साखियों को पलटने लगा। पढ़ने में मशगूल हो गया। टेक्स्टबुक तो छूट ही रही है। किताबी ज्ञान कोरा ज्ञान होता है। कबीर

कहते हैं 'आँखिन देखी' उसके सामने अनगिनत बिम्ब बन गए। आँखों में कुछ विराट बिम्ब, कुछ धुँधले मटमैले से उभरने लगे। उसने महसूस किया कि अभी अँधेरा छटा नहीं। एक मटमैला उजाला उग रहा है। उसने सिर उठाया सामने कबीर की रंगीन तसवीर थी। मोरपंखवाली तसवीर। कबीर अपने वक्त में सजीले जवान रहे होंगे। कबीर मठ, सिर्फ मठ ही नहीं, विचारों की एक पीठ है।

शाम हो चुकी थी। मठ में सन्नाटा छाया हुआ था, तभी एक साधु व्यासमुनी दास चाय का गिलास लेकर आए। हम दोनों चाय पीने लगे। पत्थर की दीवारों पर साखियाँ खुदी हुईं थीं "कबिरा खड़ा बजार में लिए लुकाठी हाथ, जो घर जारै आपना चले हमारे साथ।"

कबीर का रास्ता दुर्गम और कठिन है। कबीर के रास्ते पर चलने के लिए घर छोड़ना होगा। मायामोह त्यागना होगा। जो मुश्किल है, पर हमारा रास्ता कबीर का रास्ता है। हमें उसी रास्ते पर चलना होगा। शायद उसी रास्ते पर चलकर हम अपने लक्ष्य को पा सकें।

तभी दो नौजवान साधु आए। आचार्य जी का सन्देश लाये कि आचार्य जी बुला रहे हैं। जितेन ने देखा मन्दिर के चबूतरे के आसन पर बाबा बैठ गए थे। उनके इर्द-गिर्द कॉफी भक्त बैठे हुए थे। जितेन को देखते ही बाबा प्रसन्न हो गए और बगल में बैठाया। "कुछ बात करनी थी। बच्चा यही कि काशी हिन्दू विश्वविद्यालय के हिन्दी विभाग में कबीर फेलोशिप देनी है, कैसा रहेगा?"

"अच्छा विचार है।"

"कुछ नया शोध हो। मेरे पास दो सौ से अधिक पांडुलिपियाँ पड़ी हैं। कोई तो काम करे। मैं चाहता हूँ सन्त साहित्य पर गम्भीर अध्ययन एवं शोध हो।" इसी बीच घंटा-घड़ियाल बजने लगे। अब पूजा का समय हो चला था। जितेन को लगा कि अब उठना चाहिए।

"महाराज! आज्ञा दीजिए।"

"अरे! कहाँ जा रहे हो भाई। प्रसाद ग्रहण करके जाओ। अभी तो हमारी बात भी नहीं हुई है।" बाबा आसन से उठकर अपने कक्ष में आ गए, फिर अपनी योजनाएँ बताने लगे।

"यहाँ पे जगह है पुस्तकालय, अतिथिगृह है। आओ कुछ अध्ययन करो। बच्चा मैं मदद करूँगा। कॉफी काम है यहाँ।"

"बाबा अभी तो मैं फँसा हूँ। आन्दोलन से फुर्सत मिलते ही आता हूँ।"

बाबा भावुक हो उठे। बोले "मैं एक बड़े राष्ट्रीय अभियान में देश-विदेश के भ्रमण पर जाना चाहता हूँ। इसलिए चाहता हूँ कबीर और सन्त साहित्य पर शोध कार्य होता रहे।''

"ठीक है महाराज जी।''

बाबा अचानक गम्भीर हो गए निष्कासन के सवाल पर। उनके माथे पर बल आ गया। वे चिन्ताकुल हो उठे।

"इ का भयल हो राजू?''

"जी महाराज।''

"घबड़ाना नहीं। हम सभी साथ हैं। किसी भी चीज की जरूरत हो तो निःसंकोच बताना।'' बाबा ने आश्वस्त किया। बाबा का आशीर्वाद लेकर जितेन और सिन्धू बाबू मठ से बाहर आ गए। बाहर एक झीनी साँवली चादर की परत धूएँ के साथ आसमान में छा रही थी। सड़क पर भीड़ बढ़ गई थी। दुकानों की बत्तियाँ चमक रही थीं। दुकानदारी का यही असली वक्त है। चाय-पान की दुकानों में लोग जमे थे। यहाँ बनारसी ठाठ के लोग रहते हैं। लाल गमछा पहने, ओढ़े हुए, मौज-मस्ती की जिन्दगी जीते हैं। साफा-पानी के बाद घूमने, दर्शन करने और भाँग का गोला छानने का वक्त हो रहा है। गोधूली में कबीरचौरा के मन्दिरों, मठों के घंटे-घंटियाँ घनघनाने लगे। मस्जिद से अजान आने लगी। गलियों में सारंगी और तबले की अनुगूँज सुनाई देने लगी।

यह वीरों, पीरों, साधु-सन्तों, निर्गुणियों, अघोरियों, फक्कड़ियों, रियाजियों का मुहल्ला है। सुबह अखाड़ा, रियाज, फिर काम-धन्धा, शाम को अड़ीबाजी। वाह! क्या मुहल्ला है कबीरचौरा? कितनी मस्ती, जिन्दादिली, फक्कड़पन और दरियादिली है यहाँ। शायद यही स्वर्ग है। जितेन रोमाँचित और सम्मोहित हो उठता है। कबीरचौरा की अड़ी उसकी अपनी अड़ी है। पर आज अड़ी पर रुकने का वक्त नहीं। लहुराबीर की तरफ साइकिल बढ़ा देता है। वहाँ मंगला चचा, अरविन्द सिंह, राधेश्याम, गोपाल जी, राजेन्दर, पालू गुरू, दुर्गा और विजय नारायण जुटे होंगे। लहुराबीर से विद्यापीठ जाना है, जहाँ परमानन्द, कैलाश, शमशेर और इन्दीवर इन्तजार करते होंगे। वहाँ से सिगरा को-मास्टर के पास जाना होगा। लहुराबीर सबसे मिलने के बाद वह सिगरा की ओर बढ़ गया।

सिगरा पर को-मास्टर का दरबार भरा था। कमरे में कई लोग बैठे थे। बगल में पपलू का दौर जारी था। वहाँ दोनों दरबार समानान्तर चलते होते। अकसर राजनीतिक दरबार पहले उठता। पपलू दरबार का कुछ ठीक नहीं, रात बारह

भी बज जाता है। वहाँ एक से बढ़कर एक धुरन्धर पासेबाज होते। ताश के पत्ते पर बड़ी-बड़ी बोलियाँ लगतीं। को-मास्टर जब राजनीतिक मंडली को विदा कर लेते, तो पपलू कम्पनी में आते और पासा फेंकते। कभी-कभी इन्द्रदेव के भक्त जुट जाते, तब यह महफिल ग्यारह बजे रात तक चलती है। उसमें बड़े-बड़े पत्रकार, व्यापारी, नेता और बड़े दादा भी जुटते।

अभी तो सिर्फ सात बजे थे। जितेन का आभास पाकर को-मास्टर कमरे के बाहर आ गए।

पूछा "खैरियत तो है?"

"हाँ! मास्टर जी।"

उन्होंने कहा "मैं अभी आता हूँ।" थोड़ी देर में कुर्ता-धोती पहनकर वे बाहर आ गए। जितेन को लेकर अपने होटल चल दिए। दो कोकाकोला मँगाया और सिगरेट सुलगाकर कुर्सी पर बैठ गए।

"रेस्टिकेशन हो गया?"

"हाँ।"

"अच्छा, मास्टर तनाव में आ गए। तो क्या करना है जितेन बताओ? मैं तुम्हारे साथ हूँ।"

"लगता है शहर अशान्त होकर रहेगा। चिन्ता मत करो। ईंट से ईंट बजा देंगे।" मास्टर की त्योरी चढ़ गई, कुछ देर के लिए वह मौन हो गए। सिगरेट का कश जोर-जोर से खींचने लगे। धुएँ के छल्ले हवा में घुल रहे थे। "कहीं जाना है अभी?"

"हाँ", गोदौलिया।

कम्युनिस्ट पार्टी ऑफिस में बैठक है।

"तो मैं भी चलूँ?"

"जैसा उचित समझें।"

"ठीक है वहीं चलते हैं। लौटकर साथ खाना खाएँगे।"

"जी!"

मास्टर ने एक रिक्शा रुकवाया। हम दोनों बैठ गए।

दी रेस्टूरेंट के बाहर गहमागहमी दिख रही थी। कई बुजुर्ग नेता, छात्र नेता, कार्यकर्त्ता मँड़रा रहे थे। दूसरी पटरी पर एल.आई.यू. वाले मुँह छिपाए चहलकदमी कर रहे थे।

दी रेस्टूरेंट नेताओं, पत्रकारों, बुद्धिजीवियों का शाम का अड्डा है। यहाँ लोग एक-दूसरे से मिलते। आपस में दुख-सुख के अतिरिक्त राजनीतिक बातें, सामाजिक मुद्दों, समस्याओं, घटनाओं पर बातें, बहसें करते। हँसी-मजाक, नोंकझोंक होती। बाहर से आनेवाले नेताओं, साहित्यकारों, पत्रकारों का यह महत्त्वपूर्ण मिलन-स्थल रहा है। कुछ लोग हैं, जो बगैर यहाँ आए रह नहीं सकते। आज गहमागहमी बढ़ी है। वाराणसी बन्द पर ऊपर कम्युनिस्ट पार्टी दफ्तर में बैठक चल रही है। आन्दोलन की नई रणनीति बन रही है।

दी रेस्टूरेंट खचाखच भरा हुआ था। कम्युनिस्ट, समाजवादी और ढेर सारे नेता बहसें कर रहे थे। समाजवादियों में देबू-दा, कृष्णनाथ, युगेश्वर जी, कुँवर आनान्देश्वर सिंह, रमेश तिवारी जी, विजय नारायण, योगेन्द्र नारायण। दूसरी तरफ रुस्तम जी, दीपक, गिरिजेश, मंगला सिंह और किशुन दा दिख रहे थे। कुछ लोग के.सी.एम. में विराजमान थे।

थोड़ी ही देर में कम्युनिस्ट पार्टी का दफ्तर खचाखच भर गया। राय खड़े हुए "आज की बैठक की अध्यक्षता के लिए मैं कामरेड सत्यनारायण सिंह का नाम प्रस्तावित करता हूँ।'' सर्वसम्मति से समर्थन हुआ। सभा में सहसा सन्नाटा छा गया। "अध्यक्ष जी तथा साथियो! विगत कुछ महीनों से काशी विश्वविद्यालय की स्थिति कॉफी खराब चल रही है। कई छात्रों को निष्कासित किया गया। कुछ को छात्रावासों से निकाला गया। वहाँ लूट, भ्रष्टाचार, भाई-भतीजावाद और प्रशासनिक तानाशाही का राज है। वहाँ के छात्रसंघ अध्यक्ष को निकाला गया। फिर जितेन, फूलचन्द और यदुनाथ को। अंग्रेजी जबर्दस्ती पढ़ाई जा रही है। गाँव के लड़के-लड़कियाँ उसी में फेल हो रहे हैं। बी.एच.यू. जल रहा है। वहाँ कभी भी बड़ा विस्फोट हो सकता है। उसका प्रभाव पूरे उत्तर भारत और देश में पड़ेगा। अभी दो दर्जन छात्रों को कारण बताओ नोटिस जारी किया गया है।'' रामेश्वर सिंह ने कहा "मेरा सुझाव है कि एक सर्वदलीय प्रतिनिधिमंडल कुलपति और प्रदेश के मुख्यमन्त्री से मिले। छात्रों को न्याय मिल सके।''

सत्यनारायण सिंह ने कहा "लोकसभा में यह मसला उठाना चाहिए। राजनारायण जी वाराणसी पहुँच रहे हैं। उनसे पूरे मसले को राज्यसभा में उठाने के लिए आग्रह किया जाएगा।'' विजयनारायण ने बीच में कहा "कर्पूरी ठाकुर और मधुलिमये जार्ज फर्नांडिज भी कल आ रहे हैं।''

दीपक दा ने लोगों का ध्यान विश्वविद्यालय में आर.एस.एस. की भूमिका की ओर आकृष्ट किया। उन्होंने कहा "जो कुछ भी विश्वविद्यालय में हो रहा है वह आर.एस.एस. के इशारे पर। आर.एस.एस. और विद्यार्थी परिषद के लोग

कुलपति के साथ हैं। कुलपति के इशारे पर यूनिवर्सिटी में हिंसा, गुंडागर्दी और आतंक मचा हुआ है।''

बुद्धिराम ने कहा "अध्यक्ष जी, हमें साम्प्रदायिक शक्तियों के बारे में अपनी रणनीति स्पष्ट करनी चाहिए।'' विधायक उदल ने कहा "हमारे बच्चे मारे जा रहे हैं। विश्वविद्यालय में संघ का नग्नतांडव बर्दाश्त नहीं किया जा सकता। हम बन्द का पूरा समर्थन करते हैं।''

प्रो. युगेश्वर ने कहा "अंग्रेज चले गए, औलाद छोड़ गए। अंग्रेजों की औलादों को सबक सिखाओ। बन्द का पूर्ण समर्थन है। इस देश में हिन्दी ही चलेगी। नहीं तो फिर देश गुलाम बनेगा।'' संसोपा के अध्यक्ष रामअधार गिरी ने कहा "दुर्भाग्य है कि आज भी अंग्रेजी जबर्दस्ती मेरे सीने पर चढ़ी है। अंग्रेजी हटाना हमारा पहला कर्तव्य है। देश में देशी भाषा चले। छात्रों के साथ अन्याय बन्द हो। मैं बन्द का पार्टी की तरफ से पूर्ण समर्थन करता हूँ।''

माध्यमिक शिक्षा संघ के प्रतिनिधि ने कहा "बड़े अफसोस की बात है कि आज भी अंग्रेजी की अनिवार्यता बनी हुई है। यह स्वीकार्य नहीं। मैं बन्द का पूर्ण समर्थन करता हूँ।''

राज्य संयुक्त कर्मचारी संघ के अध्यक्ष त्रिपुरारी शर्मा ने कहा "हम बन्द का समर्थन करते हैं।''

आलइंडिया रेल मेन्स फेडरेशन के बद्री प्रसाद ने कहा "मैं बन्द का समर्थन करता हूँ। आवश्यकता होने पर रेल संचालन एक घंटा बन्द किया जा सकता है। उत्तर प्रदेश बार काउन्सिल ने हाईकोर्ट में कार्य बहिष्कार की अपील की है।''

राज्य विद्युत परिषद के संयुक्त सचिव संजीव कुमार गांगुली ने कहा "मैं इस सभा के बन्द के प्रस्ताव का समर्थन करता हूँ। बन्द के दौरान एक घंटे के लिए पूर्वांचल में विद्युत आपूर्ति ठप रहेगी।''

उत्तर प्रदेश परिवहन निगम ने बन्द का समर्थन किया। वादा किया "बन्द के दौरान एक भी बस का परिचालन नहीं किया जाएगा।''

कांग्रेस आई के नेता विजय शंकर पांडेय ने बन्द का समर्थन किया। बैठक में देबू, मारर्कण्डेय, रामबचन पांडे, मोहन प्रकाश, शतरुद्र, आनन्द, हीरा सिंह, मान्हवीय शरण, राधेश्याम, सिन्धुजा प्रताप ने पूर्ण सहमति जताइ।

देबू-दा ने कहा "बिना सभी दलों के समर्थन से हम संघ, प्रशासन और कट्टरपन्थियों से नहीं लड़ सकेंगे। आप सभी से आग्रह है कि सभी संगठित फ्रंटों को सड़क पर उतारें और संघ की चुनौतियों को मुँहतोड़ जवाब दें। मैं

विश्वास दिलाता हूँ कि हमारा आन्दोलन अहिंसा और गाँधीवादी तरीके से होगा।''

दी रेस्टूरेंट के सामने दूसरी पटरी पर छात्रों, नौजवानों और आमजनता की भीड़ इकट्ठी थी। सभी को उत्सुकता थी फैसले की।

अन्त में पूर्वांचल बन्द का निर्णय लिया गया। सभी दलों, व्यापारी संगठनों, स्कूल-कॉलेज, मजदूर किसान, अभिभावकों से शान्तिपूर्ण ढंग से बन्द में शामिल होने का आह्वान किया गया। इस बन्द में व्यापार मंडल के साथ सभी ट्रेड यूनियनों, कर्मचारी, परिवहन, रेल, विद्युत सभी ने सहयोग का वादा किया। तय हुआ कि बन्द में सभी शिक्षण संस्थाएँ, व्यापार, दुकानें सभी सरकारी, गैरसरकारी कार्यालय, रेल, बस, टैक्सी, स्कूटर, रिक्शाचालन पूरी तरह बन्द रहेगा। यह बन्द अहिंसक और शान्तिपूर्ण होगा। अन्त में जुलूस का रूट तय किया गया। आनन्द, शतरुद्र भाई को बन्द के मौन जुलूस का रूट तैयार करने का जिम्मा दिया गया। शतरुद्र, आनन्द, जितेन ने के.बी.एम. होटल में बैठक कर रूट तय किया। रूट के मुताबिक काशी हिन्दू विश्वविद्यालय का जुलूस मालवीय मूर्ति से लंका, अस्सी, सोनारपुरा से होते हुए गोदौलिया पहुँचेगा। सोनारपुरा में एँग्लो बंगाली कॉलेज, हिन्दू स्कूल, बंगालीटोला इंटर कॉलेज के छात्र मिलेंगे। गोदौलिया पर सनातन धर्म इंटर कॉलेज के आसपास के छात्र जुटेंगे। यूपी कॉलेज, कटिंग मेमोरियल सीधे टाउनहॉल आएँगे। हरिश्चन्द्र महाविद्यालय, डी.ए.वी. कॉलेज के छात्र मैदागिन पर मिलेंगे। पक्के महॉल के विद्यालयों के छात्र सीधे टाउनहॉल आएँगे। देहात के कॉलेजों को अपने कॉलेज परिसर के बाहर सभा और धरने का कार्यक्रम तय किया गया।

रूट की विज्ञप्ति को देबू-दा, मार्कण्डेय को दिखाया गया। फिर सभी दलों के नेताओं ने रूट को हरी झंडी दे दी। विज्ञप्ति में छोटे बच्चे, महिलाओं को विरत रहने या सुरक्षित रहने की अपील की गई। अभिभावकों, व्यापारियों, मजदूरों, किसानों की सहभागिता पर बल दिया गया। यह भी अपील में कहा गया कि जुलूस पूरी तरह अहिंसक और शान्तिपूर्ण होगा। सभी संयम और धैर्य से शामिल हों। किसी प्रकार के अवांछनीय कार्य या प्रयास को इजाजत नहीं होगी। यह तय किया गया कि रातभर जितने लोगों से सम्पर्क हो सके किया जाए, ताकि कोई चूक न हो। यह कार्य, छात्रसंघ और विभिन्न दलों के प्रतिनिधियों को सौंपा गया। गोदौलिया पर पुलिस, पी.ए.सी. गश्त कर रही थी। एल.आई.यू., आई.बी. के इन्स्पेक्टर दाएँ-बाएँ खबरों के लिए घूम रहे थे। उन्हें पता था कि इन लोगों से कोई खबर लीक नहीं होगी।

हम सभी नीचे रिलैक्स सड़क पर आ गए। अचानक एस.पी. सिटी आया। मुस्कुराया 'मेरे लिए कुछ कहना है?' उसकी आवाज धीमी और आभिजात्य भरी थी।

आनन्द ने कहा "कल सब कुछ शान्ति से निपट जाना चाहिए।"

"बिलकुल शान्ति से निपटेगा। पुलिस महकमे को बड़े कप्तान का सख्त आदेश है कि पुलिस एक दोस्त और अभिभावक की तरह पेश आएगी।"

आनन्द ने धन्यवाद दिया। अफसर ने कहा "आप लोगों से मिलकर बहुत अच्छा लगा। यूनिवर्सिटी के दिन ताजे हो गए।" उसने सभी से हाथ मिलाया और गाड़ी में बैठकर निकल गया। दूसरी पटरी पर खड़े लोग यह नजारा देखते रहे। दी रेस्टूरेंट खचाखच भरा था। भीतर बहसें जारी थीं। दीपक दा, किशुन दा, अशोक, आनन्देश्वर गिरी, को-मास्टर, विजयनारायण बहस में मशगूल रहे। देबू-दा ने धीरे से कान में कहा "घर के बजाय सुरक्षित स्थान पर सोना, कल का दिन बहुत अहम है। सारा दारोमदार कल के जुलूस पर टिका है।

"ठीक है दादा।" हम तीनों घर की ओर निकल आए। घर के गेट पर पहुँचने पर मास्टर ने टोका "अभी पुलिस की एक गाड़ी आई थी। सिर्फ चक्कर काटकर लौट गई।"

"ये सब हम लोगों को हड़का रहे हैं। बेफिक्र रहिए कुछ नहीं होगा।"

मास्टर ने कहा "इधर ही कमरे में सो जाओ। खाना भी बढ़िया बनाया है।"

"अच्छा माँ से मिलकर आता हूँ।"

माँ दरवाजे के बाहर बरामदे में बैठी मिली। माँ चिन्तित और परेशान थी। उसकी चिन्ता स्वाभाविक है। घर पर लौट आने पर वह निश्चिन्त हो जाती है। माँ को हमारे भविष्य की चिन्ता बनी रहती थी। जितेन बगल में मास्टर के यहाँ आ गया। खूब भूख लगी थी। मास्टर के घी का तड़का लगाया। सुगन्ध नथुनों में घुस रही थी। मास्टर जैसे साधक के कमरे में आकर सारा तनाव खत्म हो गया।

"चलो जितेन खाना खाया जाय। देरी हो रही है।"

"हाथ धो लो।" मैं हाथ धोने बाहर चला गया। कॉलोनी में गहरा अँधेरा छाया हुआ था। हवा रुक-रुककर बह रही थी। पीछे बगीचे में आम के पेड़ों के ऊपर चॉद खिला था। जेनी की खिड़कियों के शीशे से रोशनी झर रही थी। सामने के पार्क में सन्नाटा पसर चुका था। नीम की फुनिगयों के बीच मन्दिर का कलश चमक रहा था। थाली लग चुकी थी। बाटी-चोखा, दाल-जाउर अब क्या चाहिए?

"वाह मास्टर साहब मजा आ गया। सुबह से कुछ नहीं खाया था। मुझे नहीं मालूम था कि विद्वत्ता के साथ-साथ आप पाकशास्त्र के भी महारथी हैं।"

"बलिया में जब अध्यापन कर रहा था, तभी यह सब सीखा।"

"फूलचन्द आपकी दाल खाने रोज आता है न?"

तभी दरवाजे पर आहट हुई। मास्टर ने कहा "दरवाजा खुला है आ जाओ।"

मुँह से गमछा हटाते अचानक फूलचन्द प्रकट हुए। ऊपर से नीचे धूल से नहाए, बिखरे बाल। मुचड़ा कुर्ता-पायजामा। फूलचन्द नीचे बैठ गए। बाहर नल में हाथ-मुँह धोने चले गए। लौटने पर उनके सामने थाली रखी गई। मास्टर प्यार से खाना परोस रहे थे, जैसे बच्चों को खिला रहे हों।

"हाँ फूलचन्द आज की क्या खबर है?" मास्टर ने उत्सुकता से पूछा।

बाटी कूचने के बाद उन्होंने कहा "आज शाम अस्सी चौराहे पर पुलिस ने छात्रों के समूह को दूर तक खदेड़ा। लंका की दुकानों पर अंग्रेजी बोर्ड तोड़े गए। लंका पर पाँच छात्रों को पुलिस ने हिरासत में लिया। पुलिस ने कई जगह ताबड़तोड़ छापेमारी की। कुछ लोगों की ऐतिहातिक गिरफ्तारियाँ हुईं। देबू-दा, रामबचन, मार्कण्डेय, मोहन, सिन्हा जी भूमिगत हो गए। बिरला, ब्रोचा, रूइया के बाहर पी.ए.सी. का पहरा है। यदुनाथ सिंह, शिवाधार, केशव पांडेय को भेलूपुर थाने में बैठाया गया है। चारों तरफ पुलिस चक्रमण कर रही है। कल का दिन अहम है। खाना खाने के बाद हम सभी मास्टर के कमरे में सो गए।

टंडन की भट्ठी पर चाय खौल रही थी। लड़के-लड़कियाँ जरूरी सामान खरीद रहे हैं। उन्हें आशंका है कि कभी भी यूनिवर्सिटी बन्द हो सकती है। सबसे अधिक लंकेटियर्स चिन्तित थे, फिर तो बन्दी बाद हॉस्टल छोड़ना पड़ेगा। पढ़ाई-लिखाई बन्द। लाइब्रेरी बन्द। एक गहरा तनाव भीतर-बाहर छाया हुआ है। आन्दोलनकारियों पर कोई असर नहीं। वे आन्दोलन की रणनीति बनाने में व्यस्त हैं।

भाई रामबचन आज बेहद उत्साहित हैं, क्योंकि कर्मचारी संघ, अभिभावक संघ भी साथ आ गया। सिन्हा जी से कहा ''सभी पार्टियाँ कांग्रेस माइनस ने आन्दोलन को समर्थन दिया है। किसान-मजदूर संगठन आ गए तो सरकार झुक जाएगी।''

''सब ठीक-ठाक चल रहा है पांडे जी?'' सिन्हा जी ने पूछा। "सिन्हा जी सही डायरेक्शन पर सब कुछ चल रहा है। काम बाँटना है। हिंसा से बचाना है। प्रेस कान्फ्रेन्स कर अपनी नीति स्पष्ट करनी है, ताकि जनता आन्दोलन को समझ सके।'' मोहन जी, अनिरुद्ध ने सहमति जताई।

''कल का दिन अहम् है पांडे जी।'' सिन्हा जी बोले। सायं छह बजे होंगे। लंका की हवा गरम थी। छात्रनेता टंडन की दुकान पर आन्दोलन की रणनीति सुनिश्चित कर रहे थे। इसी समय परिसर स्थित अन्तरराष्ट्रीय छात्रावास में संगठन के संयोजक राहुल बरुआ ने विदेशी छात्र-छात्राओं की आपात बैठक आहूत की थी। यह बैठक वर्ल्ड स्टूडेंट ऑर्गनाइजेशन की ओर से आयोजित की गई थी।

जितेन ठीक पाँच बजे पहुँचा। राहुल भाई गेट पर गर्मजोशी से मिले और हॉल में लेकर पहुँचे। सभी ने खड़े होकर अभिनन्दन किया। राहुल ने पिया और क्लारा को एक साथ बैठा दिया। सभा में यूरोपियन, अमरीकन थर्ड वर्ल्ड मीडिल ईस्ट के साथ नेपाली, पाकिस्तानी, भूटानी, बँगलादेशी, मॉरीशियन, फिजी वगैरह के छात्र-छात्राएँ जुटे थे। सबसे पहले जितेन को मंच पर बुलाया, फिर पिया जी, जोला, क्लारा, टोनी ग्रे को। प्रारम्भ में मैकेला ने सभी का स्वागत किया।

''सभी साथियो का आज की सभा में स्वागत है। इस सभा के आयोजन का विषय आप सभी को मालूम होगा 'भारतीय भाषाओं का विकास और छात्र समस्याएँ' आप सभी का अभिनन्दन व स्वागत है।''

राहुल ने माइक ले लिया। ''लिली, श्रुति, शान्ति, शेफाली और सुभद्रा जी का स्वागत है। हम सभी अलग-अलग मुल्कों से पढ़ने यहाँ आए हैं। हम सभी की समस्याएँ हैं, जिन्हे छात्रसंघ और प्रशासन हल करता है। काशी भाषा, साहित्य, कला और धर्म की नगरी है। यहाँ हम साथियो की पढ़ाई का माध्यम अंग्रेजी, कुछ का हिन्दी है। संगीत, नृत्य की भाषा संस्कृत-हिन्दी है। हिन्दी आज विश्व भाषा बनी है, पर भारत में राष्ट्रभाषा नहीं बन पाई है। काशी हिन्दू विश्वविद्यालय में दर्जनों देशी-विदेशी भाषाएँ सिखाई जाती हैं। हममें से बहुत छात्र हिन्दी डिप्लोमा में हिन्दी पढ़ते हैं।''

"भारत में अंग्रेजी छाई है। अंग्रेजी वर्चस्व का विरोध हो रहा है। हम अंग्रेजी हटाने की बात नहीं करते, लेकिन भारतीय भाषाओं के विकास की बात करते हैं। मैं विश्व की सभी भाषाओं का सम्मान करते हुए इसके विकास की बात करना चाहूँगा। तो सर्वप्रथम ब्रिटेन की कुमारी क्लारा को आमन्त्रित करता हूँ, अपने विचार रखें।''

"सभा के अध्यक्ष महोदय और साथियो! काशी दुनिया की प्राचीनतम नगरी है। मैं हिन्दी साहित्य की छात्रा हूँ। हिन्दी भारत की लोकप्रिय और समृद्ध भाषा है। विश्व के अनेक उन्नतिशील, विकसित मुल्कों की अपनी भाषा है। भारत में भी भारतीय भाषा को प्रमुखता मिलनी चाहिए, जो नहीं मिली। भारत की एक लिंक लैंग्वेज होनी चाहिए, वह सिर्फ हिन्दी ही हो सकती है। धन्यवाद''

"अब मैं पेरिस से आए टोनी ग्रे को आमन्त्रित करता हूँ।''

"अध्यक्ष महोदय तथा साथियो! मेरा सौभाग्य है कि मैं आपके बीच अपनी बात रख पा रहा हूँ। दुनियां के राष्ट्रों की अपनी भाषा है। बिना भाषा के राष्ट्रीय एकता सम्भव नहीं। भारत में तो हिन्दी ही राष्ट्रभाषा हो सकती है। अंग्रेजी साहित्य एवं शिक्षा की भाषा है, पर भारत की राष्ट्रभाषा नहीं हो सकी है। हिन्दी भारत की आत्मा है। मैं भारत सरकार से अपील करता हूँ कि वह इसे लागू करे। धन्यवाद...।''

"अब मैं चिली से आई पिया जी को आमन्त्रित करता हूँ।'' "साथियो, जितेन भाई! मैं यहाँ संगीत हिन्दी-संस्कृत के माध्यम से सीख रही हूँ। हिन्दी सरल भाषा है। विश्व के एक सौ साठ विश्वविद्यालयों में पढ़ाई जानेवाली भाषा है। मुझे यहाँ की संस्कृति, भाषा और लोगों से प्यार है। हिन्दी विश्व की

दूसरी बड़ी भाषा है, संख्या के आधार पर। मैं भारतीय भाषाओं के विकास की मंगलकामना करती हूँ। जय हिन्दी, जय भारत।''

"अब मैं कु. जोला जो कोलम्बिया विश्वविद्यालय की स्नातक रही हैं आग्रह करूँगा कि अपने विचार शेयर करें।'' जोला ने उठकर अभिवादन किया।

''साथियो! आपके बीच आना मेरा सौभाग्य है। यूरोप खासकर अमरीका में छात्र आन्दोलन चरम पर है। कोलम्बिया यूनिवर्सिटी में कॉफी तोड़फोड़ हिंसा हुई है। उनका संघर्ष, स्वायत्तता, बेरोजगारी भत्ता, सभी समितियों में साझेदारी, शिक्षा संरचना में आमूलचूल परिवर्तन उनकी मुख्य माँगे हैं। यहाँ का आन्दोलन अनुशासित, अहिंसक, मूल्यपरक है। मैं अंग्रेजी के बजाय भारतीय भाषा की हिमायत करती हूँ। आन्दोलनकारियों को बधाई देती हूँ और सफलता की कामना करती हूँ। धन्यवाद।''

हॉल के बाहर भीड़ बढ़ गई थी। छात्र-छात्राएँ और लंकेटियर्स जमे थे। वे छात्र सुन्दरियों की एक झलक पाने को बेताब थे। सुन्दरियाँ अपने-अपने लिबासों में सजी-धजी, आकर्षक और खूबसूरत लग रही थीं। तभी लिली की पुकार हुई। लिली का नाम सुनते ही भीड़ हॉल में घुस आई। दर्जनों लड़कियाँ खिड़कियों में बैठी कुछ आगे-पीछे खड़ी हो गईं। कुछ बाहर लॉन में। सैकड़ों छात्र-छात्राएँ लॉन से भाषण सुन रहे थे।

गुलाबी शलवार-सूट में लिली मंच पर पहुँची। खुले बालों में बेहद आकर्षक और कमसिन लग रही थी। हाथ जोड़कर अभिनन्दन किया। ''राहुल भाई, जितेन जी, पिया जी, जोला तथा उपस्थित बहनो-भाईयो! मैं पंजाब से आती हूँ। मेरी भाषा पंजाबी है, पर हिन्दी हमारे दिल की धड़कन है...। मैं भारत सरकार से अपील करती हूँ कि भाषा विधेयक को वापस कर हिन्दी को राष्ट्रभाषा घोषित करें। धन्यवाद।''

तभी मंच पर फूलों की बौछार हो गई। लिली ने दोनों हाथ जोड़कर अभिवादन किया। ''लिली तुम संघर्ष करो, हम तुम्हारे साथ हैं...।'' ''हाँ भाई मॉरीशस के सीताराम जी आएँ और अपने विचार रखें।''

''मेरे देश में भोजपुरी बोली जाती है। लिली बहिन क भाषण सुनलीं। भारत में जबले हिन्दी राष्ट्रभाषा न बनी, इकरा विकास नईखे होई।'' फिजी की लक्ष्मी को मंच पर बुलाया। लक्ष्मी ने कहा ''मैं लिली की बात से सहमत हूँ। हिन्दी को भारत सरकार राष्ट्रभाषा घोषित करे। फिजी में हिन्दी भोजपुरी बोली जाती है।''

"श्री जोसेफ बर्कले कोलम्बिया विश्वविद्यालय के छात्र रह चुके हैं। हमारे बीच हैं। आग्रह है कि अपने अनुभव एवं सुझाव दें।'' "सभा के अध्यक्ष जी

एवं मित्रो! मैं यहाँ हिन्दी और संगीत सीख रहा हूँ। रही बात छात्र आन्दोलन की तो विगत दो-तीन वर्षों से जर्मनी, इटली, पोलैंड, चेकोस्लोवाकिया, स्पेन, इंग्लैंड और यूनाइटेड स्टेट्स में अपनी समस्याओं को लेकर बड़े पैमाने पर छात्र आन्दोलनरत हो रहे हैं। कोलम्बिया और बर्कले में यूनिवर्सिटी की संरचना, अकादमिक व्यवस्था, रोजगार आजादी के साथ-साथ छात्र-शक्ति (स्टूडेंट पावर) के लिए संघर्षरत हैं। कोहेन वेंडी इस समय फ्रान्सीसी छात्रों के बड़े नेता और आदर्श हैं।''

"फ्रेंच छात्र आन्दोलन की विशेषता है कि छात्रों ने अपने आन्दोलन में राजनीतिक नेताओं की जगह बड़े बुद्धिजीवियों, एकेडमिक हस्तियों का सहयोग लिया। फ्रान्स में जनरल देगाल ने छात्र-शक्ति और उनके आन्दोलन पर टिप्पणी करते कहा 'विद्यार्थी सत्ता की परिकल्पना एक शक्तिशाली रूप में सारी दुनिया में चेतना का स्वरूप ग्रहण कर रही है।' यहाँ का आन्दोलन भी बड़े शैक्षिक-सामाजिक बदलाव का संकेत है। मैं इस आन्दोलन की भावना के साथ स्वयं को जोड़ रहा हूँ। धन्यवाद।''

"अब हमारा सन्देश दुनिया के प्रमुख हिस्सों तक पहुँच सकेगा। हमारे तमाम साथी-सहयोगी अपने विचार व्यक्त करना चाहते हैं, पर समयाभाव के कारण मैं माफी चाहता हूँ। आगे बाकी साथियो को मौका दिया जाएगा।''

"हमारे बीच मौजूदा छात्र आन्दोलन के प्रमुख साथी जितेन हैं। इन्हें विशेष आमन्त्रित किया है तो गुजारिश है कि हम विदेशी छात्रों को आन्दोलन के सन्दर्भ में कुछ बताएँ।''

"आज की सभा के अध्यक्ष जी, सम्मानित जोला, राहुल भाई, क्रिस्टीना जोसेफ, मैकेला, नेऊका तथा लिली! आप सभी ने मुझे विचार रखने का मौका दिया। शुक्रगुजार हूँ। संक्षेप में कहना चाहूँगा। दरअसल यह आन्दोलन सिर्फ भाषा का नहीं, छात्रों के अधिकारों, उनकी अस्मिता, सामाजिक भूमिका, शैक्षिक-आर्थिक बदलाव तथा अन्याय के खिलाफ सत्य का संघर्ष है। यह बेहद शर्मनाक और चिन्ताजनक है कि आजादी के इतने दिनों बाद भी हमारी कोई राष्ट्रभाषा नहीं। आज भी हम एक विदेशी भाषा का अन्धानुकरण कर रहे हैं। हमें तत्काल अंग्रेजी का मोह छोड़ देना होगा। बिना समय जाया किए हमें भारतीय भाषाओं को विकसित और समृद्ध करना चाहिए, नहीं तो मुल्क पिछड़ जाएगा।''

"आज का दिन विदेशी भाई-बहनो के सहयोग से ऐतिहासिक बन गया है। आप सभी के समर्थन से आन्दोलन को बल और मान्यता मिली है। मैं स्पष्ट कर

देना चाहता हूँ कि अंग्रेजी हटाने का मतलब हिन्दी लाना नहीं है। अंग्रेजी रहे, पर अनिवार्यता नहीं। हम सभी विश्व भाषाओं का सम्मान करते हैं। इसी प्रकार चाहता हूँ कि भारतीय भाषाओं में कामकाज तथा शिक्षण हो। दुनिया के मुल्क जिस तरह अपनी भाषाओं के माध्यम से आधुनिक तकनीक, ज्ञान-विज्ञान को विकसित कर रहे हैं। हम भी अपनी भाषा में करना चाहते हैं। हमारा रास्ता गाँधी का रास्ता है। हम अहिंसा में विश्वास करते हैं। दुनिया के सौ से अधिक विश्वविद्यालयों के सम्पर्क में हैं। हमें उनका समर्थन है। जिस तरह नेता को पावर चाहिए। मजूदर, किसानों को पावर चाहिए। उसी तरह छात्रों को भी पावर चाहिए। टोनी ग्रे से आग्रह करता हूँ कि आकर आज के प्रस्ताव का वाचन करें धन्यवाद।''

"यह सभा भारत और काशी हिन्दू विश्वविद्यालय में चल रहे छात्र आन्दोलन का समर्थन करती है। हम भारत सरकार से अपील करते हैं कि अपनी भाषा नीति में परिवर्तन करे और विदेशी भाषा के स्थान पर हिन्दी को राष्ट्रभाषा घोषित करे, ताकि भारतीय भाषाएँ समृद्ध बन सकें। यह सभा छात्रसंघ को 'छात्र सरकार' बनाने की माँग करती है। हम यह भी ऐलान करते हैं कि हमारी संस्था भारतीय भाषाओं को विदेशियों को सिखाने का डिप्लोमा चलाएगी। भारत सरकार से अपील है कि भाषा विधेयक को संशोधित कर हिन्दी एवं भारतीय भाषाओं को मान्यता दे। धन्यवाद।''

राहुल ने माइक लेकर कहा "अब हम मालवीय भवन तक शान्ति मार्च करेंगे। वहाँ जाकर कार्यक्रम समाप्त हो जाएगा।'' राहुल ने जोला, क्लारा, नेऊका, पिया जी, मैकेला, लिली को आगे किया। ''हम एक हैं... विश्व एकता जिन्दाबाद... विश्व बन्धुत्व... कायम रहे... छात्र एकता जिन्दाबाद... जिन्दाबाद...।'' छात्रों की भीड़ पिछली पंक्ति में शामिल हो गई। मालवीय प्रतिमा पर सभी ने फूल चढ़ाया और छात्र एकता की शपथ ली। अन्त में राहुल भाई ने कल होनेवाले धरने में शामिल होने का ऐलान किया।

छात्रसंघ की बैठक में तय कार्यक्रम के तहत आज मालवीय मूर्ति से जुलूस उठने की बात है। सभा के बाद छात्रों का जुलूस अस्सी, सोनारपुरा, गोदौलिया होता टाउनहॉल मैदान जाना है। कल शहर में के.वी.एम. होटल की बैठक में कॉलेजों के जुलूस रूटों को तय किया जा चुका है। रूट पर यूपी कॉलेज, काशी विद्यापीठ, संस्कृत विश्वविद्यालय अपने आसपास के कॉलेजों के साथ सीधे बारह बजे तक पहुँचेंगे। एँग्लो बंगाली टोला, सनातन धर्म, बी.एच.यू. के जुलूस में सोनारपुरा में शामिल होंगे।

चन्दौली, भदोही के कॉलेजों को स्थानीय स्तर पर जुलूस सभा तथा धरना करने के निर्देश दे दिए गए।

बारह बजते-बजते छात्र-छात्राएँ एवं कर्मचारी जुटने लगे। शहर में शहर के छात्रनेताओं को जिम्मेदारी दी गई। मोहन भाई, राधेश्याम, मान्हवीशरण, प्रदीप, सिन्धुजा, केशव, गिरिजापति को जिम्मेदारी दी गई। एँग्लो बंगाली, जयनारायण हिन्दू स्कूल अन्य संस्थाओं के लोगों को साथ लाना था। शहर में इंटर कॉलेज के छात्रों को टाउनहॉल लाने का जिम्मा नगर के नेताओं को दिया गया था।

व्यापार मंडल, मजदूर फेडरेशन, संयुक्त कर्मचारी संघ, किसान सभा के साथ कांग्रेस छोड़ सभी विपक्षी पार्टियों के विधायक व सांसद उपस्थित रहेंगे। एक दर्जन से अधिक ट्रेड यूनियन जुलूस में शामिल होंगे। बारह बजने को है। मालवीय प्रतिमा के पास धीरे-धीरे भीड़ गोलियाने लगी है। छात्रों में उत्साह है। वरिष्ठ, बुजुर्ग, छात्रनेता आ चुके हैं। नेता आपस में गुफ्तगू कर रहे हैं। आज पहली बार राजभाषा विधेयक के विरोध में जुलूस निकालना है। प्रदेश में संविद सरकार का एक बड़ा घटक आन्दोलन के साथ है। समाजवादी पार्टी के सांसद, विधायक खुलकर आन्दोलनकारियों के साथ हैं। राजनीतिक बैकिंग एवं सहयोग के कारण छात्रनेता पूरे जोश और उत्साह से भरे हैं। छात्र नारे लिखी तख्तियाँ उठा रहे हैं। बैनर को बाँधा जा रहा है। कुछ छात्र टंडन टी स्टॉल पर चाय की चुस्की लेकर चुस्त हो जाना चाहते हैं। रिक्शे पर बाँधने के लिए माइक आ गया। आज पूरे नगर के कॉलेजों एवं संस्थाओं से टाउनहॉल के लिए जुलूस आनेवाले हैं। कांग्रेस पार्टी को छोड़ तमाम पार्टी के बड़े-छोटे नेता अपने-अपने इलाके में सक्रिय एवं सचेत हैं। दोपहर एक बजे तक टाउनहॉल रैली में पहुँचने का समय सुनिश्चित किया गया है।

दादू ने रामबचन को माइक पकड़ाया "अध्यक्ष जी साथियो! आप सभी जानते हैं कि हमारा जुलूस भाषा विधेयक को वापस करने के लिए आयोजित किया गया है। हम सभी को यहाँ से शान्तिपूर्वक अस्सी, सोनारपुरा, गोदौलिया, होते टाउनहॉल पहुँचना है। हमारा उद्‌देश्य सरकार को चेताना और अपील है कि वे विधेयक वापस कर लें और भारतीय भाषाओं के साथ न्याय हो।'' अब आप देबू भाई को सुनें... दादू ने एक बार चारों तरफ नजर घुमाई। हाथ लहराया। फिर सम्बोधित किया। "साथियो! हमारा जुलूस राजभाषा विधेयक को वापस करने के लिए निकाला गया है। हम अपनी मातृभाषा को सम्मान देने की लड़ाई

लड़ रहे हैं। जिस तरह अंग्रेजी शासन हटा उसी तरह अंग्रेजी भी हटे। हमारा रास्ता गाँधी का रास्ता है। अगर हमारा दमन होगा तो हम प्रतिरोध करेंगे। हमारा प्रतिरोध लोकतान्त्रिक होगा। सभी साथियो से अपील है कि वे शान्ति एवं संयम बनाए रखें। जोश में होश नहीं खोना है। हम चलेंगे धैर्य और संयम से। लड़ाई लम्बी है, पर हमें फतह हासिल करनी है...।''

सबसे आगे बड़ा बैनर लगाया गया। फिर देबू-दा, रामबचन, मार्कण्डेय भाई, सिन्हा जी आए। मोहन जी, राधेश्याम ने जुलूस को निकालने का इशारा किया। नारा लगाया "गाँधी, लोहिया की अभिलाषा, चले देश में देशी भाषा... अंग्रेजी में काम न होगा... फिर से देश गुलाम न होगा... छात्र एकता... जिन्दाबाद... जिन्दाबाद,'' नारा गूँजने लगा। भीड़ में उमंग, जोश, आतुरता थी। वह पीछे मुड़कर वापस नहीं होना चाहती थी। लंका से जुलूस का वेग चला। दुकानदार, पुलिस सहमी है। लोग तेज चल रहे थे। शायद गन्तव्य पर जल्दी पहुँचना चाहते हों। कुछ खुशी में उछल रहे। कुछ नाच रहे। कुछ भौचक बने हुए हैं। आज का टारगेट है टाउनहॉल पहुँचना।

अस्सी पर लोग बड़ी संख्या में सड़क की पटरी दुकानों, मकानों की छतों पर उमड़ रहे थे। स्थानीय नेता सड़क पर प्रतीक्षारत रहे। चौराहे पर रिक्शा लगे माइक से घोषित किया गया "साथियो! हमारा आन्दोलन शान्तिपूर्ण और लोकतान्त्रिक है। इस अभियान में आपका सहयोग अपेक्षित है। साथियो आपसे विनम्र आग्रह है धैर्य, संयम से आगे बढ़ें। जुलूस में ढेर सारे नौजवान, बच्चे शामिल हो गए। जुलूस के साथ वे उछल रहे थे। नाच रहे थे। उन्हें पुलिस के लाठी-गोली का खौफ नहीं था। भीड़ एक मेले में बदल गई थी। जैसे कोई मेला चल रहा हो। वे चल रहे थे। देबू-दा ने फिर घोषित किया कि अगर हमें रोका गया तो वहाँ सभी साथी सड़क पर बैठकर धरना देंगे। कोई घबराने की बात नहीं। सभी साथियो, नागरिकों से अनुरोध है कि जो जहाँ रहें, वहीं बैठ जायँ। हमें अहिंसा का पालन करना चाहिए।''

भीड़ में कई तरह के झंडे लहरा रहे थे। सबसे आगे एक बैनर पर लिखा हुआ था 'भाषा विधेयक वापस लो।' बैनर के पीछे देबू, सिन्हा, मार्कण्डेय, रामबचन, शकुन्तला, शान्ति और तमाम छात्र नेता चल रहे थे। जुलूस दहशत के कारण दुकानें धड़ाधड़ बन्द होने लगीं। कुछ दुकानों के अंग्रेजी बोर्ड तोड़े गए। कुछ पर कालिख पोत दी गई। मोहन जी, अनिरुद्ध, राधेश्याम, हरिकेश, इन्दीवर, सारन्धर, महेन्द्रनाथ आक्रोशित भीड़ को नियन्त्रित कर रहे थे। आज कई के हाथ में लाठी-डंडे और बाँस थे। कई के हाथ में लहराते राष्ट्रीय झंडे थे। जुलूस कभी

तेज, कभी धीमे चलता था। छात्रों की उत्तेजना आज चरम पर थी। जुलूस जिला प्रशासन को सूचित कर उनकी अनुमति से निकाला गया था। किसी अनहोनी से छात्र आशंकित थे। पर पूरी तरह सतर्क भी। वरिष्ठ छात्रनेता शान्तिपूर्वक जुलूस ले जाना चाहते थे। उन्हें पुलिस के षड्यन्त्र का आभास नहीं था।

रत्नाकर पार्क के पास भारी संख्या में पुलिस बल के साथ फायरब्रिगेड, वाटरकैनन की भारी गाड़ियाँ तैनात थीं। तभी मजिस्ट्रेट ने अचानक माइक से घोषणा की "नगर में एक सौ चौवालीस धारा लागू है। आप सभी से अपील है कि वापस लौट जायँ। जुलूस निकालना गैर कानूनी है।'' ठीक इसी समय अचानक रिक्शे पर एक गोला गिरा। रिक्शा उलट गया। तभी दनादन गोले गिरने लगे। चारों तरफ अँधेरा सा छा गया। छात्र इसे जीवन में पहली बार देख रहे थे। जुलूस में भगदड़ मच गई। एक अजीब सी अफरातफरी मच गई। भीड़ कभी गलियों में भागती, तो कभी सड़क पर आ जाती। जब गोले नहीं फूटते, उन्हीं गोलों को छात्र पुलिस की ओर फेंक देते।

अब गोले के साथ लाठीचार्ज हो गया। जो जहाँ मिला पी.ए.सी. वाले जी भर लाठी बरसाए। खून से लथपथ छात्र शरण लेने के लिए गलियों में भाग रहे थे। अब छात्र-पुलिस गोरिल्ला युद्ध होने लगा। छात्रों के पास ईंट-पत्थर थे और पुलिस के पास लाठी, राइफल।

पुलिस, पी.ए.सी. ईंट-पत्थरों की बौछार के बाद भागकर अग्रवाल रेडियो चौराहे पर चली गई। अब तक भीड़ बेकाबू हो चली थी। जिसके हाथ बाँस-बल्ली, थुम्ही, छड़, ढेला, पत्थर लगा, वह उसी से लैस हो गया। दोनों ओर से ईंट-पत्थर चलने लगे।

रत्नाकर पार्क में घुसे छात्रों को पुलिस बुरी तरह पीट रही थी। कितनों की कमीजें लाल हो गईं। कुछ रिक्शेवालों के कमरों में घुस गए। कुछ टीन की छत लाँघकर पश्चिम की ओर गली में उतर गए। कुछ पार्क को लाँघने में चहारदीवारी के भाले से लहूलुहान हो गए। बाकी भीड़ पूरब की गलियों में भागी। लोग एक-दूसरे को कुचलते, देह छीलते, धक्का-मुक्की करते, अड़सते, एक-दूसरे पर लुढ़कते अपने आप गेंद की तरह टप्पा खा रहे थे।

टीयर गैस के साथ अब गोली चलने लगी। जब तक छात्र कुछ समझ पाते, घोष और तीन-चार लड़के गोली खाकर सड़क पर गिर तड़पने लगे। फायरिंग के बाद भीड़ घरों, दुकानों में जान बचाने के लिए घुसने लगी। लोगों ने घरों के किवाड़ बन्द कर लिए। खिड़कियाँ भी। पत्थर की बरसात तेज हो गई। भीड़ अनियन्त्रित हिंसा पर उतर आई। दो-तीन गुमटियों के साथ पी.ए.सी. के

तीन-चार खाली ट्रकों में आग लगा दी गई। अनजान गलियों में घुसती पुलिस, छात्र जनता से घिर-घिर जाती, फिर जान बचाकर उन्हें मुख्य सड़क पर आना पड़ता। जब भी पुलिस गलियों में घुसने की कोशिश करती मुहल्ले के नौजवान लाठी-डंडे, ईंट-पत्थर मारकर भगाते। गोरिल्ला युद्ध का यह दौर भदैनी, अस्सी के इलाके में अँधेरा होने के बाद भी चलता रहा। अँधेरा होने पर कभी-कभी गलियोंवाले मकानों से पत्थर बरसने लगते और पुलिसवाले चोटिल हो जाते। पुलिस छात्र के बीच यह गोरिल्ला युद्ध शहर के बहुत बड़े हिस्से में फैल गया। छात्र, नौजवान हर गली, चौराहे पूरी तरह आक्रामक हो चुके थे। यह आक्रामकता अँधेरे के साथ-साथ बढ़ती जा रही थी।

लाठी, गोली चलने की खबर पूरे शहर और जिले में आग की तरह फैली। कॉलेजों के छात्रों के साथ-साथ मोहल्ले के नौजवान अपनी-अपनी अड़ी पर जगह-जगह हिंसक हो उठे। लंका, अस्सी, सोनारपुरा, गोदौलिया, नई सड़क, इंग्लिशिया, लहुराबीर, मैदागिन, भोजूबीर में छात्र हिंसात्मक हो उठे। इंग्लिशिया में विद्यापीठ के छात्रों ने एक पुलिस वैन में आग लगा दी। बस स्टैंड पर तोड़फोड़ की। कैंट स्टेशन पर रेल आवागमन पूरी तरह बाधित कर दिया। भोजूबीर में यूपी कॉलेज के छात्रों ने एक पुलिस वैन में आग लगा दी। एक पोस्टऑफिस और रोडवेज की तीन बसों में आग लगा दी गई। हरिश्चन्द्र कॉलेज के छात्रों ने टाउनहॉल के पी.ए.सी. कैम्प में घुसकर आग लगाई। बड़े पोस्टऑफिस में घुसकर तोड़फोड़ की। सड़कों पर जगह-जगह टायर जलाए गए। लंका से गोदौलिया तक सड़क ईंट-पत्थरों, जूता-चप्पलों से पट गई। कितनों के हाथ-पैर टूटे, सिर फटा। दर्जनों राहगीर पुलिस की मार से घायल हुए। पूरा शहर धुआँ-धुआँ हो उठा। पुलिस फोर्स कम होने से भीड़ बेकाबू और हिंसक होकर सड़कों पर उतर आई। गोदौलिया पर फायरिंग होने के बाद शहर की दुकानें धड़ाधड़ बन्द हो गईं। राहगीर सड़कों की बजाय गलियों में भागने लगे। अफरातफरी मच गई। तमाशबीनों की कमी नहीं थी। भीड़ पुलिस के लिए एक बला थी। भीड़ को भगाने के लिए पुलिस ने जगह-जगह हवाई फायरिंग और लाठीचार्ज किया। ज्यों-ज्यों रात चढ़ रही थी, आन्दोलनकारियों की भीड़ बढ़ती ही जा रही थी।

जिला मजिस्ट्रेट के आदेश के बाद पुलिस की माइक लगी गाड़ियों से कर्फ्यू का एलान शुरू किया गया "आप सभी को आगाह किया जाता है कि नगर में कर्फ्यू लागू कर दिया गया है। कर्फ्यू के दौरान किसी को घर के बाहर निकलने की इजाजत नहीं है। घर से बाहर निकलनेवालों को चेतावनी दी जाती

है कि जो भी सड़क पर दिखाई देगा, उसे गोली मार दी जायगी। इसलिए सभी लोग अपने घरों में चले जायँ। किसी प्रकार के बैठक, जुलूस या सभा को प्रतिबन्धित कर दिया गया है।'' गाड़ियों में खूँखार चेहरेवाले लौह टोपधारी, कमाँडो चक्रमण करने लगे। शहर में चारों तरफ धुआँ ही धुआँ दिखाई दे रहा था। अफवाहों का बाजार गर्म था... कहाँ गोली चली... लड़के मारे गए.... कुछ को पुलिस ट्रक में भरकर नौगढ़ की ओर जाते देखी गई। शहर के सभी अस्पतालों में भारी संख्या में चोटिल और घायल लोगों को भर्ती किया गया है, जिसमें पुलिस भी शामिल हैं। जितेन, फूलचन्द, को-मास्टर गली में बेतहाशा भाग रहे थे। गलियों का भूगोल जाने बगैर गलियाँ बदलते रहे। भागनेवालों को मुहल्लेवाले उपद्रवी, दंगाई समझते। पुलिस छापेमारी के डर से तमाम मुहल्लों में घर के दरवाजे बन्द हो गए। खिड़कियों में कबूतरों की तरह बच्चे झाँकते रहे। अब हम आनन्दमई के पूरब वाले घाट पर पहुँच गए। रास्ते में भंटा सिंह मिले। कर्फ्यू के कारण सभी अपने घर पहुँचना चाहते थे। अब हम तीनों घाट-घाट चलने लगे, ऊँची-नीची सीढ़ियाँ चढ़ते-उतरते किसी तरह दशाश्वमेध घाट से आकर गली-गली शकरकन्द गली में घुसे। गलियों में सन्नाटा पूरी तरह पसर चुका था। गली-गली मारवाड़ी अस्पताल के पूर्वी दरवाजे पर पहुँच गए। यहाँ अनूप पांडेय और योगेन्द्र मिले। अनूप ने अपने घर ले चलने पर जोर दिया। अनूप ने कहा "गोदौलिया पर गोली चल चुकी है। उधर चलना मौत के मुँह में जाना है।'' हम लोग मारवाड़ी अस्पताल की छत पर चढ़ गए। छत के गुम्बद से नीचे का भयानक दृश्य देखा। पुलिस, पी.ए.सी. वाले नकाब लगाए कुछ लड़कों को दौड़ा रहे थे। फायरिंग फिर से शुरू हो गई। उसी समय किसी ने खड़ी पुलिस वैन में आग लगा दी। कुछ गाड़ियों के शीशे टूटे। आँसू गैस के गोले के जवाब में गलियों से ईंट-पत्थर बरस रहे थे। कई पुलिसवाले लहूलुहान और घायल हो गए। अचानक गोली चली, एक लड़का जलयोग के सामने गोली खाकर तड़फड़ाकर गिर पड़ा और देर तक छटपटाता रहा।

पता चला कि एक दर्जन लड़कियाँ दीपक टॉकीज में फँसी हैं। हॉस्पिटल से रेडक्रास वैन ली गई, फर्स्टएड और कम्पाउंडर के साथ। हम सब दीपक टॉकीज में दाखिल हुए। सन्नाटा पसरा हुआ था। मैनेजर के कमरे में घुसने पर देखा लड़कियाँ दबी, सहमी, काँप रही हैं। लड़कियों को अचम्भा हुआ, क्योंकि आज कुछ भी हो सकता था उनके साथ। शहर में मुहल्ले के गुंडे। बाहर पी.ए.सी। जान में जान आई। श्रुति ने दौड़कर जितेन को पकड़ लिया और रोती रही। जितेन ने उसका सिर सहलाया, दुलराया, पुचकारा "हम लोग आ गए अब

सभी सुरक्षित लौटेंगे श्रुति।'' श्रुति सिसक रही थी। जितेन उसे चुप करा रहा था "चलो सबको लेकर एम्बुलेन्स में श्रुति।''

जितेन की नजर सहसा लिली पर गई। मैनेजर के कमरे के कोने में दो लड़कियों का सहारा लिये डरी, सहमी, काँपती खड़ी थी। वह लिली के पास आया। पूछा ''आप ठीक तो हैं? कोई बात तो नहीं?'' लिली को लगा अकस्मात कोई करिश्मा हो गया। उसका शरीर काँप रहा था। एक मौन, गहरा मौन छाया हुआ था।

''चलिए एम्बुलेन्स आ गई है। चिन्ता न कीजिए, सब ठीक-ठाक हो जाएगा। आप और सहेलियों पर आँच नहीं आने दूँगा।''

लिली की आँखों में आँसू उतर आए। राहत की साँस ली। पैर में चोट के कारण वह चल नहीं पा रही थी। श्रुति इन्हें सहारा दो, तभी जितेन ने लिली को गोद में उठा लिया। फिर पिछली सीट पर बैठा दिया। उसने अपने छितराए बालों को सँवारा। मुड़े शलवार-शमीज को ठीक किया और दाहिना पैर मोड़ लिया। पल भर का स्पर्श जितेन को मदहोश कर गया। चक्कर आ गया। वह आगे की सीट पर बैठ गया। आँखें बन्द कर लीं। उसकी नसों में ज्वार-भाटा दौड़ गया। अपने आपको सँभालने की कोशिश में आगे की सीट का हैंडिल पकड़ लिया। कपुरिया को लगा कि जितेन शायद बहुत थक गया, क्योंकि सुबह से बिना कुछ खाए-पीए दौड़ रहा है। जितेन की तन्त्रा टूटी। कपुरिया ने पूछा ''क्यूँ जितेन तबीयत तो ठीक है न?''

''हाँ भइया।'' कपुरिया बगल में बैठ गए। लड़कियाँ सहमी-सिमटी रहीं। सन्नाटा पसरा हुआ था। कपुरिया ने एक नजर दौड़ाई। नजर लिली पर ठिठक गई। ''क्या हुआ इन्हें श्रुति? तबीयत ठीक नहीं लगती है।''

श्रुति ने पैर छू के कहा ''भइया दीदी के दाहिने पैर में मोच आ गई है। भगदड़ में गिर पड़ी थी।''

''तो ले चलते हैं हॉस्पिटल। सब ठीक हो जाएगा। क्यों जितेन?''

"हाँ भइया, जितेन ने हुँकारी भरी।''

''श्रुति इन्हें पानी पिलाओ और थोड़ा चेहरे पर छींटा दो।''

''जी भइया।''

उनसे पूछा "दर्द अधिक हो तो अस्पताल पहले चलें, फिर हॉस्टल।'' श्रुति लिली के पास पहुँचकर कान में फुसफुसाई। ''दीदी-भइया लोग पूछ रहे हैं अस्पताल ले चलने के लिए।''

''अरे! ना बाबा। बात का बतंगड़ बन जाएगा। आईडेक्स है न रूम पर, लगा लेंगे।''

''दीदी, शर्माओ नहीं।''

''अरे! हट थोड़ा दर्द है, सह लेंगे।'' लिली कराहने लगी।

कपुरिया ने अपना रूमाल निकाला। जितेन से कहा "अपना रूमाल निकालो और जोड़कर पैर में बाँध दो। दर्द थोड़ा कम हो जाएगा।'' जितेन ने नेहा, श्रुति की मदद से पैर पर हाथ रखा ही था कि वो माँगुर की तरह तड़फड़ा उठी ''ऊई, आह, आह।'' जितेन ने रूमाल बाँध दी। जितेन को श्रीकृष्ण की वह तसवीर याद आई, जिसमें कृष्ण राधा का पैर सहला रहे थे। जितेन ने स्नेहा की मदद से लिली को पिछली सीट पर लिटा दिया।

''आप... आप ठीक तो हैं न।'' झुककर जितेन ने पूछा।

उत्तर में लिली ने सिर हिलाया और आँखें बन्द कर ली। साँसे तेज चल रही थीं। पलकों की बरौनियों में बूँदें झपस गईं, जैसे कोई फूल अचानक बदरंग हो गया हो। एम्बुलेन्स फर्राटा मार रही थी। जितेन को लगा कि वह दुनियां की सबसे खूबसूरत लड़की के पास खड़ा है। शायद जीवन में पहली बार किसी को इतना नजदीक से देख रहा हो कठुआई आँखों से। स्नेहा ने उठकर जितेन को बगल में बैठा लिया। वह किसी विजेता की मुद्रा में बैठ गया और गम्भीर बना रहा। ईंट-पत्थरों, जूतों-चप्पलों, किताब-कापियों, टिफिन, टूटी साइकिलों को कुचलती एम्बुलेन्स लाल सड़क पर दौड़ रही थी।

जितेन ने देखा लिली गुमसुम उदास और सदमाग्रस्त लग रही थी। पिछली सीट पर बगल में नेहा, श्रुति थी। जितेन ने शर्माते फिर पूछा ''दर्द तेज है तो हॉस्पिटल चलते हैं?''

''नहीं-नही, आप दोनों बहुत परेशान हुए।''

''ऐसा कुछ भी नहीं, यह तो हमारा धर्म है। आपके किसी काम आ सके। खुशकिश्मती होगी।'' उसने कातर निगाहों को देखा, कुछ बेबस-बेचैन सी। जितेन को लगा कि वह भावुक हो रहा है। लिली के बगल में खड़ा हो गया।

उसके सामने शायद दुनियां की सबसे खूबसूरत आभा थी। किन्नौरी सी फूटती हुई। रूप के किसी आलोक को झरते देखता रहा। कठुआई आँखें। सुराहीदार गर्दन की नीली शिराओं को। छाती पर फहराते काले-काले बालों को। मुसे पंजाबी शलवार-कुर्ता, चमकता स्वर्ण कड़ा। जितेन को कोई अदृश्य चुम्बक खींच रहा था। वह पूरी तरह बेबस और लाचार सा बन रहा था। तभी नेहा ने कहा 'भइया बैठिए न।' वह बैठ गया लिली के बगल में। नेहा लिली की

मोच को सहलाने लगी। लिली ने आँखें बन्द कर लीं। साँसें तेज हो गईं। पंजे के साथ-साथ पूरे बदन में मीठे दर्द की लहर छाने लगी।

सुबह के बाद अब तक न चाय, न कुछ। एम्बुलेन्स मध्याह्न के उन रास्तों से गुजर रही थी, जहाँ आँसू गैस, लाठी-गोली का मंजर चला था। साथी समर्थक अभिभावकों पर क्या गुजरी होगी?

''गोली से कोई कैजुएल्टी हुई क्या जितेन?''

''हाँ, एक तो पता है।''

''यह तो बहुत बुरा हुआ। कैसे चल पाएगी यूनिवर्सिटी?'' कपुरिया ने चिन्तित होते कहा।

''पुलिस, पी.ए.सी. का यही तांडव रहा तो साईनडाई होके रहेगी।''

''ऐसे कैसे चलेगी यह संविद सरकार, जो अपनों को ही गोली मारे?''

''सोशलिस्ट हटे तो गिर जाएगी सरकार भाषा मुद्दे पर।''

''जितेन हॉस्टल चलकर लखनऊ बात करो। सब कुछ क्या-क्या हुआ बताओ मन्त्री जी को।''

''जरूरी है स्थिति को बताना, तभी पुलिस पर नकेल कसेगी।''

''गोली कांड की न्यायिक जाँच हो। प्रशासन कर्फ्यू उठाए। गिरफ्तारों को बिना शर्त रिहा करे। क्यूँ जितेन?''

''जी, जितेन सिहर गया।''

''गोली तो हम दोनों को लग सकती थीं?''

''खम्भे की ओट से हम बच गए हैं।''

''तो देबू, मार्कण्डेय, सिन्हा, रामबचन का क्या हुआ होगा क्या पता?''

''जुलूस में मेरे दो-दो गुरु थे। न जाने क्या गुजरा होगा उन पर?''

''कुछ लड़कियाँ भी तो थीं?''

''हाँ।''

''जानवर हैं जानवर, पी.ए.सी. वाले गँवार अनपढ़ साले।''

''वे भी तो घायल हैं बड़ी तादाद में। मजिस्ट्रेट और कोतवाल भी।''

''बिना चेतावनी गोली चला दी। क्या अधिकार है उन्हें?''

''नहीं, कानूनवाला ही कानून तोड़ता है।''

''कल का दिन अहम है जितेन।''

''आज की रात, कतल की रात है।''

सड़क पर लौहटोपधारी पुलिस, पी.ए.सी. की गश्त बढ़ चुकी थी। लाउडस्पीकर से पुलिस कर्फ्यू का ऐलान कर रही थी। सड़कें वीरान थीं।

मकानों की खिड़कियाँ-दरवाजे बन्द थे। अँधेरा गहराया हुआ था। चिरई का पूत नहीं। खाली सड़क पर एम्बुलेन्स अपनी रफ्तार में दौड़ रही थी।

लड़कियाँ, वह भी छोटी उम्र की खिलखिला रही थीं। उन्हें किसी का गम नहीं था। वे सुरक्षित पहुँच रही थीं। सब कुछ ठीक ठाक था। छात्रसंघ साथ था, फिर क्या डर वार्डेन और प्रिन्सपल का?

श्रुति चिन्तित है कि हॉस्टल से हम सभी ब्लैक लिस्टेड होंगे। रो रही है बेचारी। ''अरे! क्यूँ रो रही, पागल है क्या?''

''डर है कि हॉस्टल से निकाली जाएगी?''

''हम और नेता जी है न, चिन्ता की बात नहीं है।''

''श्रुति, क्यों रो रही है?''

श्रुति सुबुकने लगी...। ''वार्डेन ब्लैक लिस्टेड कर हमें निकाल देंगी। हम कहाँ जाएँगे?''

''क्यों निकालेगी? उसके बाप का हॉस्टल है क्या?''

वह रोती रही। फिर सभी छात्राएँ लिली को छोड़ घबड़ा गईं। उन्हें पिक्चर चोरी से जाने का डर सताने लगा। वे फिर रोने लगीं। जितेन ने जोर से डाँटा।

''चुप नहीं तो यहीं उतारूँगा, सोनारपुरा। सभी बस से उतरकर सीधे हॉस्टल में जाएँगी। लिली जी के साथ और कुछ नहीं होगा? समझो भरोसा करो।''

''वार्डेन रोकेगी तो?'' नेहा ने प्रश्न किया।

''कुछ नहीं, हम लोग हैं न।'' सभी खामोश हो गए। जितेन ने देखा हिम्मती, मृदुभाषी लिली के चेहरे पर गहरा तनाव छाया था। लंका आने पर लिली को छोड़ सभी लड़कियाँ सुबुकने लगीं।

जितेन ने एम्बुलेन्स रुकवाई। कहा ''उतर जाओ जिसको उतरना है। बन्द करो रोना-धोना, नहीं सीधे प्राक्टर ऑफिस गाड़ी खड़ा कर सबका नाम लिखाएँगे।''

तभी श्रुति ने कहा "निष्कासित होने पर हम कहाँ जाएँगे?''

"हॉस्टल।'' जितेन ने गुस्से में कहा।

''किस हॉस्टल?''

''छात्रसंघ में या गेस्ट हाउस में।''

जितेन ने श्रुति को डाँटा। "चुप, खबरदार। कुछ बोली तो यहीं गेट पर तेरा नाम लिखवाता हूँ।'' वह चुप हो गई। सभी थर-थर काँप रही थीं। कपुरिया ने कहा "जितेन गाड़ी विमेन्स कॉलेज के भीतर जाकर उतारेगी। सभी लड़कियाँ हॉस्टल में सीधे जाएँगी, फिर सब कुछ ठीक हो जाएगा।'' श्रुति बोली "वार्डेन

पकड़ लेगी तो?'' जितेन ने डाँटा ''चुप बेवकूफ। उसकी क्या मजाल? पर तुझे मैं सौंपूँगा उसके हाथ।''

वह जोर-जोर से चीखने लगी। तभी लिली ने डाँटा ''चुप, काबू में रहो।'' वह चुप हो गई। गाड़ी प्राक्टर ऑफिस पार कर गई। सभी के जान में जान आई। कपुरिया ने कहा "ध्यान से सुनो। गाड़ी भीतर फुहारे के पास रुकेगी। वहाँ से उतरकर तुम सभी हॉस्टल में सीधे जाओगी। अगर कोई रोके, मत रुकना। मैं जितेन हूँ। ठीक समझा?''

''हाँ।''

"लिली जी! आप सभी को लेकर भीतर चली जाएँ। सब ठीक हो जाएगा। हम लोग सँभाल लेंगे।'' गाड़ी तेजी से विमेन्स कॉलेज परिसर में घुसी कि पिछले दरवाजे से लिली को छोड़ सभी लड़कियाँ कूद पड़ीं। वार्डेन कुछ समझ पाती, सभी लड़कियाँ दौड़कर हॉस्टल के भीतर भाग गईं। वार्डेन किसी को नहीं देख पाई।

''सबके बाद लिली उतरी। वार्डेन ने व्यंग्य में कहा "अच्छा आप भी भागकर पिक्चर गई थीं। ठीक है, कल बताएँगे आपको। आज नहीं कल।'' वार्डेन फुफकार रही थी। जितेन लिली का अपमान नहीं सह सकता था। उसने कहा ''इन्ही की वजह से सभी लड़कियाँ बच गईं। ये तो कपड़ा खरीदने गई थीं।''

वार्डेन ठिठक गई। गोया बड़ा शिकारी हाथ से निकल गया। ''लिली जी आप कमरे पर जाएँ।'' जितेन ने संकेत किया।

बड़े दरवाजे में दाखिल होते ही लिली ने जितेन को हाथ हिलाकर अभिवादन किया। जितेन ओझल होती काया को देखता रह गया। तभी प्रिन्सिपल साहिबा गाड़ी से उतरीं, जितेन ने अभिवादन किया।

''अरे! जितेन कब से खड़े हो यहाँ?'' "यही तकरीबन आधे घंटे से।'' प्रिन्सिपल ने जितेन का प्यार से गाल थपथपाया...।

अचानक और अस्वाभाविक घटनाक्रम से वार्डेन हतप्रभ और ठगी सी रह गई। उसकी बड़ी-बड़ी आँखें सिर्फ तरह-तरह की लड़कियों को ईर्ष्या से देखती रहीं। उसे लगा कि सभी शिकार छूट गए। वार्डेन मन मसोसकर रह गई। वार्डेन स्मार्ट और नौक्षा है।

''सभी लड़कियाँ सुरक्षित पहुँच गईं।''

''जी मैम।''

''वेरी गुड...वेरी गुड। तुम लोगों से यही उम्मीद थी। चलो कॉफी तो पी लो।'' प्रिन्सिपल ने दुलार से कहा। सभी चल दिए।

''शहर से कितनी लड़कियाँ सुरक्षित आईं?'' प्राचार्य ने पूछा।

''हाँ, सभी चालीस लड़कियाँ आ चुकी हैं।''

''हे भगवान, शुक्र है कि सभी सुरक्षित हैं।''

''ऐ क्या बला है, कब हो जाय कौन जाने...।''

प्रिन्सिपल थोड़ा अन पापुलर हैं, लड़कियों में। बैचलर हैं। हार्वर्ड यूनिवर्सिटी में पढ़ चुकी हैं। इसलिए उनकी धौंस और दबदबा है। लड़कियाँ बोलती हैं कि ''मैम सैडिस्टिक हैं। जो भी हो वह प्रो. स्टूडेंट हैं। आकर्षक भी। मैम ने हॉस्टल वार्डेन को भी कॉफी पीने को कहा। वह चुप थी। अभी नई थीं। अभी यहाँ की आबोहवा से वाकिफ नहीं थी। खूबसूरत और छरहरी काया तीखे नैन नख्श वाली थी वार्डेन।

प्रिन्सिपल ने परिचय कराया "ये कपुरिया और ये जितेन हैं। ये ऋचा सुब्रमणियम हमारी नई वार्डेन हैं जितेन।'' दोनों ने उठकर हाथ जोड़ अभिवादन किया।

ऋचा ने आग्रह किया "प्लीज बैठिए।'' तीनों ने एक दूसरे को देखा, फिर आँखें झपका लीं शर्म से।

''अभी एम्बुलेन्स बस से आप लोग ही थे न?''

''यस मैम।''

''अब समझी।''

"इन लोगों ने सभी छोकरियों को सुरक्षित निकाल लिया, नहीं तो न जाने क्या होता...?''

ऋचा ने कहा "मैम! डॉ. रजनी और डॉ. सुधा भी फिल्म देखने गई थीं।''

"अच्छा, तो बताओ, फिर लड़कियाँ ही दोषी क्यों? स्टाफ भी दोषी है। क्या करेंगी वार्डेनशिप ये लोग?''

''सुपवा त सुपुवा चलनियाँ जेमे बहत्तर छेद...।''

''क्या मैम मैं समझी नहीं?''

''तुम कैसे समझोगी। अभी-अभी आई हो, पर सब समझ जाओगी।''

दोनों वार्डेन छोकरियों की बड़ी नेटी-पेटी बनती हैं। इनके घर नौकर नहीं, हॉस्टल की छोकरियाँ ही खाना बनाती हैं। उनके ब्वायफ्रेंड भी कभी-कभी आते हैं। दोनों लंका से गोदौलिया तक खूब गुलछर्रा उड़ाती हैं। ''गुलछर्रा मैम?'' ऋचा ने जानना चाहा।

"अरे! वही धींगा-मस्ती, हवाखोरी, इश्कबाजी...। तो लड़कियाँ बर्बाद हो जाएँगी। रात-रात भर गोल रहेंगी, फिर क्या होगा पूरे हॉस्टल का?''

"एक मछली तालाब गन्दा कर देती है, पर यहाँ तो कई छोटी-बड़ी मछलियाँ हैं।''

''जी मैम।'' वार्डेन बोली।

''तुम इनसे दूर ही रहना। इनकी शोहबत खतरनाक है।''

''जी।''

मौसम आशिकाना हो रहा था। चुभती हुई हवा में नशा घुल रहा था। हवा का ठंडा स्पर्श झुरझुरी मार रहा था। उसे लगा कि आज की जंग उसने जीती। कल देखते हैं क्या होता है? बाहर लड़कियाँ अपने-अपने झुंडों में कुछ बैठी गप्पे मार रही थीं। कुछ टहल रही थीं। कुछ गेट के बाहर निहार रही थीं। कुछ हरी घास पर बैठी बातों में मशगूल थीं। अभी ठंड तो नहीं, पर रात को गुनगुनी बढ़ जाती है। सभी जगह आन्दोलन, लाठी-गोली की चर्चा है।

जितेन ने देखा खिड़की से लड़कियाँ सारा नजारा देख रही थीं। मुस्कुरा रही थीं। शोभना जी अपनी उम्र में कॉफी स्मार्ट और चर्चित रही हैं। हार्वर्ड का असर आज भी हाबी है उन पर। ढलती उम्र में भी स्मार्ट और आकर्षक बनी हुई हैं।

"अच्छा ऋचा तुम्हीं बताओ? वार्डेन को छात्राओं से दूरी बना के रखने में ठीक है या चिपकने में?'' ऋचा चुप थी, पर सिर हिला रही थी। कॉफी खत्म हो चुकी थी। कमरे के बाहर हवा ठंडी और गुनगुनी हो चुकी थी। हम दोनों ने उठकर अभिवादन किया। डॉ. शोभना ने एक बार पूछा "गाड़ी से छुड़वा दूँ?'' पर कपुरिया ने कहा ''नो, थैंक्स मैम अभी अस्पताल जाना है।''

''जितेन तुम आज यहीं कैम्पस में रुक जाना। घर मत जाना। कोई दिक्कत हो तो मेरे घर आ जाना बगैर संकोच।''

''जी मैम, कपुरिया के साथ ही रहूँगा।''

''ठीक है बेटे, फिर घर आना कभी।''

''जी मैम।''

वे कमरे के बाहर तक आईं छोड़ने। हार्वर्डिया अन्दाज में हाथ हिलाया, जिसमें स्नेह, सम्मान और विश्वास भरा था।

ज्योति कुंज के बाहर फुहारे तथा गेट के आसपास तक लड़कियाँ चहलकदमी कर रही थीं। सिर्फ बाहर निकलना मना था। वे सभी शहर आन्दोलन...कर्फ्यू... यूनिवर्सिटी के हालात के लिए उत्सुक थीं। खूब हँसी-ठहाके लग रहे थे। वे आजाद पक्षी की तरह चहक रही थीं। ऐसे दिन आजादी के दिन होते हैं। न

क्लास, न लैब, न कोई जिम्मेदारी। पूरी छूट। खूब मस्ती करो, खाओ-पियो मस्त रहो वाला दिन होता है। जितेन के मन में आया कि एक बार मुड़कर देखें नजारा, पर हिम्मत नहीं हुई।

लड़कियों से बिना आँख मिलाए दोनों बाहर निकल रहे थे। तभी दौड़कर श्रुति आई "जितेन भइया क्या यूनिवर्सिटी बन्द होगी? साइनडाई?"

"नहीं...नहीं, ठीक हो तुम लोग?"

"हाँ...हाँ, हमे कोई जाना नहीं कि सिनेमा गए थे।" वह शरारती हँसी हँस रही थी। जितेन ने फुहारे की तरफ देखा तो लिली, पिया जी, अनामिका, नेहा, रूबी, श्वेता, प्रिया, मोनिका सिंह बैठी हुई हैं। दोनों लड़कियों से नजर बचा के भागे। किसी ने जोर से आवाज दी 'छात्रसंघ जिन्दाबाद' दुबारा मुड़कर देखने की हिम्मत किसी में नहीं थी। दोनों अस्पताल पहुँचे। वहाँ भी डीएम, एस.एस. पी, नेता ढेर सारे लोग जमा थे। दो कैजुएलिटी हो चुकी थी। तनाव था। डीएम ने वीसी से कहा "तीन-चार दिन बन्द रखें यूनिवर्सिटी, फिर सब नार्मल हो जाएगा। हम कर्फ्यू हटा लेंगे।"

सड़क, चौराहों, छात्रावासों, कॉलोनियों के बाहर भीड़ जमी थी। रात के नौ बज रहे थे। प्राक्टर की कार ने घोषणा की "जो भी लोग बाहर सड़क पर हों। घरों, छात्रावासों में जाएँ। एक सौ चौवालीस धारा लागू है। चार से अधिक लोगों के जमा होने पर कानूनी कार्रवाई होगी। गिरफ्तार किया जाएगा। शहर में कर्फ्यू लगा है...।" धीरे-धीरे सड़कें वीरान हो गईं। गहरा सन्नाटा पसर गया। परिसर में सीआरपी, सिविल तथा पीएसी की गाड़ियाँ दौड़ने लगीं। दस बजते-बजते विश्वविद्यालय में गहरा सन्नाटा छा गया। छात्रावासों में चहल-पहल बढ़ गई।

बिरला ब्रोचा से होते हुए हम राजपूताना हॉस्टल आ गए। कैंटीन में खाना खत्म हो चुका था। कहीं से ब्रेड-बटर आया। खाकर चाय पीए। सभी छात्र ट्रांजिस्टर लगाए बैठे थे। हॉस्टल में त्योहार जैसा माहौल था। रात के बारह बज रहे थे। छात्र खबरों के लिए उत्सुक थे।

ज्यादातर छात्र नेता भूमिगत हो गए। बचे-खुचे हॉस्टल-शहर में छुप-छुपाकर आन्दोलन में सक्रिय थे। छोटा सा पुलिस का सिपाही भी जानता है कि वह अंग्रेजी में फेल होता रहा और आगे पढ़ नहीं पाता। सबमें गुस्सा है कि विदेशी हुकूमत के बाद भी अंग्रेजी सबको सता रही है। हॉस्टल में किसी को नींद नहीं आ रही थी। आईटी वालों को मालूम है कि क्लासेस नहीं होगी कल। जितेन को कल की फिक्र है। चपरासी ने बताया मार्कण्डेय, अनिरुद्ध और यदुनाथ कहीं डाफी गाँव में रुके हैं। भोर में मन्दिर पर मिलेंगे। कल का दिन अहम है।

कार्यक्रम भी अहम है, क्योंकि सभी छात्र नेता भूमिगत हो चुके हैं। अब छात्रों को दिशा और कार्यक्रम देना होगा।

यह आकाशवाणी है। संदीप पांडेय से खबर सुनिए। ''आज वाराणसी में भाषा विधेयक के विरोध में निकाले गए जुलूस को भदैनी पर रोके जाने के बाद पुलिस-छात्रों में संघर्ष हुआ। पुलिस ने कई राउंड आँसू गैस के गोले छोड़े। शहर के अन्य भागों गोदौलिया, चौक, मैदागिन, भोजूबीर में छात्रों द्वारा तोड़फोड़ हिंसा के कारण देर शाम कर्फ्यू का प्रशासन द्वारा ऐलान किया गया। लंका, अस्सी, गोदौलिया में छात्रों ने कई पुलिस गाड़ियों, गुमटियों में आग लगा दी। छात्र-पुलिस झड़प में दो दर्जन से अधिक पुलिस, पीएसी वाले घायल हुए। नगर में एक सौ पचास छात्रों एवं नागरिकों को शान्ति भंग के आरोप में गिरफ्तार किया गया। काशी हिन्दू विश्वविद्यालय के बिरला-ब्रोचा छात्रावासों से पचास छात्रों को छात्रसंघ अध्यक्ष एवं महामन्त्री समेत गिरफ्तार कर लिया गया। कर्फ्यू आदेश में सड़क या सार्वजनिक स्थान पर आने या दिखने पर गोली मार देने का आदेश जारी किया गया है।''

"उपद्रव तथा तनाव को देखते हुए काशी हिन्दू विश्वविद्यालय एवं नगर में पुलिस पीएसी की गश्त बढ़ा दी गई है। उत्तर प्रदेश के मुख्यमन्त्री ने हिंसा की निन्दा की और छात्रों से शान्ति एवं धैर्य बनाए रखने की अपील की है। शहर में कर्फ्यू लगने के बाद बड़ी संख्या में पुलिस, पीएसी तैनात कर दी गई है। काशी हिन्दू विश्वविद्यालय को अघोषित तीन दिनों के लिए बन्द रखा गया है।''

हॉस्टल के बाहर पुलिस-प्राक्टोरियल की गाड़ियाँ दौड़ रही थीं। एक सौ चौवालीस धारा की घोषणा हो रही थी। लगभग सभी लड़के हॉस्टल आ चुके थे। भीतर गहमागहमी बढ़ रही थी।

तिरखा के कमरे में मनोज, रवि, निशान्त, अर्जुन और सुबोध जुटे थे। सुबोध ने पूछा "तिरखा क्या हाल है?'' तिरखा इशारा समझ गया बोला "जो सबका हाल है, वही मेरा भी।''

''नहीं-नहीं, तुम आजकल बहुत उड़ रहे हो मालिक।''

सुबोध ने कहा ''चल तिरखा निकाल बोतल तेरी ख्वाहिश पूरी करा दी जाएगी।'' सभी ने समर्थन किया कि वे कश्मीर वाली से मिलवा देंगे। यार अब तो निकाल बोतल?

''एक ही बोतल है। दुकानें बन्द रहेंगी कर्फ्यू में।''

''बस निकाल कल की कल देखी जाएगी। लंका थाने के सिपाही से एक कैरेट मँगवा दूँगा। बोल क्या चाहिए? कौन सा ब्रांड चाहिए?''

तिरखा ने बोतल निकाली। टेबल पर रख दिया। सब खुशी से उछल उठे। अर्जुन कहीं से नमकीन के दो पैकेट लाया। नमकीन को अखबार पर रख दिया गया। शीशों के गिलास आए। सभी ने गिलास उठाकर चेस्स किया। निशान्त ने कहा "बनल रहा राजा तिरखा।" तिरखा चुपचाप देखता रहा। सुबोध ने पूछा "अर्जुन, तुम लंका से आए क्या देखा नजारा?" "यही कि कर्फ्यू ऐलान के बाद लंका पर भगदड़ मच गई। पुलिस लाठी भाँजकर भगा रही थी सबको। भदैनी अस्सी की बात तो मत पूछो। खूब आँसू गैस के गोले छोड़े। सैकड़ों की पिटाई हुई। दो सौ छात्र गिरफ्तार किए गए। कॉफी पुलिसवाले भी चोटिल हुए। शाम को यूनिवर्सिटी में भी पुलिस, पीएसी घुस आई। सड़कों पर सन्नाटा है।"

राना और कुलदीप लथपथ बरामदे से गुजरे। सुबोध ने टोका कहाँ से आ रहे हो तुम दोनों? देखा आधी शर्ट खून से लथपथ। सभी का नशा काफूर हो गया। "इन्हें हॉस्पिटल ले जाना चाहिए।" निशान्त ने चिन्ता जताई। राना ने कहा "कर्फ्यू है।"

"प्राक्टर ऑफिस में फोन करते हैं।" वार्डेन ऑफिस में जाकर निशान्त ने फोन मिलाया "राजपूताना में दो घायल छात्र हैं। इन्हें एम्बुलेन्स भेजकर अस्पताल में प्लीज भर्ती करा दें।" उधर से आवाज आई "अभी कुछ सम्भव नहीं, पर देखता हूँ क्या कर सकता हूँ।" फोन रख दिया।

"बोलो अब क्या करें?"

"मनोज जाकर कपड़े बदलवाओ। फर्स्ट एड हो जाएगा। पट्टी बाँध दी जाएगी... ठीक न जाओ...।"

"अरे! यार मजा किरकिरा हो गया। राणा, कुलदीप लौंडियों के चक्कर में फँसकर पुलिस की मार खाए। बहुत चोट आई चलो देखें हाल।"

"चलते हैं।" निशान्त ने कहा "जरा एक-दो पैग ले लेने दो क्यूँ तिरखा?"

"लो लो यह बोतल तुम्ही लोगों के वास्ते है। आर्मी कैंटीन की बोतल है।" तिरखा ने प्रेमभाव जाहिर किया।

"अरे! यार तिरखा, हम लोग कभी-कभार तुम्हें तकलीफ देते हैं।"

"दोस्तों के लिए कैसी तकलीफ।" धीरे-धीरे सुरूर चढ़ने लगा था। "जानते हो हम लोगों का वार्डेन पांडेय डायरेक्टर का पक्का दलाल और ऐंटी स्टूडेंट है। कैंटीन का खाना हराम का खाता है और दोस्तों को भी खिलाता है। हॉस्टल एलाट करने में पैसा या बड़ा गिफ्ट लेता है। पंडिताइन पूजा करने चली जाती है तो वह छोकरियों को बुलाता है। बीबी के न रहने पर छात्रों से दारू

माँगकर खूब छानता है। हम लोगों पर टेढ़ी नजर रखता है। निशान्त ने कहा “बस किया जाय राणा और कुलदीप को देखा जाय।''

''बस एक पैग लेकर चलते हैं।'' सुबोध चैतन्य हो उठा। गेट पर हलचल हुई। दो गाड़ियाँ आईं किसी प्राक्टर के साथ। गेटकीपर से पूछा ''दोनों लड़के कहाँ हैं, अस्पताल ले जाना है।''

गेट खुलते वे धड़ाधड़ पुलिस के साथ प्राक्टरवाले भीतर पहुँचे। तिरखा घबड़ा गया कि कहीं प्राक्टर-पुलिस न आ जाय। बोतल चौकी के नीचे छिपा दिया। राणा-कुलदीप को साथ लेकर प्राक्टर लौट गया। यह चौथा पैग था। सुबोध को जल्दी चढ़ती है। सुबोध ने कहा ''यार तिरखा एक मुझे भी किसी पंजाबन से सिर्फ मिलवा दो मालिक।'' तिरखा समझ गया कि सुबोध बकेगा बहुत कुछ। वह बगल के कमरे में सोडा वाटर लेने के बहाने खिसक गया। बोतल खत्म होने के बाद सुबोध ने निशान्त से कहा “मेरे कमरे में एक अद्धा बचा है। वही लाते हैं और वह उठ गया।''

अद्धा लाने के बाद सब फिर जम गए। मनोज ने कहा ''मजा आ गया आज।'' तिरखा सोडा वाटर और नमकीन रख गया।

''क्या बात है दोस्त हो तो तिरखा जैसा। क्यूँ रवि?''

उसने सिर हिलाया।

''बोल तिरखा प्यारे।''

''दोस्ती में कुछ भी करूँगा भाई।'' सुबोध ने तिरखा को गले लगा लिया। हॉस्टल के लॉन में आधे से अधिक संख्या में छात्र जुटे थे। सभी बन्द थे हॉस्टल में। विवश थे इस कर्फ्यू को झेलने में। बन्द होना उनकी विवशता थी। हॉस्टल किसी कैदखाने में तब्दील हो चुका था। कमरे में बन्द रहो। न कोई बाहर जा सकता, न आ सकता। जिन्दगी मानो ठहर गई हो। बन्द-बन्द पागल हो जाएगा। सुबोध ने कहा “हम सभी तनहाई में कैद हैं। ऐसी तनहाई जिसमें सब कुछ बन्द है। सिर्फ हमारी साँसें चल रही हैं।'' निशान्त यार बोर हो गए बन्द-बन्द। कल तो मैं निकलूँगा अकेले। चाहे मुझे पुलिस पकड़ ले। दम घुटने से अच्छा है कुछ किया जाय। इससे अच्छा तो जेल है, जहाँ साथी लोग कैद हैं। खूब खा-पी रहे। मस्ती मार रहे हैं। खूब सो रहे हैं। साथ-साथ सोते-जागते, खाते-पीते, सुख-दुख बाँट रहे हैं। नावेल, रामायण, महाभारत, गीता पढ़ रहे हैं। यहाँ तो पिंजड़े में मरो। प्यारे यहाँ पियो, खूब पियो, जी भर क्योंकि हम और कुछ नहीं कर सकते।''

''कहीं निकलने लायक नहीं है। पिटोगे। हाथ-पैर तुड़वाओगे...हाँ दो-तीन बोतल का इन्तजाम करो। पियो और चुपचाप पड़े रहो। साला यदुनाथ भी नाक में दम कर दिया है। कहीं जुलूस धरने में मत जाओ। जिन्दगी बर्बाद हो जाएगी। समझा?

''हाँ समझा।''

आँखों में नींद नहीं। कपुरिया अपने तखत पर बैठ गए। जितेन दूसरे तखत पर। दोनों थके थे। दो बज रहे थे। "क्यूँ जितेन सोया जाय?''

''हाँ सोया जाय।''

"सुबह निकल चलना है, तभी दिनभर की रणनीति बन पाएगी। आन्दोलन को अहिंसक ही रखना होगा। यूनिवर्सिटी खुलते ही धरने पर बैठना होगा। नई रणनीति बनानी होगी। जरूरत पड़ने पर एक सौ चौवालीस धारा तोड़नी होगी।'' बाहर दूर कहीं नारा लग रहा था "लाठी-गोली की सरकार नहीं चलेगी...नहीं चलेगी...जो हमसे टकराएगा...चूर-चूर हो जाएगा...।'' कल अखबारों से पता चलेगा कि कहाँ-कहाँ क्या हुआ। कितने छात्र गिरफ्तार हुए। कितनी जगह लाठी-गोली चली। दोनों की आँखों में नींद गायब थी।

शाम होते-होते जेल की बैरेकें भर चुकी थीं। फिर भी आन्दोलनकारी एक के बाद एक जेल में आ रहे थे। छह बजते-बजते जब जगह भर गई तो पुलिसवाले आन्दोलनकारियों को पुलिस लाइन ले जाकर छोड़ रहे थे। पर वे जाने को तैयार नहीं थे। वे जाते तो भी कहाँ जाते। हॉस्टल बन्द थे। पूरे शहर में एक सौ चौवालीस धारा लागू थी। शहर के अलावा पूर्वांचल में सभी जगह धरना-प्रदर्शन, गिरफ्तारियाँ जारी थीं। बनारस, गोरखपुर, इलाहाबाद, कानपुर, लखनऊ के साथ-साथ बलिया, गाजीपुर, जौनपुर, आजमगढ़, मिर्जापुर, पश्चिमी उत्तर प्रदेश में इटावा, एटा, बुलन्दशहर, बरेली, आगरा, बुन्देलखंड में छात्र आन्दोलन चरम पर था।

जेल भर चुका था। जिला जेलर ने जिलाधिकारी से सेंट्रल जेल में आन्दोलनकारियों को रखने का आग्रह किया। जेल में ढेर सारे नेता जिसमें सांसद, विधायक, छात्रनेता, मजदूर, किसान नेता आ चुके थे। सभी नेताओं के पास मजमा लगा हुआ था। जेल के अधिकारी, कर्मचारी आन्दोलनकारियों के खाने-पीने, रहने की व्यवस्था में मशगूल थे। अचानक इतने लोगों के रहने, खाने-पीने की व्यवस्था करना कठिन चुनौती थी। जेल में ए-बी क्लास के सभी कमरे भर गए थे। सभी

आन्दोलनकारी जोश से लबरेज थे। सभी खाली हाथ थे। न कपड़ा, न झोला। जो कुछ भी था पुलिस ने छीन लिया था। सभी भूखे-प्यासे थे। जेल की चाय आने के पहले राजनारायण जी सभागार में आए तभी फल और मिठाइयाँ बाँटी गईं। खाने-पीने के बाद सभा शुरू हुई। नेता जी ने सम्बोधित करते हुए कहा "प्यारे छात्रो, नौजवानो, किसानो, मजदूरो आज का दिन भारत का एक ऐतिहासिक दिन है। उत्तर प्रदेश की सरकार आज झुक गई है। पूरे उत्तर प्रदेश में अंग्रेजी हटाओ का सत्याग्रह प्रारम्भ हो गया है। अंग्रेज यहाँ से चले गए तो अंग्रेजी भी जानी चाहिए। गुलामी की भाषा में न समाज का विकास होगा, न देश का। आजादी के वर्षों बाद भी हिन्दी और भारतीय भाषाओं को अपना हक हासिल नहीं हो सका। केन्द्रीय सरकार की अपनी कोई राष्ट्रीय भाषा नहीं है। यह शर्म की बात है। अंग्रेजी आज भी रानी बनी हुई है। हमारी छाती पर मूँग दल रही है। हमें यह कतई मंजूर नहीं। मैं भारत सरकार से अपील करता हूँ कि अपनी भाषा नीति पर पुनर्विचार करें। हिन्दी को राष्ट्रभाषा बनाएँ। अब यह आन्दोलन तब तक चलेगा जब तक भारत सरकार हमारी माँगों को न मान ले। साथियो जोश के साथ होश नहीं खोना है। हमारा रास्ता गाँधी का रास्ता है। अब समय आ गया है गाँधी, लोहिया के सपनों को साकार करने का। आगे के आन्दोलन की रणनीति सभी सहयोगी साथियो के साथ मिल-बैठकर सुनिश्चित की जाएगी। धन्यवाद! जय हिन्द, जय समाजवाद।" सभा दूसरे दिन के कार्यक्रम तक विसर्जित हो गई।

जिला जेल में गहरी गहमागहमी थी। चारों तरफ रौनक थी। छोटे-छोटे जत्थों में गप्पें मारते, बहसें करते, छात्रों के गुट दिखाई दे रहे थे। एक हजार से अधिक आन्दोलनकारियों के लिए भोजन की तैयारी शुरू हो गई। जगह-जगह चूल्हे से धुएँ उड़ रहे थे। गोया कोई बड़ा महोत्सव हो? जेल के कैदी और कर्मचारी खुश थे, क्योंकि बात करने, गप्पें मारने का मौका और अच्छा खाना मिलेगा। फूलचन्द और दुखभंजन शर्मा ने मिलकर रसोई घर पर कब्जा कर लिया। रसोई के धुएँ के साथ पकवानों की खुशबू हवा में तैरने लगी। सीमेंट के फर्श पर आन्दोलनकारियों के बिस्तर लग चुके थे। पैताने दो-दो मोटे-मोटे कम्बल रख दिए गए। ठंडी की शाम थी और चाय का दौर जारी था। कैदियों की बैरकों में खुशी की लहर दौड़ गई।

कैदियों से परिचित, अपरिचित लोग मिल रहे थे। आन्दोलनकारी कैदियों का दुख बाँट रहे थे। छात्रों के जेल आने से जेल का नीरस और जल्लादी माहौल खुशनुमा हो गया था। अब जेल के भीतर बत्तियाँ जल उठी थीं। जेल के कसैलेपन में जीवन्तता घुल रही थी। जेल का मुख्य फाटक अब बन्द हो चुका

था। पहरा सख्त हो गया था। सजायाफ्ता कैदी बाहर आकर आन्दोलनकारियों से बातचीत करते, अपना सुख-दुख बयाँ करते। पहरेदारों और बन्दीरक्षकों के लिए यह नया अनुभव था। आन्दोलनकारियों के प्रति उनमें सम्मान और सहयोग का भाव जागृत हो उठा था। जेल की क्लास में कई वरिष्ठ कैदी आते। भाषण सुनते। उनकी दिनचर्या में एकतानता खत्म हुई। अपनी भाषा के प्रति उनमें भी जागरूकता आई।

पहली रात किसी आन्दोलनकारी को नींद नहीं आई। सुबह-सुबह नित्यकर्म के लिए थोड़ी भीड़ रही। सभी नहा-धो जेल का वस्त्र धारण कर नाश्ते के लिए अपने-अपने हॉल में बैठे। नाश्ते में ब्रेड-बटर और चाय थी। फूलचन्द, दुखभंजन ने छुपकर दस-दस ब्रेड खाए। चाय पी और क्लास के लिए राजनारायण जी के कक्ष में आ डटे। दोनों ने देसी घी का दो-दो लड्डू खाया और नेता जी के सामने बैठ गए।

"शाबास! तुम दोनों समय से आ गए हो।" नेता जी खुश थे। उन्हें औरों का इन्तजार था। दस बजने को हैं। नेता जी ने फूलचन्द से पूछा "लोग आ रहे हैं?"

"हाँ आ रहे हैं।"

नेता जी पूरी तरह तैयार थे। उन्हें समाजवाद कंठस्थ था। मार्क्सवाद की परिभाषा भी कंठस्थ थी। अपने भाषण से आज सबको चमत्कृत करने की ठान रखी है। उन्हें मधु जी से ईर्ष्या है। अपनी क्लास जमाना चाहते हैं आज। थोड़ी ही देर में हॉल भर गया। रामसेवक जी, कर्पूरी ठाकुर, जनेश्वर जी आ चुके थे। आनन्द, शतरुद्र, योगेन्द्र, को-मास्टर, परमानन्द, सोभनाथ, मान्हवीशरण, सिन्धुजा, अनिरुद्ध और भी ढेर सारे लोग आसन ग्रहण कर चुके थे। जनेश्वर जी खड़े हुए "साथियो! आदरणीय नेता जी कमाँडर साहब, कर्पूरी जी, रामसेवक जी प्यारे भाइयो और छात्रो आज हम सब लोग यहाँ क्यों जुटे हैं, आप सभी जानते हैं। भारत सरकार की भाषा नीति के विरोध में हमें गिरफ्तार किया गया है। प्रताड़ित और अपमानित किया गया है। हमने दिल्ली में प्रधानमन्त्री और सरकारी नुमाइन्दों को पत्रक दिया है। हिन्दी को वादे के अनुसार राष्ट्रभाषा का दर्जा देने की माँग की। बस यही कसूर था हमारा। गाँधी, अम्बेडकर, डॉ. लोहिया ने हिन्दी को राष्ट्रभाषा का दर्जा देने की अपील की है। डॉ. लोहिया और राजनारायण जी के नेतृत्व में राष्ट्रभाषा की लड़ाई लड़ी जाएगी। मैं आदरणीय राजनारायण जी से अनुरोध करूँगा कि इस सन्दर्भ में अपने विचार रखें।"

"सम्मानित मित्रो एवं प्यारे छात्रो! हम सभी यहाँ गिरफ्तार करके लाए गए हैं। हमें कोई आरोप पत्र नहीं दिया गया। न ही अपराध बताया गया। यह ज़ालिम

तानाशाह सरकार अंग्रेजों के जाने के बाद भी अंग्रेजों की पिट्ठू बनी हुई है। इनके राज में अंग्रेजी महारानी बनी हुई है और हिन्दी नौकरानी। अंग्रेजी किसी चट्टान की तरह हम सबकी छाती पर बैठी हुई है। बच्चे अंग्रेजी में फेल हो रहे हैं। जिस देश की अपनी कोई राष्ट्रभाषा न हो, वह देश कैसे विकास कर सकता है? साथियो! हमें विदेशी भाषा की अनिवार्यता हटानी है। यह लड़ाई लम्बी है, पर लड़ी जाएगी। एक दिन आएगा जब अंग्रेजपरस्त कांग्रेस की हुकूमत खत्म हो जाएगी। तब हिन्दी को उसका हक मिलेगा। हम अपने हक हुकूक के लिए लड़ते रहेंगे। धन्यवाद।'' नेता जी अपने आसन पर बैठ गए। नेता जी के भाषण के बाद छात्रों की ओर से शतरुद्र ने एक प्रस्ताव रखा। "इस सभा के माध्यम से हम प्रस्ताव लाते हैं कि जब तक हिन्दी और भारतीय भाषाओं को भारत सरकार कामकाज की भाषा का दर्जा नहीं देती, हमारा आन्दोलन शान्तिपूर्ण ढंग से जारी रहेगा। हम अंग्रेजी के सार्वजनिक प्रयोग का पूर्ण बहिष्कार करेंगे। हम अपना कामकाज अंग्रेजी के बजाय हिन्दी में करेंगे।'' सभा के बाद जल-जलपान का दौर चला भीड़ देखकर नेता जी प्रसन्नचित और गद्‌गद थे।

जेल के दूसरे हॉल 'ब' में मधुलिमये और जार्ज की सभा चल रही थी। हॉल ठसाठस भरा हुआ था। बाहर मिलनेवाले छात्र, कैदी और बन्दीरक्षक सभी भाषण सुन रहे थे। कार्यकर्त्ता आज दो ध्रुवों में बँटे हुए थे। मधु जी लोकसभा के हीरो थे। लोकसभा में उनकी बात सुनी जाती थी। आन्दोलनकारियों को उम्मीद थी कि उनकी माँगों को मधु जी लोकसभा में उठाएँगे। अपने सम्बोधन में मधु जी ने कहा "साथियो! आज देश के बड़े हिस्से में हिन्दी और भारतीय भाषाओं को लेकर आन्दोलन जारी है। पूरे उत्तर भारत में बड़े पैमाने पर गिरफ्तारियाँ हुईं। सरकार ताकत के बल पर जनभावनाओं को कुचल रही है। एक स्वतन्त्र राष्ट्र की अपनी भाषा होनी चाहिए, जो अब तक नहीं बन पाई है। कांग्रेस आज भी अंग्रेजी को बनाए रखने का उपक्रम कर रही है। दुनिया के तमाम मुल्कों की अपनी भाषाएँ हैं। दुनिया के तमाम मुल्क अपनी भाषा के माध्यम से कला साहित्य, विज्ञान, टेक्नोलॉजी, जनसंचार के क्षेत्र में सफलता हासिल किए हैं। भारत सरकार को अपनी भाषा नीति में पुनर्विचार कर राजभाषा विधेयक को वापस लेकर हिन्दी एवं भारतीय भाषाओं को मान्यता देनी चाहिए। जब तक अपनी राष्ट्रभाषा नहीं होगी देश का चतुर्दिक विकास सम्भव नहीं है। मैं छात्रों और नौजवानों की शिक्षा, बेरोजगारी की समस्याओं को संसद में उठाऊँगा। भाषा के सन्दर्भ में सांसदों से विचार-विमर्श कर संसद के समक्ष विशाल प्रदर्शन किया जाएगा। धन्यवाद।'' मधु जी के भाषण के बाद अन्य नेताओं के भाषण को सायंकालीन सत्र के लिए सुनिश्चित किया गया।

सभी दोपहर के खाने की ओर मुखातिब हुए। आज मटन बना हुआ है। मटन की खुशबू दूर तक आन्दोलनकारियों को अधिक प्रभावित कर रही थी। खासकर बिहारी छात्र अधिक उत्साहित थे। छोटे-बड़े नेता, कार्यकर्त्ता, छात्र और अनेक मुलाकाती पंक्तियों में बैठ गए। कैदी, रसोइए, बन्दीरक्षक के साथ फूलचन्द, दुखभंजन खाना परोसने में सहयोग कर रहे थे। शाकाहारियों की अलग जमात थी। उसमें सरजूपारी के अलावा कुछ पंक्ति पावन ब्राह्मण भी थे। एकाध पंडित साथ में शुद्ध घी का डब्बा लाए थे। सभी भोजन पर टूट पड़े।

आन्दोलनकारियों के परिवार के ढेर सारे लोग खाने-पीने, फल-मिठाइयों के साथ दूसरे हॉल में प्रतीक्षारत थे। हर दिन दोपहर खाने के बाद आन्दोलनकारियों में फल-मिठाइयाँ बाँट दी जाती हैं। वरिष्ठ नेता अपने भाषण के बाद मिठाइयाँ बाँटते हैं। इन दिनों खाने-पीने का दौर चल रहा है। सिगरेट, पानवाले बन्दीरक्षकों को पैसा देकर मँगाते हैं। सिर्फ शराब का टोटा है। भाँग, पान, मसाला, सुर्ती की कमी नहीं। खाने-पीने के बाद कुछ लोग खूब सोते हैं।

आज शाम की सभा अहम है। उसमें आगे का कार्यक्रम तय होना है। अब जेल से आन्दोलन के कार्यक्रम को निर्देश मिलेगा। कॉलेज, स्कूल बन्द होने पर आन्दोलन थोड़ा शिथिल हो रहा है, परन्तु छात्र संघर्ष समितियाँ, गैरकांग्रेसी पार्टियाँ सक्रिय हैं। आनन्द, शतरुद्र आन्दोलनकारियों को शाम की सभा का एजेंडा बता रहे हैं। छह बजे सभागार में इकट्ठा होने का आग्रह कर रहे हैं। प्रदेश की संविद सरकार भाषा के प्रति उदार है, पर मुख्यमन्त्री किसी कीमत पर हिंसा के खिलाफ हैं। मुख्यमन्त्री ने अपने वक्तव्य में राजनीतिक दलों, छात्रों से शान्ति, संयम बनाये रखने की अपील की है।

मुख्यमन्त्री ने प्रदेश के सभी जिलाधिकारियों को निर्देशित किया है कि शहर एवं जिले में कानून व्यवस्था का कड़ाई से पालन हो। एक सौ चौवालीस धारा सभी जिलों में लागू रहेगी।

बनारस के जिलाधिकारी, पुलिस कप्तान ने जिला जेल का मुआयना किया। जेल अधिकारियों को आवश्यक निर्देश दिए और जेलर ने बताया कि "जेल में शान्ति है। सब कुछ नियमानुसार ठीक-ठाक चल रहा है।''

मुलाकातियों की भीड़ दिन ब दिन बढ़ रही थी। दिनभर में दो-तीन सौ मुलाकाती आते। अपने लोगों से मिलकर जाते। आन्दोलन पूर्वांचल के सुदूर कस्बों, गाँवों तक फैल चुका था। तमाम दुकानों के अंग्रेजी बोर्ड या तो बदल दिए गए, नहीं तो तोड़ दिए गए। कुछ पर अलकतरा पोत दिया गया। पूरे यूपी, बिहार, मध्यप्रदेश, राजस्थान, दिल्ली यानी लगभग पूरे उत्तर भारत में आन्दोलन

की लहर फैल चुकी थी। कई स्थानों पर हिंसा और पुलिस-छात्र झड़पें हुईं। हजारों की संख्या में गिरफ्तारियाँ हुईं। तमाम स्थानों पर स्कूल, कॉलेज बन्द कर दिए गए। दिल्ली सरकार अभी भी भाषा के मुद्दे पर तनी हुई है। किसी भी तरह झुकने को तैयार नहीं है। उसे सिर्फ वोट बैंक की चिन्ता है। भारत सरकार के गृहमन्त्री का बयान आया है कि "मैं देश के सभी दलों विशेषकर छात्रों से अपील करता हूँ कि वे धैर्य एवं संयम बनाए रखें और हिंसा से दूर रहें। भाषा विधयेक के सन्दर्भ में सरकार छात्रों तथा राजनीतिक प्रतिनिधियों से विचार-विमर्श कर समाधान निकालेगी।''

दिन पर दिन जेल में आन्दोलनकारियों की भीड़ बढ़ रही थी। रोज कुछ न कुछ आन्दोलनकारी गिरफ्तार होकर जेल में आते। उनके आते ही छात्रों में उत्सुकता, उत्तेजना बढ़ जाती। आन्दोलनकारियों के साथ बाहर की सही खबरें जेल के भीतर आतीं। जेल का नजारा ही पूरी तरह बदल गया था। बैरक के बाहर-भीतर आन्दोलनकारियों की भीड़ बढ़ गई थी। जेल में एक ओर आन्दोलनकारी तो दूसरी ओर बाहुबलियों, अपराधियों, माफियाओं का बोलबाला है। उनके लिए सब कुछ मुहैया कराया जाता है। सिगरेट, पान, पान-मसाला, भाँग, शराब, उन्हें अपने मन का खाना मिलता। वे रेडियो सुनते। जब मन होता बैरक से जिला अस्पताल में भर्ती हो जाते। जैसे नेता जेल से आन्दोलन का संचालन करते, उसी तरह वे जेल से गैंग चलाते। गुर्गों को निर्देश देते। बाहर की तुलना में जेल उनके लिए अधिक सुरक्षित है। महीने में अपराधियों का अपने परिवारजनों से दो दिन मिलान होता। जिसमें कैदियों का घर-परिवार, मित्र तमाम उपहारों के साथ मिलने आते। मिलान में स्त्रियाँ जोर-जोर से विलाप करतीं। छाती पीटतीं, रोती-कलपतीं जेल का माहौल कभी-कभी अचानक कारुणिक बन जाता है। कैदी उन्हें जल्दी छूट जाने का आश्वासन देता। तीन सौ दो में फँसाए गए बबुरी के आशा सिंह आजकल खुश हैं आन्दोलनकारियों से मिलकर। उन्हें उम्मीद है कि समाजवादी उन्हें सही न्याय दिलाएँगे और वे जल्दी छूट जाएँगे। प्रतिदिन आशा सिंह बैरक से निकलकर नहा-धोकर हनुमान जी पर मत्था टेकते हैं। राजनारायण जी का अभिवादन करते फिर छात्रनेताओं के साथ नीम के पेड़ के नीचे बैठ जाते। घंटों गप्प मारते। दुख-सुख बाँटते। छात्रों को फल और मिठाई खिलाते।

जेल में छात्रों की सहानुभूति कैदियों के प्रति बढ़ती जा रही थी। लगभग हर दिन उनसे मुलाकात होती। बातें होतीं। कैदियों को छात्र ढ़ाँढ़स दिलाते। कैदियों को उम्मीद बनती कि राजनीतिक दबाव और प्रभाव से वे रिहा हो सकते हैं।

छूटने पर वे सब सभ्य इनसान बनना चाहते हैं। उनका संकल्प है कि अब आगे कभी अपराध नहीं करेंगे।

अब शाम को सभा का समय शुरू होनेवाला है। क्लास शुरू होने से पहले गाँधी, लोहिया, मार्क्स और आचार्य नरेन्द्र देव के साहित्य बाँटे जाते हैं। अब चलते हैं राजनारायण जी की सभा की ओर। वहाँ बाहर आनन्द कुमार, शतरुद्र दरवाजे पर खड़े थे। आगन्तुकों का अभिवादन कर रहे थे। राजनारायण जी और मधु जी के बीच गहरी राजनीतिक होड़ मची थी। आज मधु जी भारी पड़ रहे थे। मधु जी के सभागार के मुख्य दरवाजे पर विजयनारायण, को-मास्टर, राधेश्याम खड़े थे। लोग धीरे-धीरे जुट रहे थे। मधु जी के भाषण का जादू छात्रों पर नशे की तरह छाया हुआ था। सभागार के भीतर सत्यदेव त्रिपाठी, मोहन सिंह, नरेन्द्र गुरू, मुख्तार अनीस, राजकुमार जैन आसन जमा चुके थे। खबर आई कि इलाहाबाद, लखनऊ, गोरखपुर, पटना, कानपुर, आगरा, गाजियाबाद में छात्रों के जुलूसों को तितर-बितर करने के लिए आँसू गैस के गोले छोड़े गए। पुलिस ने लाठीचार्ज किया। पुलिस ने एक सौ चौवालीस धारा के साथ-साथ कई शहरों में कर्फ्यू का एलान किया। जेल में सन्नाटा छा गया। लोग जेल की ऑफिस की ओर लगकर खबर सुनने लगे "यह आकाशवाणी है। आज उत्तर प्रदेश के चार जिलों वाराणसी, इलाहाबाद, गोरखपुर, लखनऊ में एक सौ चौवालीस धारा के साथ कर्फ्यू लागू कर दिया गया है। अभी तक पुलिस ने पाँच सौ से अधिक छात्रों, नागरिकों को गिरफ्तार कर लिया है। छात्र-पुलिस झड़प में चार दर्जन पुलिस, पीएसी वाले घायल हुए हैं। तमाम शहरों, कस्बों में तोड़फोड़, आगजनी की घटनाएँ अभी जारी हैं। प्रदेश के मुख्यमन्त्री ने छात्रों, नागरिकों से शान्ति बनाए रखने की अपील की है। प्रदेश के जिलाधिकारियों को कानून व्यवस्था बनाये रखने का निर्देश जारी किया गया है।''

जेलर के कार्यालय के बाहर भीड़ जमा थी। अचानक राजनारायण जी, शतरुद्र, जितेन और आनन्द को लेकर जेलर के ऑफिस में घुस गए और कुर्सी पर बैठ गए। उन्होंने जेलर से कहा "मुख्यमन्त्री जी को फोन लगाओ।''

"जी सर! फोन मिलने पर जेलर ने चोंगा राजनारायण जी को पकड़ा दिया।''

"जी मैं राजनारायण वाराणसी जिला जेल से बोल रहा हूँ।''

"नमस्कार, हाँ बताइए राजनारायण जी कैसे हैं?''

''जेल में हूँ''

"चौधरी साहब आपके रहते प्रदेश में छात्रों, नागरिकों पर लाठी, गोली बरस रही है।''

"राजनारायण जी छात्रों को अनुशासन और काबू में रखिए। मैं कानून व्यवस्था को बिगड़ने नहीं दूँगा।''

"पुलिस का गुंडाराज चलाना चाहते हैं आप?''

"नहीं, मैं शान्ति, अमन चाहता हूँ। भाषा समस्या का हल मिल बैठकर निकाल लिया जाएगा।''

"जेल से छूटूँगा तभी तो आ पाऊँगा।''

"तत्काल आप रिहा कर दिए जाएँगे।''

"बाकी छात्रों का क्या होगा?''

"शान्ति बहाल होते ही उन्हें एक सप्ताह के भीतर रिहा कर दिया जाएगा।'' लखनऊ आइए, बैठकर सभी मसलों को हल कर लिया जाएगा। सरकार तो आपकी है। समाधान भी आपको निकालना है। चौधरी साहब, ''धन्यवाद चौधरी साहब।'' राजनारायण जी का चेहरा खिल गया।

जेलर के कार्यालय के बाहर छात्रों का हुजूम जमा था। छात्रों ने नारा लगाया "राजनारायण तुम संघर्ष करो, हम तुम्हारे साथ हैं।''

"हमारा नेता कैसा हो... राजनारायण जैसा हो... छात्र एकता जिन्दाबाद... जिन्दाबाद...।''

जेल परिसर में अँधेरा छा चुका था। रोशनी पत्तों से छनकर आ रही थी। हवा में नरमी थी। ठंडक आहिस्ते-आहिस्ते घुल रही थी। सभी छात्र राजनारायण जी को लेकर सभा भवन में पहुँच गए। सभा-भवन में पहले से मधुलिमये, जार्ज, कर्पूरी ठाकुर, आनन्देश्वर जी वगैरह नेता मौजूद थे। बाहर जेल अधिकारी गहरे तनाव में चहलकदमी कर रहे थे। उन्हें जेल में बवाल की आशंका थी। जिला प्रशासन ने जेल के बाहर एहतियातन एक कम्पनी पी.ए.सी. तैनात करा दी।

राजनारायण जी ने मधु जी को सम्बोधित करने का आग्रह किया। मधु जी ने कहा "साथियो! आज का दिन उत्तर भारत का काला दिन है। देश के तमाम हिस्सों में हमारे प्यारे छात्र और भाई पुलिस द्वारा पीटे जा रहे हैं। उनके साथ जोर-जुल्म हो रहा है। उत्तर प्रदेश में पुलिस का तांडव जारी है। हम आजाद मुल्क में अपनी भाषा के लिए संघर्ष कर रहे हैं। बदले में हमें, हमारे बच्चों को लाठी, गोली मिल रही है। यह कृत्य लोकतन्त्र में सरकार के लिए बेहद शर्मनाक है। उत्तर प्रदेश में संविद सरकार छात्रों, किसानों, मजदूरों पर लाठी, गोली चलाए कहाँ का आदर्श और नैतिकता है। यदि यह बन्द नहीं हुआ तो हम लाठी, गोली का समर्थन नहीं करेंगे।'' राजनारायण की तरफ देखते हुए उन्होंने ऊँची आवाज में कहा "भाषा के मुद्दे पर सरकार जनता की बात नहीं

सुनती तो हमारी पार्टी सरकार से हट जाएगी। यह फैसला हमारे वरिष्ठ सहयोगी मिलकर करेंगे।''

मधु जी ने राजनारायण जी को सभा सम्बोधित करने का आग्रह किया। हॉल खचाखच भरा था। राजनारायण जी पूरे उत्साह के साथ बोले "छात्रो और साथियो! मैं मधु जी के सुझाव से सहमत हूँ। हिन्दी और भारतीय भाषा के मुद्दे पर हम सत्ता का मोह त्याग देंगे।'' गरजती आवाज में सत्ता को ललकारते हुए उन्होंने कहा "हे चौधरी साहब कान खोलकर सुन लो। अगर सूबे में गोलीबारी, अत्याचार, पुलिस तांडव नहीं रुका तो प्रदेश में ईंट से ईंट बजा देंगे। सब कुछ ठप्प कर दिया जाएगा। जनता सड़क पर आ जाएगी। चौधरी साहब मान लो हमारी बात, नहीं तो बहुत पछताओगे। हम लोग गाँधी, लोहिया के लोग हैं। हम अहिंसा के रास्ते चलना चाहते हैं। अगर हमें हिंसा के द्वारा दबाने की कोशिश की जाएगी, तो उसका प्रतिकार करेंगे। केन्द्र व प्रदेश की सरकारों से मेरी विनम्र अपील है कि हठवादिता छोड़कर भाषा विधेयक को वापस लें। हिन्दी और भारतीय भाषाओं को उनका हक मुहैया कराएँ। जब तक सरकार हमारी जायज माँगों को स्वीकार नहीं करती, तब तक हमारा आन्दोलन जारी रहेगा।''

अब जार्ज की बारी थी। जार्ज साहब ने कहा "कांग्रेस सरकार की नीतियाँ जनविरोधी, छात्र विरोधी हैं। कांग्रेस विदेशी भाषा की आज भी पिट्ठू बनी हुई है। कांग्रेस गुलामी की भाषा को जनता पर थोपना चाहती है। हमें यह स्वीकार नहीं। एक आजाद मुल्क की अपनी भाषा होनी चाहिए। वह हिन्दी ही हो सकती है। अंग्रेजी से मुक्ति के लिए हमें छात्रों, नौजवानों, मजदूर, किसानों को लामबन्द करना होगा। मुझे उम्मीद है कि पार्टी के वरिष्ठ नेताओं के हस्तक्षेप से उत्तर भारत में हिन्दी को अपना हक मिलेगा। पर हिन्दी के साथ ही हमें भारतीय भाषाओं का भी विकास करना है। धन्यवाद।''

बिहार के वरिष्ठ समाजवादी नेता कर्पूरी ठाकुर ने कहा "हिन्दी हमारी मादरी जबान है। हमारे ऊपर अंग्रेजी को थोपना लोकतन्त्र में अन्याय है। इस अन्याय को अब अधिक सह पाना सम्भव नहीं रह गया है। मैं इस आन्दोलन का समर्थन करता हूँ और वादा करता हूँ कि पूरे बिहार में हिन्दी में कामकाज के व्यवहार के लिए व्यापक आन्दोलन चलाया जाएगा। मैं केन्द्रीय तथा प्रादेशिक सरकारों के दमन की निन्दा करता हूँ। अपील करता हूँ कि भारत सरकार भाषा विधेयक को वापस कर हिन्दी एवं भारतीय भाषाओं के साथ न्याय करे। मुझे उम्मीद है कि बनारस के छात्रों व नागरिकों के आन्दोलन की कुर्बानी देश के छात्रों, नागरिकों के लिए उम्मीद की किरण है।''

जनेश्वर जी ने कहा "अंग्रेजी बासी पूड़ी के समान है। उसे हम पचा नहीं सकते। जिस तरह सड़ी पूड़ी को फेंक देना चाहिए, उसी तरह अंग्रेजी को फेक दिया जाय। हमें सरकार की मान्यता की जरूरत नहीं। हम खुद हिन्दी को राष्ट्रभाषा घोषित करेंगे। हम तय करेंगे कि हमारी भाषा क्या होगी।''

तय हुआ कि आन्दोलन के अगले चरण की नीति कल दिन में सुनिश्चित की जाएगी। गैरकांग्रेसी दलों के साथ राजनारायण जी, मधु जी इसकी घोषणा करेंगे। जेलर और अन्य अधिकारी, कर्मचारी निश्चिन्त हुए। अब वो रात को ठीक से सो पाएँगे। अब थोड़ी देर में खाने का समय हो जाएगा। छात्र गाँधी, लोहिया की भाषा नीति पर बहस कर रहे थे। कई छात्र ऐसे भी थे, जो समाजवाद या गाँधी, लोहिया के बारे में कुछ भी नहीं जानते थे। नेताओं की सायंकालीन कक्षाओं से छात्र कॉफी कुछ अर्जित कर रहे थे। सभा के बाद उन्हें कुछ पुस्तकें और लिफलेट्स मिल रहे थे। आज की सभा से छात्रों में नया उत्साह और नए विश्वास का संचार हुआ है। कॉफी कुछ कर गुजरने की तमन्ना बनी है। सभी थाली, कटोरी लेकर खाना खाने के लिए पंगत में बैठ गए। जेल की बत्तियाँ जल चुकी थीं। छात्रों में भाषा सम्बन्धी मुद्दे पर बहस जारी थी।

रात को खाना खाने के बाद कुछ लोग पान जमा रहे थे। कुछ सिगरेट पी रहे थे। कुछ जोर-जोर से ठहाका लगा रहे थे। को-मास्टर जितेन को लेकर आए, मन्दिर के पास बैठ गए। उन्होंने कहा "शतरुद्र, आनन्द के साथ बैठकर 'अंग्रेजी हटाओ' का एक प्रारूप बना लें, ताकि कल की घोषणा में उसे भी पारित करवा लिया जाय।''

"ठीक है, दिन में बन जाएगा।''

"दस्तावेज बनने पर मधु जी के पास चलेंगे। आगे बात की जाएगी।''

रात को ही जितेन ने शतरुद्र के साथ मिलकर दस्तावेज तैयार कर लिया। मुख्तार, अनीस मिठाई बाँटते निकल रहे थे। मुस्कुराए "अरे! भाई रात को कौन-सा पत्रक बना रहे हो, तुम लोग?''

"मुख्तार भाई मधु जी को एक प्रस्ताव देना है।''

"हाँ-हाँ जरूर दीजिए, हमें पत्रक से डर लगता है भाई।''

"अरे! मुख्तार भाई आप तो पत्रकबाज नेता रहे हैं?''

"पार्टी में रहना है तो प्रत्रक प्रस्ताव दस्तावेज बनाना ही है।''

मुख्तार की हँसी पूरे जेल परिसर में कौंध गई।

"विद्वानों से डर लगता है'' वे मुस्कुराए और मिठाई का पैकेट रखकर चले गए। ज्यादातर लोग कम्बलों पर लेट गए। ठंड बढ़ रही थी। बाहर पेड़

के नीचे कुछ छात्रनेता अलाव ताप रहे थे। यहाँ जेल सजा नहीं, सैरगाह साबित हो रही थी। अच्छा नाश्ता, अच्छा खाना, सोना, आजादी और क्या चाहिए समाजवादियों को।

कल केन्द्रीय सभागार में आगामी कार्यक्रम की बैठक आयोजित है। वरिष्ठ नेताओं में मन्त्रणा के बाद राजनारायण जी ने घोषणा की कि "अगले सप्ताह पूरे उत्तर प्रदेश में काला दिवस मनाया जाएगा। फिर मौन धरना होगा। फिर अगले पखवारे में 'संसद चलो' कार्यक्रम में संसद को घेरा जाएगा। हमारा आन्दोलन सिविलनाफरमानी के सिद्धान्त पर चलेगा। हमारा रास्ता लोकतान्त्रिक और अहिंसात्मक रहेगा।'' राजनारायण जी के बाद मधु जी ने घोषणा की कि "जेल से छूटने के एक महीने बाद काशी में अंग्रेजी हटाओ सम्मेलन आयोजित किया जाएगा। इस सम्मेलन में राष्ट्रीय स्तर पर व्यापक आन्दोलन चलाने पर विचार-विमर्श किया जाएगा। 'संसद घेरो' कार्यक्रम में बाकी सांसदों के साथ एक बड़ा प्रदर्शन आयोजित किया जाएगा, जिसमें देशभर के छात्रों, नौजवानों, मजदूरों एवं किसानों को आमन्त्रित किया जाएगा।''

सुबह अखबारों में ढेर सारी खबरों के कारण अखबार कई समूहों में बँट जाता था। शाम होते-होते अखबार के पन्ने फट जाया करते थे। पढ़नेवाले टुकड़ों को लेकर पढ़ते रहते। समाचार-पत्रों के अनुसार आन्दोलन पूरे उत्तर भारत में फैल गया था। हिन्दी पट्टी के अलावा दक्षिण में हैदराबाद और केरल में भी आन्दोलन फैला। जुलूस निकले, सभाएँ हुईं। बाँहों पर काली पट्टियाँ बाँधी गईं। राजधानी में दिल्ली विश्वविद्यालय के बाहर राजकुमार जैन के नेतृत्व में प्रदर्शन हुआ। जुलूस निकाला गया। सभी स्कूल कॉलेज बन्द करा दिए गए। कनाटप्लेस तथा दिल्ली के कुछ स्थानों पर साइनबोर्ड तोड़े गए। कुछ गाड़ियों और शोरूम के शीशे टूटे। दिल्ली में हिंसा के बाद संसद भवन के आसपास एक सौ चौवालीस धारा लागू कर दी गई। दिल्ली में पुलिस को पूरी तरह एलर्ट कर दिया गया।

आज विपक्ष ने संसद नहीं चलने दी। खासकर समाजवादी पार्टी एवं भारतीय जनसंघ के सदस्यों ने हिन्दी को राष्ट्रभाषा बनाने की माँग की। विपक्ष के सांसदों ने अटल विहारी वाजपेई के नेतृत्व में संसद के बाहर धरना दिया। धरने पर तय किया गया कि "आगे मिल-बैठकर भारत बन्द का ऐलान होगा।'' चूँकि हिन्दी के साथ अन्य भारतीय भाषाओं को विकसित करने, शिक्षा तथा कामकाज की भाषा बनाने की माँग के कारण अन्य भारतीय सांसद धरने में शामिल हो गए। सी.पी.एम., सी.पी.आई. की स्पष्ट भाषा नीति न होने के कारण उनकी सक्रियता नहीं दिखी। तमिलनाडु को छोड़कर लगभग सभी प्रान्तों के

सांसद धरने में शामिल हुए। लगभग सभी सांसदों ने कांग्रेस सरकार की भाषा नीति की कड़ी निन्दा की। भाषा विधेयक को वापस लेने की माँग की।

दूसरी तरफ आकाशवाणी से खबरें प्रसारित हो रही थीं "तमिलनाडु में बड़े पैमाने पर हिन्दी के विरोध में धरना-प्रदर्शन हुए। तमिलनाडु के कई हिस्सों में हिन्दी का पुतला जलाया गया और अंग्रेजी के समर्थन में पोस्टर लगाए गए। कांग्रेस सरकार को आगाह किया गया कि यदि हिन्दी को राष्ट्रभाषा लागू किया गया तो राष्ट्रीय एकता खतरे में पड़ जाएगी और देश टूट जाएगा। प्रधानमन्त्री, गृहमन्त्री ने पत्रकार-सम्मेलन के माध्यम से देश की जनता से शान्ति एवं संयम बनाए रखने की अपील की है। आश्वासन दिया कि सभी दलों के सहयोग से भाषा के मसले का सर्वसम्मत समाधान निकाला जाएगा।'' दिल्ली में प्रतिपक्ष के नेताओं ने कांग्रेस सरकार पर अंग्रेजी को लेकर भेदभाव और अन्याय का आरोप लगाया। कहा "कांग्रेस जबर्दस्ती जनता पर गुलामी की भाषा अंग्रेजी को थोपना चाहती है। हम सभी इस भेदभाव, अन्याय और तानाशाही की कड़ी निन्दा करते हैं। सरकार से माँग करते हैं कि भाषा विधेयक को वापस ले ले।''

"आज भी वाराणसी में कर्फ्यू जारी रहा। हिंसा और आन्दोलन के कारण सभी शिक्षण संस्थाओं को एक सप्ताह के लिए बन्द कर दिया गया है। काशी हिन्दू विश्वविद्यालय, काशी विद्यापीठ, संस्कृत विश्वविद्यालय में अंग्रेजी का पुतला फूँका गया। भदोही, ज्ञानपुर, चन्दौली में छात्रों ने जगह-जगह जुलूस निकाला। प्रधानमन्त्री का पुतला फूँका गया। पूर्वांचल तथा पूरे उत्तर भारत में विरोध, धरना-प्रदर्शन जारी है।''

"कर्फ्यू के कारण लंका, अस्सी, गोदौलिया, लहुराबीर, मैदागिन की राजनीतिक अड़ियाँ बन्द हैं। सिर्फ भीतरी गलियों में लोगों का आना-जाना बना हुआ है। हिंसा तथा तोड़फोड़ के कारण शहर एवं जिले में बड़े पैमाने पर गिरफ्तारियाँ हुईं। शहर के भीतर और बाहर सभी संवेदनशील स्थानों पर पुलिस, पी.ए.सी. की गश्त बढ़ा दी गई है। अन्तिम बुलेटिन जारी करने तक वाराणसी आसपास हिंसा एवं तनाव बना हुआ है।'' आमजन को समाचार-पत्रों पर भरोसा है। इन दिनों अखबारों में खबरों की होड़ है। बनारस में सब कुछ ठप्प है। जीवन जैसे रुक सा गया है। जड़ हो गया है। कर्फ्यू के कारण बनारस जो कभी रुकता नहीं। सोता नहीं। पर इस समय रुका हुआ है। उसकी समूची दिनचर्या पर पूर्ण विराम लग गया है। एक जिवन्त शहर अवसादग्रस्त हो गया।

लखनऊ में मुख्यमन्त्री ने आनन-फानन में मन्त्रिमंडल की बैठक आहूत की। बैठक में सरकारी, गैरसरकारी कामकाज के लिए हिन्दी को अनिवार्य

बनाने का प्रस्ताव पारित किया गया। उच्च शिक्षा में अंग्रेजी की शैक्षिक बाध्यता को समाप्त किया गया। शिक्षा एवं सरकारी प्रतिष्ठानों में कामकाज के लिए सर्वसम्मत से हिन्दी भाषा को स्वीकार किया गया। मन्त्रिमंडल की बैठक के बाद मुख्यमन्त्री ने प्रेसवार्ता में संवाददाताओं से कहा "पूरे प्रदेश में कानून व्यवस्था पूर्ण नियन्त्रण में है। किसी भी कीमत पर हिंसा को छूट नहीं दी जाएगी। राजभाषा संशोधन अधिनियम के सन्दर्भ में केन्द्रीय सरकार से हिन्दी को राष्ट्रभाषा का दर्जा देने की अनुशंसा की जाएगी। हिन्दी के साथ ही अन्य भारतीय भाषाओं को पूरा संरक्षण प्रदान किया जाएगा। उनके पठन-पाठन, साहित्य के विकास के लिए मुकम्मल व्यवस्था की जाएगी।''

संवाददाता ने पूछा "प्रदेश में अब तक दस हजार छात्र गिरफ्तार हैं। पाँच सौ घायल हैं। ऐसी स्थिति में आपकी नीति क्या है?''

"प्रदेश में शान्ति व्यवस्था कायम होने पर कर्फ्यू उठा लिया जाएगा। गिरफ्तार छात्रों को जेल से रिहा कर दिया जाएगा।''

संवाददाता "छात्रों की माँगों से आप कहाँ तक सहमत हैं?''

"हाँ, हिन्दी को राष्ट्रभाषा का हक मिलना चाहिए।''

"आप अपने यहाँ हिन्दी में कामकाज के लिए कानून लागू करिए?''

"आदेश दे दिए गए हैं।''

संवाददाता ने पूछा "संविद सरकार को इस आन्दोलन से खतरा है क्या?''

"कोई खतरा नहीं है।''

"आपके मन्त्री श्री प्रभुनारायण सिंह दिल्ली में संसद घेरो मार्च में शामिल होने जा रहे हैं। आपका क्या कहना है?''

"उन्हें बतौर मन्त्री मार्च में शामिल नहीं होना चाहिए।''

"यदि संसोपा संविद सरकार से हट जाएँ तो आप अल्पमत में आ जाएँगे। इस्तीफा देंगे?''

मुख्यमन्त्री ने दृढ़ता से कहा "सरकार बनी रहेगी। संसोपा हमारे साथ है। मैं कांग्रेस की चाल सफल नहीं होने दूँगा।''

"आप केन्द्रीय सरकार को चुनौती देंगे?''

"केन्द्रीय सरकार को चुनौती देने का प्रश्न नहीं है। प्रश्न नीति का है। मैं वार्ता से समस्याओं को सुलझाऊँगा।''

आखिरी प्रश्न "वाराणसी गोली कांड के बाद आपको नैतिकता के आधार पर इस्तीफा नहीं दे देना चाहिए?''

उन्होंने कहा "मैं इस्तीफा क्यों दूँ। इस्तीफे का कोई प्रश्न ही नहीं उठता। सरकार पूर्ण बहुमत में है।" इसी बीच मुख्यमन्त्री अचानक उठ गए। हाथ जोड़कर सभी पत्रकार भाइयों को धन्यवाद दिया। वे मुड़े और अपने भीतरी कक्ष में चले गए।

विधानसभा के बाहर गैर कांग्रेसी दलों का प्रदर्शन जारी था। भारी पुलिस बल विधानसभा को घेरे हुए था। आज लखनऊ में कई स्थानों पर खूब प्रदर्शन हुए। पुलिस ने लाठियाँ भाँजी। विभिन्न स्थानों से दो सौ से अधिक लोगों की गिरफ्तारियाँ हुईं। मुख्यमन्त्री के सूचना प्रसारण मन्त्री ने एक प्रेस वक्तव्य में बताया "अगले दिन मुख्यमन्त्री ने सभी दलों के प्रतिनिधियों की बैठक बुलाई है। बैठक में भाषा नीति का खुलासा करेंगे।"

शाम होते-होते सरकार ने पूरे प्रदेश में हाईअलर्ट घोषित कर दिया। सभी जिला प्रशासन को कानून व्यवस्था एवं शान्ति बनाए रखने के सख्त आदेश दे दिए गए। मुख्यमन्त्री देर रात तक वरिष्ठ मन्त्रियों एवं वरिष्ठ अधिकारियों से मन्त्रणा करते रहे। प्रशासन ने कई जनपदों में एक सौ चौवालीस धारा लागू कर दी है। कुछ शहरों के उपद्रवग्रस्त क्षेत्रों में कर्फ्यू घोषित कर दिया गया है। सरकारी प्रवक्ता ने प्रेस से कहा है "पूरे प्रदेश में कानून व्यवस्था अब नियन्त्रण में है।"

जेल परिसर में अँधेरा धीरे-धीरे उतर रहा था। कैदी अपनी-अपनी बैरकों में पक्षियों की तरह लौटने लगे थे। हलकी हवा में ठंड की तल्खी शरीर में चुभने लगी थी। कई स्थानों पर अलाव जलाने की तैयारी हो रही थी। आन्दोलनकारियों का भोजन पक रहा था। दो बड़े-बड़े हंडे चढ़े थे। चूल्हे का धुँआ सभा-भवन के ऊपर फैल रहा था।

जितेन ने लिली को देखा, वह संज्ञा शून्य थी। कुर्सी पर खामोश बैठी हुई थी। जितेन के पास आते ही लिली फफक उठी और जितेन से लिपट गई। साँसें तेज चल रही थीं। पूरा तन-बदन जल रहा था। जितेन ने पीठ सहलाई और आश्वस्त किया "सब कुछ ठीक है। अब एक सप्ताह में रिहाई हो जाएगी। मैं छूट जाऊँगा।" तभी जेलर आया और उन्हें बगल के कमरे में बैठने का आग्रह किया। कमरे में आने पर जितेन ने दरवाजा उठका दिया। जितेन ने लिली को कमरे के तखत पर बैठाया और रूमाल से उसके गाल पोंछे। लिली की आँखें बन्द थीं। दोनों के बीच एक मौन घिर आया। जितेन लिली को आहिस्ते-आहिस्ते सहला रहा था। उसके बाल बेतरतीब पीठ छाती कन्धे पर उड़ रहे थे। शरीर गनगना रहा था। रोने से लिली का आधा कुर्ता भीग चुका था। दोनों के बीच का

मौन अभी छाया हुआ था। जितेन के समझ में नहीं आ रहा था कि बात कहाँ से शुरू करें। समय कम था। मिलान का समय दस मिनट में खत्म होनेवाला था। जितेन ने श्रुति को भीतर बुलाया और लिली को पानी पिलाने को कहा। दोनों के बीच के मौन को तोड़ते हुए श्रुति ने कहा "दूसरे दिन की फायरिंग से हम लोग कॉफी डर गए थे। रातभर दीदी के कमरे में चिन्तित बैठे रहे। आज जब कर्फ्यू हटा तो जेल आए।''

"तुम लोगों की दुआ रही तो मैं सलामत रहूँगा श्रुति।'' उसका गाल थपथपाया, सिर सहलाया। श्रुति भावुक होकर रोने लगी। नेहा ने आगे बढ़कर उसको सँभाला। जितेन भी भावुक हो रहा था। उसने मन को कड़ा किया। खुद को सँभाला। लिली की तन्त्रा को हिलाया।'' लिली बहादुर पंजाबी कभी रोती नहीं। तुम समझदार और विवेकवान हो। तुम जो कहोगी, वही करूँगा। जेल से बाहर आने पर मिल-बैठकर हम भविष्य का फैसला करेंगे। ठीक न। उठो थोड़ा मुँह धो लो।'' जितेन ने नेहा को इशारा किया। नेहा मग में पानी लाई। रूमाल में लगाकर लिली के चेहरे को पोंछा। बाल सँवारे। फिर भी लिली का चेहरा तनावग्रस्त बना रहा। लिली ने श्रुति को दोनों बैग की ओर इशारा किया, जिसमें फल, मिठाई, तेल-साबुन, तौलिया और नैपकीन के बंडल थे। श्रुति ने अपनी शाल लिली को ओढ़ा दिया। चैतन्य होने पर लिली ने जितेन की ओर देखा, उसकी सुराहीदार गर्दन की नीली नसें उभर आई थीं। जितेन उसका हाथ पकड़कर तखत से उठाया, फिर दोनों कमरे से बाहर आ गए।

"तुम्हें कुछ नहीं होना चाहिए?''

"तुम्हारी दुआ बनी रहे। मुझे कुछ नहीं होगा। मैं पूरी तरह सजग और सतर्क हूँ।'' जितेन ने आत्मीयता से लिली के दाहिने कन्धे को भींच लिया। सच मैं तुम्हें कभी मिस नहीं करना चाहूँगा। किसी भी कीमत पर संग ही रहूँगा। जितेन ने उसकी दाहिनी हथेली को संकल्प की तरह अपने हाथों में लेकर चूमा और एक लम्बी साँस खींची। लिली के मौन को उसने स्वीकृति के रूप में लिया। जितेन की जेहन में अकूत आत्मविश्वास भर उठा। उसे लगा कि वह अपने अभियान में सब कुछ अतिक्रमित कर अपने निष्कर्ष को पा सकेगा। उसने देखा कि लिली के चेहरे का गुलाबी रंग और आँखों की चमक लौट आई थी।

लिली ने कहा "ये फल और मिठाइयाँ बँटवा दो।'' मिलान का समय खत्म हो चुका था। चारों ने एक-दूसरे को भरपूर देखा, फिर घड़ी देखी। गेट के बाहर निकलने पर लिली ने कहा "अपना ख्याल रखना। किसी चीज की जरूरत हो तो बताओ।'' जाते-जाते जितेन के जेब में एक लिफाफा रख दिया।

जेलर ने जीप मँगा दी, जिसमें चारों सहेलियाँ बैठ गईं। दूर तक चारों के हाथ हिलते रहे। जितेन जेल के छोटे फाटक से चारों सहेलियों को तब तक देखता रहा जब तक उनकी छाया ओझल नहीं हो गई। दुख में अपने और परायों की पहचान होती है। कभी अपने पराए हो जाते हैं। पराए अपने हो जाते हैं। जितेन भावुक हो रहा था। आज आन्दोलन, धरना-प्रदर्शन है। पार्टी है। साथी हैं। कल न जाने क्या होगा? उसका मन अनेक आशंकाओं से घिर गया। भारी मन से सभा-भवन में लौटा।

जेल में दो स्थान पर समानान्तर शिविर चल रहे थे। एक राजनारायण का। दूसरा मधुलिमये का। बहुत से स्थानीय छात्र मधु जी के शिविर में चोरी-चोरी शामिल होते थे। कभी-कभी जितेन और सहयोगी साथी भी भाग लेते। मधु जी के भाषण का एक चुम्बकीय असर छात्रों पर छाया हुआ था। हॉल भरा हुआ था। कुछ छात्र बाहर से सुन रहे थे। मधु जी ने छात्रों, नौजवानों को सम्बोधित करते हुए कहा "गाँधी और लोहिया हमारे आदर्श हैं। भाषा के सवाल पर गाँधी, लोहिया का चिन्तन अत्यन्त समृद्ध, स्पष्ट और दूरगामी लक्ष्य से प्रेरित है। डॉ. लोहिया ने भाषा सम्बन्धित गाँधी के विचारों को प्रतिबद्धता, निष्ठा और तेजस्विता के साथ आगे बढ़ाया। अंग्रेजी गुलामों का कहना है कि राष्ट्रभाषा के लिए हिन्दी परिपक्व नहीं हुई है। कुछ लोगों ने कहा पारिभाषिक शब्द न होने के कारण हिन्दी, तमिल, तेलुगु वालों को पढ़ाना मजाक होगा। यह उन लोगों का कथन है जो हिन्दी विरोधी हैं और अंग्रेजों के पिट्ठू हैं। सच्चाई है कि हिन्दी का भारतीय भाषा से कोई विरोध नहीं है। हमारा किसी भाषा से संघर्ष नहीं। हम यही चाहते हैं कि हिन्दी अंग्रेजी का स्थान ग्रहण करे। कई लोगों का मानना है कि अंग्रेजी हटाने से मुल्क टूट जाएगा। यह तर्क हास्यास्पद है। यह समझ से परे है कि मुल्क अंग्रेजी से कैसे जुड़ा हुआ है। इस गलतफहमी का बड़ा कारण यह भ्रम है कि अंग्रेजी विश्व भाषा है। डॉ. लोहिया का इस सन्दर्भ में मत है कि अंग्रेजी विश्व भाषा नहीं है। जिस प्रकार अंग्रेजी दुनिया में फैली, उसी तरह संस्कृत, अरबी, लैटिन आदि भाषाएँ भी फैल चुकी हैं। डॉ. साहब का मत साफ है कि बिना अंग्रेजी हटाए देश की उन्नति होना असम्भव है। और गरीबों का पेट भरना भी।"

मधु जी ने आगे कहा "आज कांग्रेसी और कम्युनिस्ट अंग्रेजी भाषा से इसलिए चिपके हैं कि लोक भाषा चला देने से काले साहबों का सामन्ती राज नहीं चल पाएगा। लोकभाषा होने पर गरीबों, किसानों के लड़के भी अफसर बनने लगेंगे, और काले साहबों के बेटे, पोतों का अफसरी एकाधिपत्य समाप्त

हो जाएगा। इसीलिए वे अंग्रेजी भाषा की वकालत करते रहते हैं। वे अंग्रेजी को धनी और अन्तरराष्ट्रीय भाषा कहते हैं, परन्तु भारतीय भाषाएँ भी कमतर नहीं हैं। चाहे वह तमिल, तेलुगू, बँगला, मराठी, गुजराती क्यों न हों ये सभी भाषाएँ पूरी तरह समृद्ध हैं। मातृभाषा को लेकर गाँधी जी बेहद व्यावहारिक और सतर्क थे। उन्होंने यहाँ तक कह दिया कि मातृभाषा का अनादर माँ का अनादर करने के बराबर है। वे जानते थे कि अंग्रेजी हटाने के लिए लोक भाषाओं का सहारा लेना पड़ेगा।'' इसीलिए उन्होंने जोर देकर कहा हिन्दी को राष्ट्रभाषा घोषित करने में एक दिन भी खोना देश को भारी सांस्कृतिक नुकसान पहुँचाना है।

आगे उन्होंने अपने विचार को स्पष्ट करते हुए कहा "जिस तरह हमारी आजादी को जबर्दस्ती छीननेवाले अंग्रेजों की सियासी हुकूमत को हमने सफलतापूर्वक, इस देश से निकाल दिया। उसी तरह हमारी संस्कृति को दबानेवाली अंग्रेजी भाषा को भी निकाल बाहर करना चाहिए। गाँधी जी से कॉफी मिलता-जुलता कथन डॉ. लोहिया का है। अंग्रेजी जबान अब हिन्दुस्तान के सार्वजनिक मामलों से खत्म होनी चाहिए। इसमें देर करना न केवल भाषा के मसले को उलझा देना और बिगाड़ देना होगा, बल्कि देश के दूसरे मसलों को भी उलझा देना होगा।''

"साथियो! गाँधी, लोहिया दोनों ने कभी भी हिन्दी थोपने की बात नहीं कही, बल्कि अन्तर्प्रान्तीय सम्पर्क के लिए हिन्दी को मुफीद ठहराया। उनका स्पष्ट मत था कि अन्तर्प्रान्तीय सम्पर्क भाषा हिन्दी ही हो सकती है। डॉ. लोहिया ने स्पष्ट कहा मुख्य प्रश्न अंग्रेजी हटाने का है, न कि हिन्दी को कायम रखने का। यह सफाई इसलिए जरूरी है कि मराठी, तमिल, बंगाली अथवा ऐसे इलाके के लोग या उनकी सरकारें हिन्दी का प्रयोग बिलकुल न करना चाहें उनकी खुशी। वे अपनी भाषाओं का अवश्य प्रयोग करें।''

"हिन्दी जनसंख्या के आधार पर चीनी के बाद विश्व की दूसरी सबसे बड़ी भाषा बन गई है। हिन्दी विश्व के सभी महाद्वीपों तथा महत्त्वपूर्ण राष्ट्रों जिनकी संख्या लगभग एक सौ पचास है, में किसी न किसी रूप में प्रयुक्त होती है। विश्व में भारतीयों की संख्या तीन करोड़ से अधिक है। विश्व के प्राय: सभी महत्त्वपूर्ण विश्वविद्यालयों में अब हिन्दी अध्यापन और शोध हो रहा है। विश्व के सबसे बड़े लोकतन्त्र सिर्फ अमरीका में बीस लाख भारतीय रहते हैं। हिन्दी नेपाल, भूटान, बँगलादेश, पाकिस्तान, फिजी, गुयाना, मॉरीशस, ट्रीनीदाद, सूरीनाम, हॉलैंड जैसे देशों की भाषा बनी हुई है। दर्जनों देशों में हिन्दी पत्रिकाएँ एवं पुस्तकें प्रकाशित हो रही हैं या हिन्दी शिक्षकों तथा अनुवादकों की बड़ी संख्या में माँग है।''

मधु जी ने अपने भाषण के क्रम में कहा "हिन्दी आज बाजार की भाषा बनी है। पन्चानबे प्रतिशत तमाम उत्पादों के विज्ञापन हिन्दी में आ रहे हैं। उत्पाद बेचनेवाले व्यापारियों को अब समझ में आ गया है कि बिना हिन्दी के व्यापार संचालन सम्भव नहीं है। तो हिन्दी शिक्षा, व्यापार, कृषि, सिनेमा, शहर के बड़े मॉल से गाँव के छोटे-छोटे बाजारों, चौराहों और गलियों में हिन्दी खड़ी है। आज दुनिया में भारत की जो छवि बनी है उसके पीछे अंग्रेजी नहीं भारतीयों का श्रम, ज्ञान, साधना के अतिरिक्त हजारों वर्षों के सामाजिक मूल्य आदर्श और महान परम्पराएँ हैं। हमारी संस्कृति, कला, साहित्य तथा विचारधाराएँ हैं। भारतीय अस्मिता हिन्दी तथा भारतीय भाषाओं से बनी है। व्यापक सामाजिक-सांस्कृतिक सन्दर्भों में देखा जाय तो स्पष्ट हो जाएगा कि हिन्दी हमारी अस्मिता है।''

"अन्त में कहना चाहूँगा कि हिन्दी हमारी मादरी जबान है। हिन्दुस्तानी आवाम की भाषा है। हमारी सांस्कृतिक धरोहर है। भारत सरकार इसे राजभाषा का दर्जा दे, न दे, हिन्दुस्तानी जनता ने इसे स्वीकार कर लिया है। हिन्दी किसी सियासत की मुँहताज नहीं, बल्कि सियासी ध्वंस एवं सृजन की भाषा है। विगत हजार वर्षों से इसे खत्म करने की साजिश होती रही जो नाकाम रही। सैकड़ों साल में हिन्दी ने अपना रास्ता तय किया। हिन्दी अपनी सरलता, सहजता, कलात्मकता, विपुल शब्द भंडार और अभिव्यक्ति क्षमता तथा अपनी गुणवत्ता, पारदर्शिता, ग्राह्य क्षमता के कारण दुनिया की प्रमुख भाषाओं के समानान्तर खड़ी है। सदियों से हिन्दी रही है और आगे भी रहेगी। धन्यवाद।''

जेल के दूसरे सभागार में राजनारायण की अध्यक्षतावाली सभा चल रही थी, जिसमें स्थानीय प्रोफेसर, राजनीतिक नेता, कार्यकर्त्ता, छात्र शरीक हुए। राजनारायण जी के प्रिय साथी एवं सहयोगी तथा प्रदेश सरकार के मन्त्रिमंडल में शामिल श्री प्रभुनारायण सिंह ने सभा को सम्बोधित करते हुए कहा "वाराणसी तथा देश के कुछ हिस्सों में भाषा को लेकर जो कुछ हुआ दुर्भाग्यपूर्ण रहा। हमारा रास्ता गाँधी, लोहिया का रास्ता है। उत्तर प्रदेश में भाषा की समस्या सरकार अतिशीघ्र सुलझाएगी। भाषा के मसले पर सरकार गम्भीर एवं संवेदनशील बनी हुई है। मुख्यमन्त्री इसी माह में सरकार की भाषा नीति का खुलासा करेंगे। मुझे उम्मीद है कि उत्तर प्रदेश में शिक्षा एवं कामकाज की भाषा हिन्दी को शीघ्र घोषित कर दिया जाएगा। आन्दोलन में मारे गए तथा घायल लोगों को सरकार उचित मुआवजा देगी। जेलों में गिरफ्तार सभी साथी, छात्र, नौजवान तथा किसान शीघ्र रिहा कर दिए जाएँगे। जहाँ तक केन्द्रीय सरकार का प्रश्न है उत्तर प्रदेश सरकार ने केन्द्र से वार्ता करने का निश्चय किया है। मुझे उम्मीद है कि केन्द्र सरकार

भाषा के मामले में कोई सर्वमान्य हल निकालेगी। आप सभी साथियो से शान्ति संयम एवं धैर्य बनाए रखने की अपील करता हूँ। जय हिन्द जय समाजवाद।''

मन्त्री श्री प्रभुनारायण सिंह के भाषण से सभागार की तल्खी में नरमी आई। राजनारायण जी मुस्कुराए। उन्होंने साथी सांसद रामसेवक यादव से अपने विचार रखने का आग्रह किया।

"सम्मानित राजनारायण जी। मन्त्री श्री प्रभुनारायण सिंह तथा साथियो! आन्दोलन में हुई हिंसा दुर्भाग्यपूर्ण है, पर सरकार देर में आई, दुरुस्त आई। हमारी सरकार छात्रों, नौजवानों और किसानों पर गोली बरसाए, शर्मनाक है। इस सभा के माध्यम से उत्तर प्रदेश सरकार से मैं माँग करूँगा कि प्रदेश में शिक्षा तथा सभी प्रकार के कामकाज के लिए हिन्दी के प्रयोग को अनिवार्य किया जाय। अंग्रेजी में कामकाज पूरी तरह से प्रतिबन्धित कर दिया जाय। मुझे खुशी है कि पार्टी के कारण सरकार झुकी है। हमारी सरकार के वरिष्ठ मन्त्री श्री प्रभुनारायण सिंह हमारे बीच उपस्थित हैं। मुझे उम्मीद है कि जेल में बन्द सभी साथी शीघ्र रिहा कर दिए जाएँगे। जहाँ तक कि केन्द्र सरकार की भाषा नीति का सवाल है, पार्टी अगले कार्यक्रम का निर्णय करेगी। हो सकता है भाषा की लड़ाई लम्बी लड़ाई हो, पर इसे हम लड़ेंगे। धन्यवाद।''

राजनारायण जी ने प्रोफेसर कृष्णनाथ से अपने विचार रखने का आग्रह किया। उन्होंने कहा "सम्मानित अध्यक्ष जी, वरिष्ठ नेता एवं साथियो! भारत सरकार की दुर्नीति के कारण हम मानसिक स्तर पर अंग्रेजी के गुलाम बने हुए हैं। हमें मुकम्मल आजादी नहीं मिल पाई है। अंग्रेजी आज भी हिन्दुस्तानियों के दिल-दिमाग में एक खौफ की तरह छाई हुई है। भारत सरकार की अपनी भाषा का न होना बेहद शर्मनाक है। अंग्रेजी एक औपनिवेशिक सामन्ती भाषा है। अंग्रेजी से भारतीय समाज का विकास असम्भव है। भारत में हिन्दी ही एक ऐसी भाषा है, जो सम्पर्क भाषा बन सकती है। हिन्दी तथा भारतीय भाषाएँ अंग्रेजी की तुलना में समर्थ एवं गुणवत्तायुक्त है। भाषा की लड़ाई एक लम्बी लड़ाई है। राजनारायण जी और प्रभुनारायण जी तथा पार्टी के शीर्ष नेताओं के नेतृत्व में भाषा की लड़ाई को आगे बढ़ाना होगा। अन्य विदेशी भाषाओं की तरह हिन्दी को ज्ञान-विज्ञान, टेक्नोलॉजी की भाषा बनानी होगी, तभी देश तरक्की कर पाएगा। गाँधी, लोहिया के सपनों को पूरा करने के लिए हमें एक लम्बे संघर्ष के लिए तैयार रहना होगा।''

वरिष्ठ हिन्दी साहित्यकार प्रोफेसर योगेश्वर ने कहा "अंग्रेज चले गए, पर अवलाद छोड़ गए। कुछ अंग्रेजों के दलाल हैं, जो आज भी हर स्तर पर अंग्रेजी

को बनाए रखना चाहते हैं। हमें किसी भी तरह अंग्रेजी को हटाना पड़ेगा। जिस तरह अंग्रेज हटाए गए, अंग्रेजी भी हटाई जाय। तभी हमारी भाषा, साहित्य, कला में निखार आएगा। देश में विकास की गति बढ़ेगी।''

योगेश्वर जी के बाद जनेश्वर जी बोले "अंग्रेजी उस सड़ी हुई पूड़ी की तरह है, जो आम व्यक्ति को बीमार बना दे। इसलिए सड़ी हुई पूड़ी को फेक देना ही बेहतर होगा। दरअसल अंग्रेजी गुलामों, चाटुकारों, दलालों की भाषा है, जो अब बर्दाश्त के काबिल नहीं है। अंग्रेजी कांग्रेसी राज का पाप है। इसे हटाने के लिए यदि कांग्रेस को हटाना हो तो हटा देना चाहिए।''

सभा के अन्त में अपने अध्यक्षीय भाषण में राजनारायण जी ने कहा "साथियो, नौजवानो! यह आन्दोलन हमारी अग्निपरीक्षा है। हमें गाँधी, लोहिया के रास्ते चलकर अपना हक हासिल करना होगा। अपने हक-हुकूक के लिए हम भी किसी हद तक जाएँगे। अब अंग्रेजी की गुलामी को अधिक बर्दाश्त नहीं करेंगे। अंग्रेजी हटे, चाहे सरकार रहे या न रहे, प्रभुनारायण जी हमारे बीच हैं। यह सुखद खबर है कि प्रदेश सरकार हिन्दी को कामकाज की भाषा बनाने का निर्णय लगभग ले चुकी है, पर हिन्दी को राष्ट्रभाषा बनाने के लिए हमें लम्बे संघर्ष के लिए तैयार रहना होगा। अपने वरिष्ठ साथियो से विचार-विमर्श कर आन्दोलन का राष्ट्रीय कार्यक्रम शीघ्र घोषित किया जाएगा। अगले पखवारे में गैरकांग्रेसी दलों के सहयोग से संसद के समक्ष एक विशाल प्रदर्शन किया जाएगा। सरकार यदि हमारी माँगों को नहीं मानती तो हम राष्ट्रीय स्तर पर अपना जनअभियान जारी रखेंगे। आन्दोलन की सफलता के लिए आप सभी साथियो को बधाई देता हूँ। इस सभा के माध्यम से मैं देश के छात्रों, नौजवानों, किसानों, मजदूरों और बुद्धिजीवियों से अपील करता हूँ कि गाँधी, लोहिया के सपनों की हत्या न हो, उनके सपनों को साकार करने के लिए हम सभी आगे आएँ। जय हिन्द... जय समाजवाद...।''

शतरुद्र भाई ने धन्यवाद देते हुए आगाह किया कि "जेल से छूटने के बाद हमें सक्रिय रहना होगा। लम्बी लड़ाई की कार्ययोजना को वरिष्ठ नेताओं के सहयोग से शीघ्र घोषित किया जाएगा। आप सभी के सहयोग के लिए मैं धन्यवाद देता हूँ। अब यह सभा विसर्जित की जाती है।'' सभा के बाद राजनारायण जी ने रामभंडार के मिष्टान्न से सबका स्वागत किया। मन्त्री जी की उपस्थिति के कारण जेल के अधिकारी, कर्मचारी सक्रिय और मुस्तैद दिखे। उत्तर प्रदेश सरकार के कारण लोगों में विजयोल्लास का भाव उमड़ पड़ा था। आन्दोलनकारियों को अब विश्वास हो चला था कि जिस तरह हमें उत्तर प्रदेश में सफलता हासिल हुई है, उसी प्रकार राष्ट्रीय स्तर पर सफलता मिलेगी।

जेल में रहते एक महीने हो रहे हैं। यही जेल घर जैसा लग रहा है। जेल में पूरी उन्मुक्तता, आजादी है। यहाँ की अपनी जिन्दगी है। लोगों से मिलना-मिलाना, सभासम्मेलन में जाना, अखबारों के लिए खबर बनाना, राजनीतिक प्रस्ताव बनाना, खाने-पीने का इन्तजाम देखना, समय से सोना, खाना-पीना है। सच देखा जाय तो बाहर से जेल की जिन्दगी ज्यादा व्यवस्थित है। छात्रों ने जेल में मार्क्सवाद, गाँधीवाद, समाजवाद के साथ-साथ भाषा और साहित्य का भरपूर अध्ययन किया। वरिष्ठ नेताओं के भाषण से बहुत कुछ सीखा और जाना।

आठ बज रहे थे। खाने का समय हो गया था। मन्त्री जी के आगमन के कारण जेल प्रशासन की ओर से आज विशेष रात्रि भोजन का आयोजन है। आज सभी वरिष्ठ नेता, मन्त्री, सांसद, कार्यकर्त्ता, छात्र, नौजवान, किसान एक ही पंगत में खाना खाएँगे। मन्त्री जी के आने और रिहाई की खबर उड़ने से आन्दोलनकारियों का एक तबका बेहद दुखी और उदास है। उन्हें जेल रास आ गया। जेल वह घर है, जहाँ खाने-पीने, रहने-सोने, पढ़ने-लिखने की पूरी आजादी है। यह आजादी घर में नहीं है। जेल से छूटकर फिर जेल में आना होगा। इससे अच्छा है कि जेल में ही रहें। यह तर्क फूलचन्द और दुखभंजन शर्मा का है।

आज का माहौल बदला-बदला सा है। बहुतों को उम्मीद हो चली है दो-तीन दिन में रिहाई हो जाएगी। फिर वे अपने घर लौटेंगे। कुछ को घर की याद सताने लगी। कुछ को परिवार की। अब तो एक नई जमात बन गई है। जेल से छूटने के बाद मुस्तैदी से आन्दोलन, धरने-प्रदर्शन में साझेदारी करेगी। रात धीरे-धीरे ढल रही थी, पर सभी लोग अपने बिस्तरों में न जाकर आपस में बातें कर रहे थे। कुछ में विक्षोभ का भाव था, तो कुछ में भविष्य के प्रति उत्साह। रात धीरे-धीरे चढ़ रही थी, पर लोगों की नींद गायब थी।

तीन दिन बाद कर्फ्यू में चार घंटे की ढील दी गई। भूमिगत छात्रनेता अभी भूमिगत हैं। देबू-दा, मोहन, नितिन और साथी सभी भूमिगत हैं। मोहन जी के घर चार बार छापे पड़ चुके हैं। पुलिस बारी-बारी से सबका अड्डा, ठीहा खँगाल चुकी थी। मारे-मारे फिर रहे हैं। को-मास्टर छापे के बाद गाँव में पनाह लिये बाकी साथियो का पता नहीं। विश्वविद्यालय को कुलपति ने जिला प्रशासन को हैंडओवर कर दिया है। इसीलिए चार-पाँच जगह पी.ए.सी. की छावनी बनी हुई है। कर्फ्यू ढील के बाद विश्वविद्यालय परिसर सूना और उजाड़ हो गया है। हॉस्टल से ऊबे कुछ छात्र लंका चक्रमण के लिए निकले। सुबोध, अमित,

राहुल टहलते लंका पहुँचे। उन्हें उम्मीद थी कि लड़कियाँ बड़ी तादाद में निकली होंगी, तो कोई न कोई मिल ही जाएँगी। बुलबुल के दिख जाने पर सुबोध ने पूछा "गुरू कहाँ हैं?" उसने होठ पर उँगली रख दी। रास्ता काटकर निकल गया। टंडन की दुकान खाली पड़ी थी। एल.आई.यू. के राय और पांडेय घूम रहे थे। वे दोनों चौकन्ने और सचेत थे राउंड में। आसपास के लोग सब्जी, राशन, दवा के लिए झोला लेकर निकले हैं। अभी लंका पर जनजीवन सामान्य नहीं हुआ है। तनाव, भय पसरा पड़ा है।

आई.टी. के तिरखा, मनोज, निशान्त किसी पुरानी जावा से उतरे। सुबोध को देख मोटरसाइकिल से उतर गए कहा "चलो कहीं चाय लड़ जाय।" सुबोध दाएँ-बाएँ झाँका और राय दी कि कहीं चाय लड़ाने के बजाय जल्दी हॉस्टल लौट चलना बेहतर होगा। क्योंकि जरा सा शक होने पर धर-पकड़ हो सकती है। नितिन को देखते ही तिरखा की हिम्मत बढ़ी। तिरखा ने आगे बढ़कर हाथ मिलाया "अरे! नितिन कहाँ हो? कैसे हो यार?"

"हॉस्टल में पड़े-पड़े, बोर हो गए। सोच रहा हूँ कि घर लौट जाऊँ। अभी बवाल खत्म होने के आसार नहीं।"

"तुम्हारा गाँव तो बगल में है। मेरा तो पंजाब में है, तो हमें तो सब कुछ सहना है।"

"कैसी है मोनिका?"

"इधर कॉफी दिनों से मोनिका का कुछ भी पता नहीं।"

नितिन परेशान, हैरान था। कई दिन गेट के बाहर और लंका पर चक्कर मारा। इन्तजार किया, पर मुलाकात नहीं हो पाई। आज वो लंका की पश्चिमी पटरी पर आ गया और यहीं से मोनिका के इन्तजार में है। उसे उम्मीद है कि वह आएगी। जरूर आएगी। लड़कियों के अलग-अलग समूह आ-जा रहे थे। अचानक शेफाली, श्वेता, वैशाली, मृदांगदा के साथ मोनिका पूर्वी पटरी पर नजर आईं। नितिन पश्चिमी पटरी से पूर्वी पटरी दौड़ा। बीच में बस आ जाने से मोनिका का समूह आगे निकल गया। वह कोसने लगा। वह सोचने लगा कि जोर से चीखूँ और जाकर उसे पकड़ लूँ, पर वह देखता रह गया। तभी टंडन की दुकान से रत्नाकर गुरू निकले। नितिन को देखा। मुस्कुराए। "अरे! नितिन कैसे हो प्यारे?"

"जी, गुरू जी, ठीक हूँ।"

"कुछ परेशान से दिख रहे हो। खैरियत तो है न?"

"जी-जी गुरू जी।"

"मोनिका से भेंट हुई क्या?"

"नहीं तो।"

"अभी तो पूरा झुंड निकला है। देखो कहाँ गईं वे सब?"

"क्या पता कब लौटें?"

"तो कल मिल लो हॉस्टल में।"

"जी...जी... गुरू जी।"

"चलो तुम्हें लाबेला में कॉफी पिला लाएँ।" गुरू ने कन्धे पर हाथ रखा और चल दिए। लाबेला के नीचे गोल खड़ी थी। तिरखा ने कहा "गुरू ऊपर चलिए। हम लोग आते हैं।" गुरू नितिन को लेकर ऊपर चढ़ गए। नितिन गमगीन और उदास था। मोना से मोह भंग नहीं हो पा रहा है। जितना कोशिश करता मोह बढ़ता जाता। नितिन की उदासी भाँप गुरू बोले "आज बहुत गमगीन दिख रहे हो नितिन?"

"यही कि सब कुछ छोड़ सत्याग्रह में शामिल होना चाहता हूँ।"

"गुरू ने उठकर उसे बाँहों में भर लिया।" शाबास नितिन! देर से आए, दुरुस्त आए। अब मजा आएगा खेला में।"

पिंटू, शिवानन्द, निर्मल ने नितिन के आगे सोमरस का गिलास बढ़ाया, पर उसने मना कर दिया।

गुरू ने नितिन के सिर पर हाथ फेरा, पुचकारा। कमरे में महफिल जमी थी। पिंटू सिगरेट की कस खींच रहा था। शिवानन्द, निर्मल ह्विस्की पी रहे थे। आज पिंटू भी बहुत उदास था। उसके मित्र ने अचानक कलकत्ते में शादी कर ली। इस घटना से उसका विश्वास टूटा। दिल टूटा। इसलिए वह खूब दारू पी रहा है। किसी-किसी दिन इतना पी लेता है कि घर नहीं लौट पाता। नितिन की तरह पिंटू ने तय किया कि सत्याग्रह में शामिल होकर सारा कायरपन और व्यामोह तोड़ दूँगा। गुरू ने नितिन और पिंटू दोनों को समझाया कि "विकल्पहीन नहीं है दुनिया। तुम दोनों घबड़ाओ नहीं। सत्याग्रह के माध्यम से हमें विकल्प मिल पाएगा।" पिंटू घायल शेर की तरह सिकुड़कर बैठ गया था। जयन्ती की शादी के बाद वह पगला गया। वह संज्ञाशून्य हो गया। पिंटू ने कहा "समझ में नहीं आता कहाँ जाऊँ, क्या करूँ?" "कहीं मत जाओ। यहीं अपने शहर, अपनी धरती, अपने खूँटे पर रहो। सब ठीक हो जाएगा। सौ जयन्ती खड़ा कर दूँगा।"

"कई दिन से सोच रहा हूँ कि सब कुछ छोड़कर मैं भी सत्याग्रह में शामिल हो जाऊँ।"

"सच तुम शामिल होना चाहते हो?''

"हाँ-हाँ गुरू मैं शामिल होना चाहता हूँ।''

"गुड आइडिया पिंटू।'' गुरू चहक उठे।

शिवानन्द सबकी बातें सुन रहा था। आज वह शान्त व गम्भीर बना हुआ था। पोलिटिकल होते हुए भी शिवानन्द लाइनबाज था। बघवा नाला छोड़कर हॉस्टल में रहता है। उसका सारा खर्च सहुवाइन चलाती हैं। मजदूर यूनियन के कारण होटल में फ्री खाना, सोना मिल जाता है। इस साल एम.एस-सी. की पढ़ाई पूरी हो जाएगी। नौकरी की कोई उम्मीद नहीं है। सबकी अपनी-अपनी व्यथा है। शाम को ये सभी कहीं न कहीं बैठते हैं। अपना दुःख-सुख बाँटते हैं। पिंटू ने चौथे पैग के लिए बोतल उठाई, तो गुरू ने मना कर दिया।

"बस-बस मालिक अब बन्द करो। अगले दो अक्टूबर को मैं शराब हमेशा के लिए छोड़ दूँगा। हाँ तुम लोग छानो न।''

पिंटू ने अपने शिवानन्द और डॉ. निर्मल के गिलास में चौथा पैग डाला। ''शिवानन्द सब कुशल मंगल है न?''

"हाँ गुरू मैं आपके सत्याग्रह में अपने सभी साथियो के साथ रहूँगा।''

"तब क्या सत्याग्रह सफल हो जाएगा।''

गुरू के चेहरे पर चमक आ गई। गुरू ने घड़ी देखी। रात के नौ बज रहे थे। गुरू ने ऊँघते हुए कहा "कल सत्याग्रह में हम लोगों की मुलाकात हो।'' नितिन को लेकर वह नीचे आ गए। नितिन को मोटरसाइकिल पर बैठाया। बिरला आने पर उसे उतार दिया। वह सीधे कमरे में आया। दरवाजा भिड़काया और चौकी पर लुढ़ककर सोचने लगा, पर सत्याग्रह के लिए संकल्पित हो गया। थकान के कारण आँख लग गई। अभी भी मोनिका उसके ईद-गिर्द नाच रही है। उसके भीतर एक अन्धड़ चक्कर काटने लगा। सेंट की खुशबू कमरे के भीतर छा गई। नितिन के नथुनों से होती खुशबू नसों में दौड़ गई। "क्या समझती है वह खुद को? अकड़ और अभिमान? यह रूप का अभिमान है तो आज उतार दूँगा इस अभिमान को।'' उसका मन विरक्त हो गया। अब मोह-माया बन्धन से पूरी तरह मुक्त होकर व्यापक सामाजिक जीवन जीना चाहता है।

आज वह सज-धजकर आई है। नया शलवार सूट। कानों में नया झुमका। नया लाकेट। पीठ पर खुले लहराते बाल। गाढ़ा मैचिंग लिपस्टिक, हिलोरें मारती आँधी तरह की कमरे की खिड़कियाँ, दरवाजे, किताबें फड़फड़ा गईं। नितिन

एक बार देख नजरें घुमा लीं। गोया कोई बला हो। मोनिका चाहती थी कि नितिन उसे ठीक से देखे। सुने। उसकी बात पर अमल करे। मेरे प्यार को समझे। मुझे कमतर न आँके। नितिन उदासीन बैठा रहा। गुमसुम, शान्त, खोया-खोया था।

"नितिन आज चुप क्यूँ हो। मैं तो कॉफी कुछ सोचकर आई थी, पर लगता है कि तुम कुछ भ्रमित हो या अविश्वास में जी रहे हो।" मोनिका चौकी के सिरहाने बैठ गई कि आज फैसला करके ही चलूँगी यहाँ से।

"कैसा फैसला?"

"यही कि तुम क्या सोचते हो मेरे बारे में और अपने बारे में।"

वह मौन था।

"तुम वादाखिलाफी कर रहे हो। मुझे गुमराह कर रहे हो।"

"मैं किसी से वादाखिलाफी न कर रहा हूँ। न गुमराह कर रहा हूँ। लोग मुझे भरमा रहे हैं। अपने उद्‌देश्य से भटका रहे हैं। मेरे पास कहाँ समय कि मैं लोगों को गुमराह करूँ। वादाखिलाफी करूँ। मेरी तो एक स्पष्ट पोलिटिकल लाइन है।"

वह किसी मोहपाश में बँधना नहीं चाहता। पूरी शान्ति के साथ रहना, कुछ कर गुजरना चाहता है। इस कूप-मंडूक दुनिया से बाहर आना चाहता है।

"हाँ तो बोलो! मोनिका क्या कहना चाहती हो?"

"मैं तो आई थी तुमसे मिलने। कॉफी जरूरी बातें करने, पर तुम कॉफी टेन्स हो, तो क्या बात करूँ? मूड आफ करके बैठे हो?"

"ऐसा तो कुछ नहीं, हाँ बोलो तुम?"

"मैं तो तुमसे आई थी मिलने, पर तुम न जाने किस मूड में हो?"

"ऐसा कुछ भी नहीं। बोलो तुम।"

"बोलने को बहुत था। कुछ कहना भी था, पर क्या कहूँ? तुम्हें क्या हो गया है?"

"मैं ठीक हूँ।"

दोनों के बीच सन्नाटा छा गया। मोनिका नितिन को देख रही थी। नितिन गाँधी को। नितिन के भीतर एक आँधी चल रही थी। नितिन उड़ रहा था। उस पर गाँधी का जादू चल रहा था। जितेन ने आँखे बन्द कर ली। मोनिका की जगह कोई दूसरी छबि आकार लेने लगी।

"तुमने क्या फैसला किया कि मेरे साथ रहोगे या सत्याग्रह में जाओगे?" वह चुप था। आँखें खोलीं।

"साफ-साफ बोलो। क्या निर्णय लिया तुमने?"

"सत्याग्रह।"

"बर्बाद हो जाओगे राजनीति के चक्कर में। राजनीति भ्रम है। जुआ है जुआ। अभी तो नशा है। जुनून है। भविष्य नष्ट हो जाएगा। कोई नेता नहीं पूछेगा। झल्लों के चक्कर में पड़े हो। अभी समय है चेत जाओ। पढ़ो-लिखो। कैरियर सँवारों। घर बसाने की सोचो। समझो?" मोनिका ने जितेन की ठुड्डी को ऊपर उठाया। नितिन ने मोनिका को देखा। फिर सिर दूसरी तरफ घुमा लिया। उसे लगा कि बिना पूरी तरह मुक्त हुए सामाजिक, राजनीतिक कार्य सम्भव नहीं है। क्या मिल जाएगा गादड़ पर्चे से? दो टके की कोई नौकरी। तेली के बैल की तरह चिकरघिन्नी में कट जाएगी जिन्दगी। फिर जीवन क्या किया? जीवन क्या जिया?

मोनिका आश्वस्त है कि नितिन के ऊपर चढ़ा सत्याग्रह का भूत जल्दी उतर जाएगा। उसे राजनीति से सख्त नफरत और चिढ़ है। नितिन अब समस्या बन गया। पर वह भी हार नहीं मानेगी। नितिन कूपजल नहीं बनना चाहता। कुछ करने। कुछ कर गुजरने की तमन्ना उसके भीतर घुमड़ रही है महीनों से। वह जिस दुनिया का चयन करना चाहता है, वह व्यापक, दुरूह, काँटों भरी पर उम्मीदों की दुनिया है। वह मोह-माया से मुक्त और स्वतन्त्र होना चाहता है। मोनिका की ओर मुखातिब होते मुस्कुराया। उसकी मुस्कुराहट में उसका जवाब था। उसने मोनिका की मायावी आँखों में झाँका। फिर शान्त हो गया। उसने सोचा आज आखिरी बार मोनिका को जी भर चूम लूँ। बाँहों में भर लूँ। पर स्त्री माया से आतंकित हो, दूर खड़ा हो गया।

मोनिका अभी खड़ी थी। उदास, उत्तेजित किसी घायल शेरनी सी। आज उसके रूप का तिलिस्म टूट गया। उसके सपने तार-तार हो गए। वह बदले की भावना से भर उठी।

"आज नहीं कल पछताओगे। तुम्हें अपनी करनी का अपराध बोध सताएगा। न घाट के रह पाओगे, न घर के। सत्याग्रह के नाम पर मुझे धोखा दे रहे हो।" वह तेजी से चीखी। तभी दरवाजा किसी ने खटखटाया और नींद उखड़ गई। इस समय कौन कमबख्त आया। वह खीझ उठा। दुबारा दरवाजा भड़भड़ाने पर दरवाजा खोला। सामने अनिरुद्ध खड़े थे।

"क्या बे नितिन इस समय सो रहा है। जबकि जुलूस में चलना है।" वह झटपट तैयार हो गया। यहीं से वह अपने मिशन की अलख जगाएगा। वह उत्तेजित और उत्साहित हो रहा था।

"आज के जुलूस का हीरो नितिन तू है।"

सब नेता हट-बढ़ गए। कुछ गिरफ्तार। कुछ भूमिगत। "तू ही हो नितिन। चल आगे-आगे।" "हमारा नेता कैसा हो... नितिन जैसा हो नारा लगने लगा...।"

बिरला के गेट नं. एक पर अनिरुद्ध, इन्दीवर, सारन्धर, महेन्द्रनाथ, विनोद, बलराज भाई निकल आए। सफेद पैंट-शर्ट में शिवानन्द, निर्मल, पिंटू के साथ रत्नाकर गुरू प्रकट हुए। जुलूस की अनुगूँज सुनाई दे रही थी। राजपूताना का जुलूस बिरला आते-आते उत्तेजक हो उठा। दादा ने सँभाला। बिरला पर जुलूस को रोका गया। बताया गया कि "जुलूस मौन जुलूस है। हम सभी बिना नारा लगाए चलेंगे। कहीं कोई चूक या लड़कपन न हो भाइयो।" दादा ने हाथ जोड़ सबसे अपील की।

"रूइया चौराहे पर पुलिस ने रोका। दादा के आग्रह पर कि मौन जुलूस है। मालवीय मूर्ति पर जाकर विसर्जित हो जाएगा।"

कप्तान ने इजाजत दे दी और जुलूस बढ़ गया। नए आन्दोलनकारियों को मौन जुलूस नहीं भाता। उन्हें नारेबाजी, उछलने-कूदने की आदत होती। लड़कियों को देखकर वे होश खो बैठते और जोर-जोर से नारेबाजी करने लगते।

विमेन्स कॉलेज चौराहे पर लड़कियों की जमात देख नारेबाजी शुरू हो गई। "दम है कितना दमन में तेरे... देख लिया है... देखेंगे...। अभी तो यह अँगड़ाई है... आगे और लड़ाई है... जिन्दाबाद... जिन्दाबाद।" सौ-दो सौ लड़कियों के समूह को दादा ने आगे कर दिया। नेता नारेबाजी नहीं रोक पा रहे थे। छात्राएँ अनेक प्रकार की तखतियाँ लेकर चल रही थीं। उन्हें देख छात्र शर्माए। धीरे-धीरे नारेबाजी अपने आप बन्द हो गई। नितिन राष्ट्रीय झंडा उठाए आज आगे-आगे चल रहा है। आज से उसने अपने को सत्याग्रह में समर्पित कर दिया है। कॉफी लोग शामिल हुए हैं। पूरी लंका ब्रिगेड आ गई है।

मालवीय मूर्ति को पुलिस घेरे हुई थी। शायद पुलिस शान्ति मार्च को सुलझा रही थी। सभी छात्र-छात्राएँ, जहाँ जगह मिली खड़ी हो गईं। रास्ता बन्द था। दादा ने नितिन को बगल में खड़ा रखा। सभी वरिष्ठों ने सभा यानी भाषणबाजी का कार्यक्रम आज स्थगित कर दिया। भाषणबाजी, नारेबाजी से कभी भी कुछ घट सकता है। सो नेता कोई जोखिम नहीं लेना चाहते थे। पांडेय, सिन्हा चबूतरे पर आ गए। पांडेय जी ने माइक पकड़ा। "साथियो! आपके सहयोग के लिए आभारी रहूँगा, क्योंकि आपने जो सूत्रपात किया है, दिल्ली हिलेगी। सारा देश हिलेगा। हमें गुलामों की भाषा, संस्कृति से निजात चाहिए। आपका साथ। विश्वास हमारा सम्बल है। हम भाषा के साथ शिक्षा, शिक्षा की संरचना, स्वरूप

बदलना चाहते हैं। हम रोजगारपरक व्यावहारिक शिक्षा चाहते हैं। सरकार बेरोजगारों को बेरोजगारी का भत्ता दे, या रोजगार मुहैया कराए। आज ज्यादा बोलने का समय नहीं है। हाँ, भारत सरकार हमारी माँगों को माने। लागू करे। यही अपील है। देर हो रही है। मैं देबू भाई को माइक सौंपता हूँ।''

"साथियो! लड़ाई लम्बी है। समस्याओं का समाधान होना है। हमारी आपकी माँगों को सरकार स्वीकारे। यही प्रयास है। सभी भारतीय भाषाएँ शिक्षा का माध्यम बनें। रोजगार का माध्यम बनें। भाषा एक जटिल समस्या है, पर इसे हल करना होगा। हमारे हजारों, लाखों छात्रों, नौजवानों का भविष्य दाँव पर लगा है। मैं उन्हें धोखा नहीं दे सकता। हमें इन्साफ चाहिए। इन्साफ न मिलने पर हमारा लोकतान्त्रिक संघर्ष जारी रहेगा। कल सभी अपने-अपने संकायों में दिन में उपवास पर रहेंगे। आगे का कार्यक्रम छात्र संघर्ष समिति जारी करेगी। अब यह धरना विसर्जित किया जाता है।''

टंडन चाय की दुकान में अभी कोयला दहक रहा था। छात्रनेताओं के कई झुंड धीरे-धीरे जमा हो गए। चाय की प्रतीक्षा में। यहाँ छोटी-छोटी कई अड़ियाँ हैं जिनमें छात्र, कर्मचारी और राजनीतिज्ञ बैठते। चाय-पान, भाँग और सोमरस का दौर चलता। रात चढ़ रही थी। टंडन की दुकान खचाखच भरी थी। भट्ठी का कोयला अभी लहक रहा था।

सुबोध, अमित हवा के रुख को भाँप रहे थे। आज कहीं रेस्तराँ, होटल या किसी ठीहे पर बैठना खतरनाक हो सकता है। सभी होटल, रेस्तराँ खाली हैं। कहीं-कहीं छोटे बच्चे, बूढ़े दिख रहे हैं। पिक्चर हॉल में भी चलने लायक नहीं है। सबने मिलकर सलाह की कि जब तक माहौल सामान्य न बन जाय, हमें हॉस्टल में ही रहना चाहिए। अगर एक बार भी जेल गए तो दो-तीन महीने रिहाई में लग जाएँगे। ज्यादा बेहतर होगा हम सभी बच-बचाकर रहें। सुबोध ने कहा "अब लौट चला जाय। जो सोचकर आए थे उलटा निकला। अपने को रिजर्व रखो। नहीं तो पकड़ लिए जाओगे। पुलिस की मार खाओगे और जेल जाओगे।'' निशान्त ने दुकान से छह बियर कैन, चार ओल्डमाँक झोले में रखा। रवि ने निशान्त को निकल चलने का इशारा किया। उसने मोटरसाइकिल की चार-पाँच बार किक मारी। फिर तीनों बैठ गए। मोटरसाइकिल झटके से उछल पड़ी। विमेन्स कॉलेज आने पर रवि ने मोटरसाइकिल की स्पीड धीमी कर दी कि कोई दिख जाए गेट पर। खुर्राट वार्डेन टाँग फैलाए बैठी दिखी। बाहर से भीतर कुछ भी नहीं दिखता कमबख्त।

"निशान्त को आज गीतांजलि से मिलना चाहिए था?''

“क्या मिलता वार्डेन गेट के पास कुर्सी लगाकर बैठी है चुड़ैल।”

“चपरासी और दाई को पटाओ।”

“आजकल मिलने-जुलने में थोड़ी पाबन्दी है।”

“वह तो बाहर आ सकती है।”

“लड़कियाँ सकपकाई हुई हैं। इसलिए बाहर नहीं निकल पा रही हैं। गीतांजलि तो और डरपोक है।”

“यहाँ रुकना ठीक नहीं है। न जाने खुफिया निगाहें कहाँ-कहाँ लगी हैं।” उसने मोटरसाइकिल की किक मारी और आगे बढ़ गया। रूइया, बिड़ला चौराहे पर मोटरसाइकिल रोक दी राजेन्दर पहलवान को देखकर। पहलवान ने पूछा “लंका की हालत कैसी है।”

“सिर्फ पुलिस, पी.ए.सी. और सी.आई.डी. घूम रही है। कोई छात्र-छात्रा नहीं। बहुत सूना-सूना डरावना दृश्य है। हम लोग दारू-बियर लेकर वहाँ से भागे।”

“अच्छा तो जाने लायक नहीं है न?”

“हाँ, न निकलें तो ही बुद्धिमानी होगी भाई।”

पहलवान ने कहा “हॉस्टल में रहते-रहते पागल हो जाएँगे।”

“चलो आओ राजपूताना। गप-शप करेंगे। साथ खाना खाएँगे और रात को छुड़वा देंगे। यशवन्त और बी.डी. हों तो लेते आना।” इसी बीच पुलिस पेट्रोलिंग की चार गाड़ियाँ गुजरीं। कैम्पस में लोगों की आवाजाही चालू है, लेकिन जरा सी शक पर पुलिस किसी भी छात्र को उठा ले जाती। समय काटना मुश्किल हो रहा है। ले-देकर विश्वनाथ मन्दिर है, पर वह भी असुरक्षित है।

बिड़ला-ब्रोचा के बीच हमेशा रौनक बनी रहती है। परिसरवाले लोग लड़के-लड़कियाँ आते-जाते दिख जाते हैं। पर यहाँ तो मरघट का सन्नाटा है। आसपास के जिले वाले गाँव लौट गए। पर वे गाँव जाकर क्या कर पाएँगे। वही कोल्हू-चक्की, बैल सानी-पानी करना। खेत अगोरना। पम्पिंगसेट अगोरना। लोगों की बातें सुनकर नितिन सिहर उठा। कमरे में लौट आया। अखबार पलटा। वही खबरें आन्दोलन, धरना-प्रदर्शन, उपद्रव, आगजनी, लाठीचार्ज। वह कैंटीन में आ गया और चाय का कप लेकर बैठ गया। कैंटीन में सन्नाटा था। अचानक ब्रोचा से नितिन को खोजते जानवर सिंह और भगेलू गुरू पहुँचे। नितिन को देखते ही बोले “तुम्हें पुलिस क्यूँ खोज रही है?”

“मुझे क्यूँ खोजेगी?”

“जुलूस में आगे-आगे बैनर लिये कौन चल रहा था?”

“हाँ मैं और मोहन जी।”

"तो भदैनी तक गए थे न?''

"हाँ। गुरू मुस्कुराए। सी.आई.डी. के राय साहब का कहना है कि बिड़ला ब्रोचा में तुम्हीं लोग बैठक कर रहे हो और उपद्रव की आशंका है। उनकी रिपोर्ट पर पुलिस तुम्हें खोज रही है।''

नितिन घबड़ा गया। माथे पर पसीना छलक आया। सिर घूमने लगा। मन आशंकाओं से भर उठा। अब वह अपने को असुरक्षित महसूस करने लगा। उसे भगेलू गुरू की हरकत पर मन ही मन गुस्सा आया। गुरू की ओर नफरत भरी निगाह से देखा और पूछा कि "क्या लोगे गुरू? चाय-कॉफी या और कुछ?''

गुरू ने आँखें झपकाईं। जानवर को देखा। फिर कहा "शाम हो रही है तो क्या कुछ हो सकता है?'' नितिन गुरू का इशारा समझ गया। आलमारी खोली और ओल्डमाँक की बोलत निकालकर मेज पर रख दिया। चौकी के नीचे से दो गिलास निकाले। उसने दोनों के पैग बनाए। हल्दीराम का पैकेट खोला और दोनों ने गिलास लड़ायीं। गुरू की बाँछें खिल गईं। पहला पैग एक ही बार में गटक गए। फिर दूसरा पैग बना। नितिन ने दरवाजा भीतर से उठँगा दिया। नशा धीरे-धीरे चढ़ रहा था। बाहर अँधेरा। चौथा पैग शुरू होते ही नितिन को आश्वस्त करते गुरू ने कहा "चिन्ता न करिहो मैं सब सँभाल लूँगा। थोड़ा बच-बचाके रहियो। सी.आई.डी. से नाम निकलवाउब तोहार।''

अचानक दरवाजे पर दस्तक हुई। गुरू गरजे कौन है? बाहर से एक रोबीली आवाज आई "बाहर आओ।''

पुलिस को देखकर नितिन हतप्रभ हुआ। बरामदे के बाहर पुलिस की दो गाड़ियाँ और पी.ए.सी. का ट्रक खड़ा दिखा। इन्स्पेक्टर ने कहा "तुम तीनों जीप में बैठ जाओ और थाने चलो।''

गुरू हाथ जोड़कर गिड़गिड़ाते बोले "हुजूर हमारा कौन दोष?''

"चलो थाने में पता चलेगा कि कौन दोषी है?''

तभी पुलिस, पी.ए.सी. ने हॉस्टल घेर लिया। जो छात्र भाग सके भागे। जो रह गए पुलिस साथ ले गई। बिड़ला ब्रोचा और रूइया में हड़कम्प मच गया। आन्दोलन में सक्रिय छात्रों को पुलिस ढूँढ़ने लगी। कुछ हॉस्टलों में झड़प और पत्थरबाजी हुई। अगल-बगल के छात्रावासों में खौफ और दहशत छा गई। छात्रावासों में भगदड़ मच गई। रातभर थाने में सभी जागते रहे। सुबह होने पर जिलाधिकारी के फोन के बाद सभी छात्रों को पुलिस ने छोड़ दिया। पुलिस ने उन्हें बलवा, हिंसा और आन्दोलन से दूर रहने की हिदायत दी।

नितिन और दोस्तों की यह पहली गिरफ्तारी थी। अब उन्हें गिरफ्तारी का खौफ नहीं रहा। उन्हें मालूम है कि आगे क्या होगा। नितिन साथियो के साथ

सोनारपुरा होते अस्सी की ओर पैदल निकला। हवालात में न रखने की शर्त पर पुलिस ने सबकी नंगाझोरी कर जेब खाली करा दी थी। यहाँ तक कि किसी के पास चाय तक के पैसे नहीं रह गए। रातभर बिना खाए-पीए रह गए। अब चाय के बगैर सबका माथा फट रहा था। जहाँ कहीं चाय की दुकानें थीं सुबह-सुबह भट्ठी सुलग रही थी। वे सभी धीरे-धीरे पैदल अस्सी चौराहे पर पहुँच गए। अस्सी चौराहा पूरी तरह गुलजार था। नहान, पूजा-पाठ, दर्शन-पूजनवाले सड़क पर खड़े-खड़े चाय की चुस्कियाँ ले रहे थे। हँसी-ठहाके गूँज रहे थे। अस्सी के अधिकांश डीह जुटे हुए थे। सभी साथी दबे पाँव चल रहे थे कि कोई दिख जाय और चाय को पूछे। अचानक पटरी पर बैठे बलाले गुरू दिखे। नितिन को देखते ही पूछ बैठे कि "अरे! नितिन सबेरे-सबेरे इधर कहाँ से?''

"जी गुरू जी! रातभर थाने में गिरफ्तार थे अभी छूटे हैं।''

"आओ सभी बच्चों चाय पीओ। तभी गया भाई कुर्ता-लुंगी में पहुँच गए। पोई अपनी भट्ठी पंखी से हउँक रहा था। भट्ठी की आग धीरे-धीरे लहक रही थी। भगोने में चाय की पत्ती पक रही थी। सभी ने चाय पी तो लगा कि थोड़ी जान आ गई। सभी रातभर के जगे थे। आँखें जल रही थीं। उनका चेहरा मुर्झाया हुआ था। गया ने सबके चेहरे को पढ़ा और दुबारा पोई को कड़ी चाय बनाकर पिलाने को कहा। सभी हाथ-मुँह धोकर दोबारा चाय पीने लगे। नितिन को लगा कि फिलहाल पुलिस, सी.आई.डी. का खतरा कुछ दिनों के लिए टल गया है। पहलवान, बी.डी., यशवन्त पलत्थी मारकर दुकान के चबूतरे पर बैठ गए। गुरू बहुत गम्भीर हो गए। आजकल सुबह-शाम अड़ी पर बैठना पुलिस के कारण मुश्किल हो रहा है। पुलिस रोज किसी न किसी को खोजते आती रहती है। पुलिस की पूछताछ से अड़ी पर बैठने का मजा किरकिरा हो रहा है। गया ने पूछा "गुरू बहुत गम्भीर हैं क्या बात है?''

"मन दुखी है पुलिस के तांडव को देखकर। आखिर यह हो क्या रहा है डॉक्टर?''

"गुरू! यह आन्दोलन का दौर है। लड़के सिर्फ भाषा के लिए ही नहीं सामाजिक, आर्थिक परिवर्तन के लिए भी लड़ रहे हैं।'' उसी समय सूर्ती मलते ब्रह्माँड गुरू के साथ प्रचंड गुरू पहुँच गए।

"गुरू पा लागी। आईं-आईं बैठीं।''

सुर्ती ठोकते गुरू ने कहा "अस्सी पर पूजा-पाठ, स्नान-ध्यान, उठना-बैठना पुलिस के कारण मुश्किल हो रहा है। हर घर का दरवाजा पुलिस खटखटा रही है। लवंडे फरार हैं। माताएँ चिन्तित, डरी हुईं हैं। मोहन जी के घर पर पुलिस

रोज छापा मार रही है। पूरा अहिरान परेशान है। पढ़वइया लड़के रोज पकड़े जा रहे हैं। शाम को थाने से छोड़ दिए जाते हैं। पूरे मोहल्ले में हड़कम्प मची हुई है।'' ब्रह्माँड गुरू के झोले को बलाले गुरू ने खोला तो जलेबी, कचौड़ी के साथ मलाई का पुरवा मिला। गुरू ने खाने-पीने का सारा सामान बच्चों को पुचकारकर पकड़ा दिया। ब्रह्माँड गुरू ताकते ही रह गए। फिर क्या गुरू पलथी मारकर बाहर के चबूतरे पर बैठ गए। झोले से एक बड़ा बेल निकालकर पोई को थमाया "चलो शर्बत बनाओ और सबको पिलाओ।'' अब सभी दुकान के भीतर-बाहर थाई होकर बैठ गए। चौराहे पर भीड़ बढने लगी। दूध, सब्जी, सौदा लेनेवाले, पढ़नेवाले छात्र, फिरंगिया, संन्यासी प्रातः भ्रमणवाले सड़क पर उतर आए।

सुबह घाट का नजारा कुछ और होता है। घाट पर तमाम पंडित, पुरोहित, कर्मकांडी, पर्यटक, साधु-संन्यासी जुट जाते। नाव पर हवा खानेवालों और भाँग-बूटी छाननेवालों का मजमा होता। अब यह मुम्बई के जुहू की तरह फैल रहा है। तमाम युवक-युवतियाँ बाँह में बाँह डाले सीढ़ियों पर घंटों बैठे रहते। फिरंगियों की एक बड़ी जमात घाट पर जम जाती। कुछ पानी में अठखेलियाँ करतीं। कुछ नौका विहार का आनन्द लेतीं। कुछ सीढ़ियों पर आसन लगातीं। ध्यान करतीं। घाट पर कई तरह के आवारे आँख सेकने के लिए घूमते रहते। फिरंगियों को सूँघते रहते। यूँ तो घाट आजकल फिरंगियों का स्वर्ग बना हुआ है। यहाँ भाँग, गाँजा, चरस, तम्बाकू, दारू-बियर का दौर खूब चलता है। फिरंगिया दिल खोल गंगा में नहातीं, उतरातीं, मस्ती करतीं। नहाने, घूमने, फिरने, योगा, समाधि, ध्यान गाने-बजाने के दौर का सिलसिला सूर्य के चढ़ने तक चलता रहता।

पोई की दुकान से आधे लोग सड़क पर आ गए। अब पान का दौर चल रहा था। नितिन और साथी अस्सी से लंका पहुँचे। लंका की पूर्वी पटरी ताकते-झाँकते टंडन की दुकान पर धमके। दुकान के भीतर बैठ गए। नितिन को लगा कि अपनी अड़ी पर आ गए। यहाँ अभी किसी तरह का खतरा नहीं है। नितिन ने जेब टटोला, जेब खाली था। उसने टंडन से कुछ खिलाने को कहा। चारो साथी भीतर बैठ गए। भगेलू और जानवर बीच से ही गायब हो गए। भगेलू ने उसके सत्याग्रह में खलल ही नहीं डाली, बल्कि उसकी मुखबिरी करके उसे गिरफ्तार कराया। जेब में पैसा नहीं। खाने का ठेकान नहीं। ऊपर से पुलिस का डर। उसने निश्चय किया कि भागकर गाँव या कहीं भी नहीं जाऊँगा न छिपुँगा। कर्फ्यू के बाद सत्याग्रह में पूरे मन से शामिल रहूँगा। उसे लगा जो पढ़ाई वह पढ़ रहा है,

वह गादड़ पर्चा है। क्या मोल है उसका? इससे बेहतर है कि मैं समाज में कुछ करूँ। समोसा-चाय के बाद जान में जान आई। सभी साथी पैदल चलकर बिरला हॉस्टल आए और कामन रूम की फर्श पर लेट गए।

नितिन ने महसूस किया कि सारा बदन दर्द कर रहा है। अब तो मोना का भी मोहभंग हो गया। सबके बीच एक मौन छा गया। पहलवान ने मुस्कुराते पूछा "नितिन गुमसुम हो। क्या खैरियत तो है न?''

"हाँ भइया।''

"भगेलू और जानवर कहाँ गए?''

"भइया वो सी.आई.डी. का पेड जासूस है। उसे सबक सिखाना है।''

"अगर मिल गया तो कल ही ब्रोचा में धरता हूँ भगेलू साले को।'' यशवन्त ने नितिन को आश्वस्त किया।

वी.डी. ने कहा "भगेलू ने मुखबिरी करके हम सभी को पकड़वाया। उसको नहीं छोड़ना है।''

अपने-अपने कमरों में जाने के बजाय चारों कामन रूम में आकर लेट गए। रात का दृश्य तो भयानक होता है। साँय-साँय। दूर-दूर तक कोई नहीं होता। मेस बन्द। अखबार बन्द। सब कुछ बन्द। आज जिसको आना हो आए।

नितिन ने कहा "भइया मैं यही रहूँगा। नहीं जाऊँगा। यहाँ चाहे पुलिस आए, पी.ए.सी. आए, अब तो यही शरणस्थली रहेगी।''

शाम को छह बज रहे थे। उसने बाहर झाँका सड़क सूनी-सूनी। इक्के-दुक्के कोई दिख जाता। हॉस्टल के पूर्वी छोर के विंग में अँधेरा छाया था। अजीब रहस्यमय और डरावना दृश्य है। रौनक की जगह भयावह और भयानक दृश्य... खेल के मैदान से धुँआ उठ रहा था। पी.ए.सी. कैम्प ठीक सामने है। उनकी आखिरी परेड हो रही थी। उन्हें दूसरे दिन के लिए तैयार किया जा रहा है। हंडों में बननेवाले बकरे के माँस की खुशबू हवा में दूर तक तैर रही थी। नितिन ने पहलवान से कहा "भइया हॉस्टल में मुश्किल के हम सात-आठ लोग ही रह गए हैं। क्यूँ न साऊथ विंगवालों को यहीं बुलाऊँ?''

अपने कमरे के बाहर यशवन्त ने अहरा लगा दिया। अहरे का धुँआ सड़क पर फैलने लगा। एक हँड़िया में दाल, एक में चावल डाल दिया। बट्टी बनाकर अहरे में डाल दी। धीरे-धीरे वह बट्टी पक रही थी। थोड़ी देर में सब पक जाएगा। घी, अचार, पापड़ से खाएँगे। यह पूर्विया डिश है। आपात स्थिति में यही काम आता है। सभी निश्चिन्त हैं। भरपेट खाकर सोना है आज। कल की कल देखी जाएगी।

खाने पर दस-पन्द्रह लोग जुट गए। बी.डी. घर का देशी घी, यशवन्त आम का अचार लाए। सभी पलत्थीमार कर बरामदे में बैठ गए। पहलवान और बी.डी. परोसने लगे। इसी बीच लहसुन को घी में डाल दिया गया। लाल होने पर दाल को पहलवान ने छौंका लगाई। सभी भूख से छटपटा रहे थे। पतरी, पुरवा, परई रख दी गई। बट्टी, चोखा और कसोरे में दाल परोस दी गई। सभी भोजन पर टूट पड़े। पहलवान एक के बाद एक पतरी पर बट्टी रखते जाते। उन्होंने कहा "अभी चावल परोसना बाकी है।"

"नितिन कुछ खा नहीं रहे हो। ठीक से भोजन करो।"

"हाँ भइया।"

यशवन्त ने कहा "संकट में कोई गाँव नहीं जाएगा। जाना होगा तो जेल चलेंगे। पर पीछे नहीं हटेंगे?" नितिन ने कहा "जिस सत्याग्रह में शामिल हुए हैं, उसी में ईमानदारी से काम करेंगे। चाहे जेल हो, चाहे काला पानी। अब तो कोई माया-मोह बन्धन नहीं। सब तोड़ दिया है।" वह उत्तेजित हो उठा। मुस्कुराते पहलवान ने नितिन को सपोर्ट किया। "हम सभी तुम्हारे साथ हैं। अगला मोर्चा तुम्हीं को सँभालना है। तुम्हारे नेतृत्व में आखिरी निर्णायक लड़ाई लड़ी जाएगी। हम जीतेंगे।"

"पहलवान भइया मैं आपके साथ हूँ। जो भी आदेश है पालन करूँगा। पीछे नहीं हटूँगा।"

"शाबास! नितिन तुमसे यही उम्मीद है। जीओ शेर।" पहलवान ने नितिन की पीठ थपथपाई। नितिन तुम समय की माँग हो। आगे बढ़ो, हम सभी साथ हैं तुम्हारे।

नीतिन ने पहलवान का पैर छू आशीर्वाद लिया। वादा किया "सत्याग्रह आन्दोलन जारी रहेगा। मैं कोई भी कीमत चुकाने को तैयार रहूँगा।"

कामन रूम की खिड़की से बाहर झाँका तो गहरा अँधेरा छाया हुआ था। पोल की ट्यूबलाईटें टूटी होने के कारण कुछ भी दिख नहीं रहा था। बीच-बीच में पुलिस, पी.ए.सी. की गाड़ियाँ दौड़ती नजर आतीं।

रात नौ बजे हॉस्टल के वार्डेन अकुलानन्द मिश्र टार्च लिये पहुँचे। साथ में दो पुलिस गार्ड।

मिश्र जी ने कामन रूम में ताका-झाँका। कोई नहीं। लॉन में टार्च की रोशनी में भी तो देखा दस-बारह छात्र बैठे दिखे। मिश्र ने नितिन को बुलाया। नितिन कामन रूम में आ गया। मिश्र ने धीरे से कहा "अरे! नितिन तुम कब जेल हो आए?"

"कल।"

"अच्छा तो, हॉस्टल के लड़के तो घर चले गए। तुम लोग यहाँ क्या कर रहे हो?"

"कुछ नहीं।"

"तो घर चले जाओ।"

"क्यूँ?"

"अब यहाँ रहने की अनुमति नहीं है।"

"मैं फीस देता हूँ। रिसर्च स्कालर हूँ। मैं क्यूँ हॉस्टल छोड़ूँ?"

"नितिन मैं तुम्हारे भले के लिए कह रहा हूँ।"

"मैं अच्छी तरह समझता हूँ कि मुझे क्या करना है वार्डेन साहब। मैं सत्याग्रह करूँगा कल से। जिसे जो करना हो करे। आप अपना काम करें। मुझे अपना काम करने दें। समझे आप?" नितिन का तेवर सख्त और आक्रोशित था। वार्डेन सकपका गया। तब तक पहलवान, यशवन्त, बी.डी. चढ़ आए। उन लोगों को देखते ही वार्डेन दुबक गया। बोला भाई "मैं तो तुम लोगों को बताने आया था कि पुलिस रोज छापा मार रही है। पूछताछ कर रही है। यहाँ से हट जाओ तो ही बेहतर रहेगा।"

नितिन ने अकड़कर कहा "हम यहीं रहेंगे। अपना काम करेंगे। हम लोग अपनी दर नहीं छोड़ेंगे। पुलिस आए गिरफ्तार करे। हम गिरफ्तारी देंगे। हाँ याद रहे हमारी मुखबिरी ठीक नहीं रहेगी। हम अहिंसावादी हैं, फिर भी हमें मालूम है कि किससे कब कहाँ कैसे निपटा जाय।" वार्डेन नितिन के जवाब से कॉफी डर गया। मास्टर यूँ भी डरपोंक और कमजोर दिल का होता है। वार्डेन लौट गया। सभी साथी कामन रूम में आ गए। रजाई में घुस गए। थोड़ी देर में नितिन कामन रूम से बाहर आ गया। बाहर चक्कर मारने लगा। उसे कल की चिन्ता है। अगला दिन अनिश्चितताओं और आशंकाओं से भरा हुआ है। सबकी नजर उसी पर टिकी है, पर उसे किसी की परवाह नहीं। उसे परवाह है सिर्फ सत्याग्रह की। उसे गाँधी याद आ रहे हैं। दब्रे याद आ रहे हैं। कोहेन बैंडी याद आ रहे हैं और बहुत से लोग। लोगों को याद कर वह आत्मविश्वास से भर उठता है। पहलवान ने देखा रात के ग्यारह बज रहे हैं। उन्हें नितिन की चिन्ता सताने लगी। पहलवान बाहर आ गए। नितिन के कन्धे पर हाथ रखकर उसे भीतर ले आए। उन्होंने नितिन से कहा "सुबह ब्रोचा राममोहन, राजपूताना

हॉस्टल चलेंगे। साथियो से राय-मशविरा करेंगे। कल की रणनीति बनाएँगे, ठीक है न।'' नितिन ने सिर हिलाया। अब दोनों कामन रूम में आ गए। ब्रोचा के उत्तरी बरामदे में कुछ हलचल दिख रही थी। शायद पुलिस का छापा पड़ा हो। यशवन्त ने बताया "खबर है कि राज्य सरकार ने यहाँ के शासन से शान्ति, संयम एवं कानून व्यवस्था बनाए रखने का सख्त निर्देश जारी किया है। राज्य सरकार ने भदैनी गोली कांड की न्यायिक जाँच का भी आदेश दिया है। जिला प्रशासन द्वारा अपने अधीनस्थ अधिकारियों को छात्रों से नरमी बरतने का निर्देश जारी किया गया है।'' नितिन के सिर पर हाथ रखकर पहलवान ने कहा "नितिन तमाम नेता जेल में हैं, इसलिए अब तुम ही हमारे हीरो हो। हमें अत्यन्त धैर्य, संयम और कूटनीति से आगे का रास्ता तय करना होगा। समय कठिन है, पर सत्य की जीत होकर रहेगी।''

नितिन अब पूरे फॉर्म में आ गया। उसने कहा "बड़े भाई आप जैसे चाहेंगे, मैं वैसा ही करूँगा। कल का अभियान सफल होना चाहिए। कल का दिन अहम और चुनौती भरा है। नितिन, पहलवान कामन रूम में लौट आए। चिन्ता के कारण सबकी आँखों की नींद उड़ी थी। खिड़की के बाहर अँधेरे के अलावा कुछ भी दिख नहीं रहा था। खिड़की का सफेद शीशा काला हो गया था। रात गोया ठहर गई हो। कल से कर्फ्यू पूरी तरह से उठ जाएगा। फैकल्टी में छात्र, अध्यापक आने लगेंगे। नितिन ने तय किया कि दूसरे दिन की सुबह कला और विज्ञान संकाय के बीच साथियो को लेकर सत्याग्रह शुरू करूँगा। खिड़की खुली थी। बाहर धुन्ध छाई हुई थी। बाहर से हवा का झोंका आया और शरीर गनगना उठा। वह मन मारकर रजाई में घुस गया और करवटें बदलता रहा।

सुबह नितिन के सामने भगेलू और जानवर का चेहरा घूमने लगा। भगेलू बिरला चौराहे पर दिख गया। मुँह धोते नितिन चौराहे पर आ गया। भगेलू को देखते ही उत्तेजित हो गया।

"भगेलू मैं तुम्हें देखूँगा। तुम्हारे कारण पुलिस ने हम सभी को प्रताड़ित किया और थाने ले गई। तुम्हीं ने मेरा नाम दफा आठ में लिखवाया। तुम सिर्फ गद्दार ही नहीं हो, पुलिस के मुखबिर और दलाल हो। तुम्हारी पोल खोल के रहूँगा। अब तुम बच के कहाँ जाओगे? देखूँगा तुम्हें कौन बचाने आता है? पुलिस कप्तान, कलक्टर या थानेदार।'' नितिन पूरे फॉर्म में था। तैश में उसने सबको आवाज लगाई। बिरला ब्रोचा से पच्चीसों छात्र आ गए। पहलवान, बी.डी. और यशवन्त नितिन को लेकर हॉस्टल में आ गए। पहलवान ने पूछा कि "भगेलू से क्या बात हुई?'' नितिन ने कहा "हम सबकी गिरफ्तारी के मूल

में भगेलू ही है। इसलिए भगेलू को सबक सिखाना होगा। भैया वह सी.आई.डी. का पेड वर्कर है। इस साले को रास्ते से हटाना है।'' पहलवान मुस्कुराए। नितिन को आश्वस्त किया "सुबह बुलाते हैं भगेलू को।''

''यशवन्त ने कहा "भगेलुआ शातिर मुखबिर है। कभी कोई बड़ा षड्यन्त्र करके हम सभी को फँसा सकता है। उसको हॉस्टल से भगाना जरूरी है।''

''ठीक है कल भगेलू को सुबह देखा जाएगा। चिन्ता मत करो नितिन।''

खाना खाने के बाद सभी कामन रूम में सोने आ गए।

सुबह सात बजे थे। ब्रोचा में कुछ लड़के अपने-अपने कमरे में सो रहे थे। कुछ नित्यक्रिया में संलग्न थे। कुछ चाय पी रहे थे। कुछ गप्प मार रहे थे। नितिन बिरला समूह के साथ भगेलू के विंग में पहुँचा। दरवाजा खटखटाया। सभी को देख वह दंग रह गया। तभी नितिन ने ललकारा "मारो साले को जाने न पाए। मुखबिर है साला। लड़कों की मुखबिरी करता है।'' फिर क्या हॉकी-डंडे चलने लगे। भगेलू लहूलुहान हो गया और चीखने-चिल्लाने लगा। भगेलू अपने कमरे में लहूलुहान होकर औंधा नंगा पड़ा कराह रहा था। थोड़ी ही देर में पुलिस के साथ प्राक्टोरियल बोर्ड आ धमका। भगेलू को अस्पताल ले जाया गया। होश आने पर इन्स्पेक्टर ने पूछा "हमलावर कौन लोग थे? नाम बताओ?'' नाम बताने के नाम पर उसकी जुबान सुन्न हो गई। इन्स्पेक्टर ने कड़ककर कहा "तुम हमारे आदमी हो डरो मत। हिम्मत रखो। नाम बताओ? कौन लोग थे?'' पर उसके पास कोई जवाब नहीं था। उसने सिर्फ इतना ही धीमी आवाज में कहा "मैने किसी को देखा नहीं साहब।''

"आखिर कोई तो होगा। मैने किसी को नहीं देखा साहब।''

"तो किसने देखा?''

"अगल-बगलवाले सर।'' पुलिस तहकीकात करने बिरला पहुँची तो वहाँ सभी कमरों में ताला लगा हुआ था। पुलिस चुपचाप लौट गई। पुलिस से मार खाए तमाम छात्र भगेलू के खिलाफ एकजुट हो गए। भगेलू के चरित्र, चाल-चलन से सभी वाकिफ थे। अब सभी आश्वस्त थे भगेलू जैसा मुखबिर हॉस्टल नहीं लौट पाएगा। हरिकेश भाई ने ऐन मौके पर आर.एस. दुबे के साथ स्थिति को सँभाला। सभी को समझाया कि "अभी स्थिति तनावपूर्ण है। शहर में कर्फ्यू जारी है। ज्यादा बेहतर होगा कि सभी साथी शान्ति, संयम बनाए रखें। किसी प्रकार की बैठक, धरने-सभा से परहेज करें। दो-तीन दिन बाद कर्फ्यू हटने पर

हम सभी सत्याग्रह के अपने अभियान को आगे बढ़ाएँगे।" काने दीनदयाल ने चुटकी लेते हुए कहा "अगले आन्दोलन का नेतृत्व अब आपको ही करना है। इस बार मैं और मेरे साथी जरूरत पड़ने पर आपके साथ गिरफ्तारी देंगे।" हरिकेश ने सभी को शान्त रहने और अपने कमरों में लौट जाने का इशारा किया।

लॉबी में भगेलू को बचाने कोई आगे नहीं आया। भगेलू के चाल-चरित्र से सभी वाकिफ थे। उसकी पिटाई पर उसके साथी मौन थे तो अधिकांश खुश। शायद वह डर से हॉस्टल छोड़ दे। भगेलू की कुटाई की चर्चा दिनभर छाई रही। पूर्व निर्धारित रणनीति के तहत पहलवान, नितिन और साथी नरिया गेट से बाहर निकल आए। अब समस्या थी कि कहाँ शरण ली जाय? इसके पहले की फरारी में पहलवान जितेन के साथ राजा सिन्धुजा के रोहनिया फॉर्म पर रुक चुके थे। सबसे मुफीद और आरामदायक स्थल फॉर्महाउस ही है। रोहनिया के लिए सभी पैदल चल दिए। सभी को भूख जोरों से लगी थी। सुबह से एक कप चाय नसीब नहीं हो पाई थी। रास्ते में चाय पीना खतरनाक था। इसलिए मन मारकर सभी तिक्खे रोहनिया की ओर रवाना हो गए। फॉर्महाउस पहुँचकर सबकी जान में जान आई। चारों साथी आते ही चौकी पर लेट गए। फॉर्महाउस के मुख्य भवन के बाहर अहरा लगा था। शिवदास दादा बट्टी आगे-पीछे उलट-पुलट रहे थे। इन्नरी हँड़िया में दाल-भात पका रही थी। जीराबत्ती की खुशबू चारो ओर फैल रही थी। शिवदास ने एक नजर बच्चों पर फेंकी और मुस्कुराए। इन्नरी के घर में जाउर पक रहा था। पहलवान, नितिन, यशवन्त, बी.डी. निश्चिन्त थे कि भरपेट खाकर खूब सोएँगे। थोड़ी ही देर में पतरी, दोना, कसोरा आ गया। जमीन पर दरी बिछा दी गई। लोटे में पानी लेकर चारों ने मुँह-हाथ धोया और खाने के लिए बैठ गए। खाना खाने के बाद सभी अपनी-अपनी चौकी पर आ गए और नाक बोलने लगी।

आज विश्वविद्यालय के मुख्य द्वार पर धरना है। पिछले दिन बैठक में शान्तिपूर्ण धरना सुनिश्चित किया गया था। मुख्य द्वार के दोनों फाटक खुले थे। बीच में धरने के लिए दरियाँ बिछाई गई थीं। यह मौन धरना था। ब्रोचा-बिरला, आर्ट्स-साइन्स, आईटी एवं नगर के छात्र धीरे-धीरे जुटने लगे। सबसे पहले हरिकेश, मोहन जी, राधेश्याम आए। रत्नाकर गुरू अपनी लंका ब्रिगेड के साथ पहुँचे। शकुन्तला, शान्ति के साथ पचास छात्राओं का समूह और लिली, श्रुति के साथ सौ-डेढ़ सौ छात्राएँ धरना-स्थल पर पहुँच चुकी थीं। लंका पर जिला

मजिस्ट्रेट, एस.एस.पी सहित पुलिस, पी.ए.सी. डटी हुई थी। छात्रसंघ में देबू-दा, पांडे जी, सिन्हा जी, मार्कण्डेय बैठक कर चुके थे। नितिन ने पहुँचकर बताया कि धरने पर पाँच सौ से अधिक छात्र-छात्राएँ आ चुके हैं। छात्रसंघ भीतर-बाहर ठसाठस छात्रों से भरा था। सब एक साथ हुजूम में निकले।

"हमारी माँगें पूरी हों, चाहे जो मजबूरी हो...।''

"जिस ओर जवानी चलती है... उस ओर जमाना चलता है।''

"गाँधी-लोहिया की अभिलाषा चले देश में देशी भाषा...।''

दादा ने मूँछों पर हाथ फेरा। फिर डग बढ़ा दिए। पीछे-पीछे छात्रों का मजमा हुंकारते, उछलते, नाचते, मचलते चल रहा था। दादू, सिन्हा जी के पहुँचते पूरी भीड़ खड़ी हो गई। सबसे अगली पंक्ति में दादा, सिन्हा जी और वरिष्ठ नेताओं को आमन्त्रित किया गया, पर दादा ने बहनों को आगे रखने की रणनीति बनाई, तभी परम सम्मानित सुषमा भाभी, शैल, सुमन, सुरिन्दर, लक्ष्मी आ बैठीं। इन सहेलियों को श्रुति, मोना ने सम्मान देकर आगे बैठाया। दादा पीछे की पंक्ति में आकर बैठ गए। भीड़ लाँघते श्रुति दो माला लेकर आई। एक दादा को पैर छूकर पहनाया। दूसरा दादा के इशारे पर सिन्हा जी को। लिली, नेहा ने दोनों नेताओं को रोली-चन्दन का टीका लगाया। गले में अंगवस्त्रम पहनाया। दादा ने पीछे बैठे नितिन के गले में अपना अंगवस्त्रम् पहना दिया। बीच-बीच में तालियाँ बज रही थीं। नारेबाजी जारी थी। लड़कियों का एक समूह उठकर आया और सभी प्रमुख छात्र नेताओं को रोली चन्दन लगाया। धरने का मुख्य आकर्षण लिली, सुषमा भाभी, सुरिन्दर, पिया जी, शकुन्तला और उर्मिला बहन रहीं। जिन सुन्दरियों की एक झलक पाने के लिए छात्र हफ्तों लंका का चक्कर मारते, वे आज साक्षात उपस्थित थीं। आज उन्हें जी भर के देख सकते थे। आँखों में भर सकते थे। बातें कर सकते थे। उनकी खुशबू पाकर वे सभी निहाल हो रहे थे। धीरे-धीरे छात्रों, कर्मचारियों, तमाशबीनों का हुजूम बढ़ रहा था। हवा गर्म थी। माहौल गर्म था। दादा ने पीछे गर्दन घुमाकर कहा "सिन्हा जी कैसे क्या किया जाय? कार्यक्रम शुरू हो?''

"हाँ दादा! पर वरिष्ठ लोग ही बोलें तो अच्छा रहेगा। आज का दिन अत्यन्त संयम, समझदारी का है। किसी प्रकार के अनर्गल, उत्तेजक प्रलाप से बेहतर है, आप वरिष्ठ नेता ही सम्बोधित करें।'' सिन्हा जी ने माइक पकड़ा "साथियो एवं बहनो! यह मौन धरना है, पर धरना क्यों है? हमारी माँगें क्या हैं। इस पर प्रकाश डालना जरूरी हो गया है। इसलिए हम सर्वप्रथम देबू भाई से आग्रह करेंगे, वे आएँ और अपने विचार रखें।'' तालियों की गड़गड़ाहट के

बीच दादू ने चारों तरफ नजर दौड़ाई। हुजूम को देखा। फिर जोश का आवेग उमड़ आया। चेहरा लाल हो गया। गला रुँध गया। "बहनो तथा भाइयो! आज का दिन अहम और ऐतिहासिक है। आप सभी को पाकर मेरा और मेरे साथियो का हौसला और विश्वास बढ़ा है। हिम्मत भी।" "अभी तो यह अँगड़ाई है... आगे और लड़ाई है... दादा तुम संघर्ष करों... हम तुम्हारे साथ हैं...।" दादा ने आगे कहा "साथियो! भारत में ही नहीं, पूरी दुनिया के प्रमुख देशों में युवाओं और छात्रों में असन्तोष एवं आक्रोश है। यह व्यवस्था के बदलाव का असन्तोष है। असन्तोष को सरकारें दबाना चाहती हैं। मैं प्रदेश एवं केन्द्र के हुक्मरानों को आगाह कराना चाहता हूँ कि हमारी माँगों को मान लो। अंग्रेजी का मोह छोड़ दो। हमें फिर से गुलाम बनाने की कोशिश मत करो। देखो सरकारी नुमाइन्दों, यह सैलाब... उत्साह और एकता देखो। सामूहिक प्रतिरोध और विद्रोह की आग। अब देश में देशी भाषा चलेगी। मैं आज खबरदार करता हूँ हुकूमत को। हठधर्मिता, तानाशाही छोड़े, वरना देश जल जाएगा। मैं हिन्दी थोपने की बात नहीं करता, लेकिन अंग्रेजी हटाने की बात जरूर करता हूँ। मुझे याचना नहीं करनी है। हक चाहिए। परिवर्तन चाहिए। हमें चमकाने, डराने की कोशिश मत करना। न मैं डरनेवाला हूँ, न सहयोगी। हम तुम्हें उसी तरह उखाड़ फेकेंगे जैसे फ्रान्स के छात्रों ने वहाँ की सरकार गिरा दी थी। मेरे साथी बता देंगे कि लोकतन्त्र के मायने, नौजवानों की ताकत क्या है। आज जनता हमारे साथ है। अब भी समय है चेत जाओ। हमारे साथियो का निष्कासन रद्द करो। शिक्षा-परीक्षा में आमूल चूल परिवर्तन करो। रोजगार की गारंटी दो। नहीं तो बेरोजगारी का भत्ता। खुला दाखिला हो। विश्वविद्यालय की मूलभूत संरचना में आमूलचूल परिवर्तन लाया जाय। छात्रसंघ बहाल हो। विश्वविद्यालय से भ्रष्टाचार, भाई-भतीजावाद, साम्प्रदायिकता समाप्त की जाय। यह गाँधी, लोहिया, अम्बेडकर का देश है। अहिंसा हमारा रास्ता है। अगर हमारे साथ जोर-जुल्म, अन्याय हुआ तो हम अहिंसात्मक जवाब देंगे। प्रदेश सरकार और विश्वविद्यालय प्रशासन को माँगों के निस्तारण के लिए बहत्तर घंटे का अल्टीमेटम देता हूँ, नहीं तो हम विवश होकर अनिश्चितकालीन हड़ताल पर जाएँगे।"

"आज मैं खुलकर मौजूदा पुलिस प्रशासन से भी कहना चाहता हूँ कि सरकारी तोते की गर्दन हमारे हाथ में है। जब भी मसल देंगे। तोते की गर्दन टूट जाएगी। आप लोग अपने रवैये में बदलाव लाएँ। प्रतिशोध और बदले की भावना से काम न करें। हमारी आपसे कोई लड़ाई नहीं है। लड़ाई आपके आका से है। वह हम निपट लेंगे। हमें देश में लोकतान्त्रिक समाजवाद लाना है। समता-

समानता लानी है। ऊँच-नीच, भाई-भतीजावाद, परिवारवाद और साम्प्रदायिकता की जगह समतामूलक समरस समाज की स्थापना करनी है। तब जाकर नई पीढ़ी अपनी राह पा सकेगी। अपनी मंजिल पर पहुँच सकेगी। मैं नौजवानों की खुशहाली के साथ-साथ मुल्क की खुशहाली और विकास भी चाहता हूँ।''

"गाँधी, लोहिया की अभिलाषा... चले देश में देशी भाषा... अभी तो यह अँगड़ाई है... आगे और लड़ाई है। हर जोर जुल्म के टक्कर में... संघर्ष हमारा नारा है...।'' तालियाँ बजती रहीं। रह-रहकर नारेबाजी होती रही। सिन्हा ने उठकर साथियो को शान्त कराया। मुख्य द्वार का रास्ता पूरी तरह बन्द हो गया। वरिष्ठ नेताओं ने राय दी कि बाकी समय मौन धरना रहेगा।

खबर आई कि आचार्य जी अपने बँगले में निर्जल सत्याग्रह पर बैठ गए हैं। आचार्य जी के सत्याग्रह की खबर पूरे परिसर में फैल गई। छात्रों को लगा कि उनकी माँगों को स्वीकार कर लिया जाएगा। चार बजने को थे। सिन्हा जी उठे और घोषित किया कि साढ़े चार बजे धरना समाप्त हो जाएगा। धरने के बाद हम सभी आचार्य जी के होलकर-भवन चलेंगे।

आचार्य जी के इस्तीफे से विश्वविद्यालय प्रशासन में अफरातफरी मच गई। जैसे भूचाल आ गया। वीसी लॉज में अधिकारियों की बैठक आधी रात तक चलती रही। आचार्य का इस्तीफा विश्वविद्यालय के गले की हड्डी बन गया। दिल्ली में शिक्षा मन्त्रालय ने माना कि विश्वविद्यालय में स्थिति सामान्य नहीं बन पा रही है। विश्वविद्यालय चलाना मुश्किल हो रहा है। मन्त्रालय विश्वविद्यालय पर नजर बनाए हुए है। विश्वविद्यालय में घटी घटनाओं की जाँच के लिए जल्द कोई न्यायिक कमेटी गठित की जा सकती है। सभी ने महसूस किया कि आचार्य का रेक्टर पद से इस्तीफा एक बड़ी घटना है। सत्ता सुख बड़ा मादक होता है। परन्तु आचार्य जी ने सुख का मोह त्याग दिया। अब वह पूरी तरह मुक्त हैं। धीरे-धीरे छात्रों का झुंड होलकर-भवन पहुँच गया। छात्रों ने पुलिस बैरिकेडिंग को हटा दिया। वरिष्ठ नेताओं के पहुँचने से पहले शकुन्तला, शान्ति, उर्मिला, इन्दीवर, गोरख पांडेय, हरिकेश, हृदयनारायण शुक्ल पहुँच चुके थे। छह बजते-बजते होलकर-भवन छात्र-छात्राओं से भर गया। शकुन्तला, उर्मिला, शान्ति भीतर पंडिताइन के पास बैठ गईं। आचार्य जी चौकी पर निर्जल उपवास पर बैठे हुए थे। अनशन का उद्देश्य स्पष्ट हो चुका था। दादू तथा सहयोगियों ने राय-मशविरा कर सभी को नीचे फर्श पर बैठ जाने का संकेत किया। सभी छात्र बरामदे के नीचे बैठ गए। बनारस से दिल्ली तक अफवाहों का बाजार गर्म था। खबर थी कि कुलपति के गिरोह ने इस्तीफे का दबाव बनाया था। कुछ

का कहना है कि छात्रों के साथ होनेवाले अन्याय के कारण असहमत होने पर स्वत: इस्तीफा दिया है।

इस घटना के बाद आचार्य छात्रों के आन्दोलन का हिस्सा बन गए। छात्रों को भी देश का एक जाना-माना विद्वान मिल गया। इलाहाबाद से लेकर दिल्ली तक के हिन्दी एवं भारतीय भाषा के लेखकों, कवियों ने पद्मश्री, पद्मविभूषण अलंकरण भारत सरकार को लौटा दिया। अब छात्रों को बुद्धिजीवियों, कलाकारों, पत्रकारों, राजनीतिज्ञों के साथ-साथ किसानों, मजदूरों, व्यापारियों का समर्थन मिलने लगा। स्थानीय मजदूर संगठनों के अतिरिक्त राष्ट्रीय मजदूरों और किसान संगठनों ने आन्दोलन का समर्थन करने का ऐलान किया। पूरे देश में भारत बन्द की तैयारी शुरू हो चुकी है। छात्रों के पाले में आचार्य जी के आ जाने पर सारा परिदृश्य बदल जाएगा। उनके इस्तीफे का देश में एक सकारात्मक सन्देश जाएगा। अँधेरा होते ही पत्रकारों का झुंड होलकर-भवन पहुँच गया। टाइम्स ऑफ इंडिया के प्रमुख संवाददाता ने पहुँचते ही पूछा : "क्या मैं जान सकता हूँ कि आपने इस्तीफा क्यों दिया? इस्तीफे के पीछे किसी समूह का दबाव था या स्वेच्छा से दिया?"

"कोई दबाव नहीं था। मैंने स्वेच्छा से इस्तीफा दिया। मैने महसूस किया कि छात्रों के साथ न्याय नहीं कर पा रहा हूँ। विश्वविद्यालय की संरचना में कोई सुधार नहीं हो रहा है। छात्रों की माँगों का न्यायसंगत निस्तारण नहीं हो पा रहा है, तो मैंने इस्तीफा देना उचित समझा।"

पत्रकार : "आप छात्रों की माँगों से कहाँ तक सहमत हैं?"

"मैं उनकी जायज और तात्कालिक माँगों से जरूर सहमत हूँ। जहाँ तक भाषा विधेयक का प्रश्न है, केन्द्र सरकार को अपना निर्णय देना है।"

पत्रकार : "केन्द्र सरकार की भाषा नीति के विरोध में आपने अपना पद्मविभूषण लौटा दिया तो हिन्दी का विद्वान होते हुए सरकार की भाषा नीति के बारे में क्या सोचते हैं?"

"हाँ, केन्द्रीय सरकार की भाषा नीति से असहमत होने के कारण मैंने पद्मविभूषण लौटाया। हमारे तमाम देशभर के साहित्यिक साथियो ने भी अपने अलंकरण वापस कर दिए।"

पत्रकार : "अब आप छात्र आन्दोलन के साथ हैं?"

"मैं छात्रों की जायज माँगों से सहमत हूँ।"

पत्रकार : "जिस तरह फ्रान्स के छात्र आन्दोलन को दार्शनिक सात्र ने समर्थन दिया था, क्या आप भी वैसा बोल्ड निर्णय लेंगे?"

"पश्चिम-पश्चिम है। पूरब-पूरब। फिर भी छात्र अपने भाषा सम्मेलन में आमन्त्रित करेंगे, तो जरूर भाग लूँगा। बाहर से आवाज आई आचार्य जिन्दाबाद... जिन्दाबाद... आचार्य तुम संघर्ष करो हम तुम्हारे साथ हैं।''

पत्रकार : "छात्र निष्कासन पर आपका क्या कहना है?''

"निष्कासन समस्या का समाधान नहीं है। निष्कासन के पूर्व जाँच होनी चाहिए थी, फिर कार्रवाई। यह कार्रवाई एकतरफा गैरलोकतान्त्रिक है। यह आन्दोलन अन्याय के विरुद्ध न्याय के लिए है।''

पत्रकार : "छात्रसंघ को भंग करना कहाँ तक लोकतान्त्रिक और न्यायसंगत है?''

"न्याय-संगत नहीं है।''

पत्रकार : "आपके इस्तीफे से विश्वविद्यालय का सारा परिदृश्य बदल गया है। क्या आप छात्रों के समर्थन में आन्दोलन में उतरेंगे?''

"आन्दोलन में उतरने का प्रश्न नहीं है। रहा परिदृश्य बदलने का समय बदलता रहता है। समय के साथ परिदृश्य भी बदलता है। यह प्रकृति का नियम है।''

पत्रकार : " इस्तीफे के बाद क्या करेंगे आप?''

"बहुत काम है। लिखने-पढ़ने का। जो अधूरा है, उसे पूरा करना है।''

पत्रकार : "इस्तीफे के बाद आप कैसा महसूस कर रहे हैं?''

"मैं अब पूरी तरह मुक्त हूँ। एक आम आदमी की तरह साँस ले रहा हूँ और सुकून महसूस कर रहा हूँ।'' छात्रसंघ भंग होने के बाद आचार्य जी के इस्तीफे की घटना से छात्रों का गुस्सा उबल पड़ा। उन्हें लगा कि प्रशासन बदले की कार्रवाई पर उतर आया है। छात्रों ने आर-पार की लड़ाई लड़ने के लिए कमर कस ली है। अब उन्हें अपने नेतृत्व का इन्तजार था।

ग्यारह बजते-बजते कला और विज्ञान संकाय के बीच भीड़ जुटने लगी। बारह बजते-बजते कॉफी संख्या में छात्र इकट्ठा हो गए। वरिष्ठ नेताओं ने तय किया कि आज कुलपति निवास होते हुए लंका तक विजय-जुलूस निकाला जाय। अभी जुलूस की तैयारी हो ही रही थी कि मजिस्ट्रेट ने घोषणा की कि "परिसर में एक सौ चौवालीस धारा लागू है। इसलिए परिसर या बाहर जुलूस निकालना गैरकानूनी है। आप सभी को चेताया जाता है कि सभी छात्र अपने स्थान पर वापस लौट जायँ। किसी प्रकार के जुलूस, सभा या धरने की इजाजत नहीं है।''

कला एवं विज्ञान संकाय को पुलिस, पी.ए.सी. पूरब, उत्तर, दक्षिण से घेरे हुए थी। सिर्फ पश्चिम की सड़क खाली थी। भीड़ अभी सरक ही रही थी कि पुलिस ने टियर गैस के गोले दागे। लाठियाँ भाँजी। लाठी चलते ही छात्रों ने ईंट-पत्थरों की बरसात शुरू कर दी। जो छात्र भाग नहीं पाए पुलिस ने उन्हें संकाय में दौड़ा-दौड़ाकर पीटा। छात्रों की भीड़ भागकर बिरला-ब्रोचा चौराहे पर आ गई और मोर्चा लगा लिया। पूरब से आनेवाले पुलिस जवानों को छात्रों ने बलपूर्वक पीछे भगा दिया। पत्थर से चोटिल होने के कारण भागकर पूरब में कैफिटेरिया चौराहे पर लौटना पड़ा। अब गोरिल्ला युद्ध जैसा हो गया। कभी पुलिस भारी पड़ती, कभी छात्र।

शाम होते ही रूइया की ओर से पुलिस सड़क पर लाठी भाँजने लगी। अँधेरा हो चला था। अँधेरा होने के बावजूद छात्र अन्धाधुन्ध पत्थर बरसाते, पुलिस पीछे भाग खड़ी होती। अँधेरा होने से कई छात्रावासों के छात्र संख्या बल में पुलिस पर भारी पड़ रहे थे। छात्र-पुलिस के बीच का यह गोरिल्ला युद्ध दो घंटों से चल रहा था। छात्रों की भीड़ बेकाबू और हिंसक हो चली थी। छात्र नेता बेबस थे। पुलिस ज्यादती से आजिज आकर छात्र पूरे हिंसक और कठोर बन गए थे। कभी भी लाठी के साथ गोली चल सकती थी। पर नितिन को पूरा पता था कि परिसर में किसी भी कीमत पर गोली नहीं चलेगी। क्योंकि प्रदेश में संविद सरकार है। हॉस्टल के ज्यादातर छात्र बाहर भाग निकलने की तैयारी में थे। क्योंकि कभी भी पुलिस हॉस्टल में घुसकर लूटपाट, मारपीट कर सकती थी। सभी कमरे में ताला बन्द कर भाग रहे हैं। सबको जान प्यारी है। जो जहाँ भाग पाया भागा। बिरला से कॉफी लोग भाग चुके थे। कुछ असमंजस में थे। पहलवान, सारन्धर, यशवन्त, सीताराम और नितिन अपनी लॉबी में खड़े थे। कितने छात्र आईटी के हॉस्टलों की ओर भागे। कुछ लॉजों में। कुछ परिसर में अपने गुरुओं की शरण में। अगल-बगल के हॉस्टल वीरान हो गए। सड़कों पर गहरा सन्नाटा छा गया। स्ट्रीट लाइट टूट जाने से सड़कों पर अँधेरा छाया हुआ था। चारों ओर घोर अन्हियरिया का दृश्य था। देबू-दा, सिन्हा, मोहन जी करौंदी में जा छिपे। और कुछ साथी गुरू के गाँव डाफी में। कुछ छात्र नरिया की चहारदीवारी फाँदकर सिन्धू बाबू के रोहनिया फॉर्महाउस पर निकल गए। कई नेता पिटने व गिरफ्तार होने से बच गए। पर अब बच पाना मुश्किल है। कितने छात्रों के सिर फूटे, बाँह टूटी, टाँग टूटी, कितने घायल हुए कुछ पता नहीं। देबू-दा को लगा कि आन्दोलन हाथ से निकल गया। लड़ाई हुकूमत के बजाय छात्र-पुलिस संघर्ष में बदल गई। समझदार सहयोगी साथी बिखर गए। हिंसा हमारे खिलाफ जाएगी। मौका पाते ही अधिकारी विश्वविद्यालय को अनिश्चितकाल के लिए बन्द कर देंगे। सब कुछ बिखर जाएगा। बंशीधर ने सिगरेट की दो कस खींची

"चिन्ता की बात नहीं, छात्रों का धैर्य टूट चुका है। जो कुछ हुआ स्वाभाविक है। अगर यह हिंसा जारी रही तो वी.सी. चला जाएगा। आगे सरकार झुक जाएगी। फिर जीत आन्दोलन की होगी। जब लोकतन्त्र में संवाद खत्म हो जाता है, तब हिंसा ही बचती है। उसे रोकने के लिए सरकार झुकती है, तो फैसला हमारे पक्ष में होगा। आज का संघर्ष शुभ सूचक है। जब तक संसद में हंगामा नहीं होगा, सरकार नहीं झुकती। आखिर में जीत हमारी होगी। आप लोग धैर्य रखिए अब तो असली लड़ाई शुरू हो चुकी है।'' बंशीधर फिर सिगरेट पीने लगे। प्रश्नों के साथ धुँएँ के गोल-गोल छल्ले कमरे में छाने लगे। सिन्हा जी, दादू गम्भीर, चिन्तित और आशंकित थे।

दादू की ओर मुखातिब होते सिन्हा जी ने कहा "कल सुबह राजपूताना, ब्रोचा, बिरला चलकर बचे-खुचे छात्रों को समझाना होगा कि अहिंसा से हम लोगों ने जो कुछ अर्जित किया है, हिंसा से पूरी तरह नष्ट हो जाएगा। हम बाजी हार जाएँगे। आई हुई जीत हमेशा के लिए निकल जाएगी। पुलिस की मार खाने से छात्रों का मनोबल पूरी तरह टूट चुका था। छात्र बागी बने हुए थे। उन्हें समझाना कठिन था, फिर भी उन्हें समझाना होगा। सही रास्ते पर लाना होगा। विश्वस्त सूत्रों से पता चला छात्र-पुलिस संघर्ष के कारण जिला प्रशासन ने विश्वविद्यालय प्रशासन से परिसर को जिला प्रशासन के हवाले कर देने की माँग की है। तीनों वरिष्ठ नेता आधी रात तक मौजूदा हालात पर मन्थन करते रहे। रणनीति बनाते रहे। तय हुआ कि सुबह राजपूताना से अपना अभियान शुरू करेंगे।

करौंदी में जनार्दन राय की कोठी में सुबह नाश्ता के बाद दादू साथियो के साथ राजपूताना पहुँचे। इन्दीवर, रत्नाकर पहले से मौजूद मिले। राय बात कर दादा राजपूताना से बिरला पहुँचे। उन्हें विश्वास था कि बिरला ब्रोचा के पास संख्या बल है। आत्मबल वाले ही जोखिम ले सकते हैं। बिरला पहुँचकर छात्रों से कहा कि "ब्रोचा-बिरला चौराहे पर आज मौन धरना रखा जाय। धरना भी हो जाएगा और आन्दोलन की निरन्तरता भी बनी रहेगी।'' बिरला में पहलवान, बी.डी., यशवन्त, सारन्धर, बंशी, नितिन को बुलाया गया। तय हुआ कि बिरला ब्रोचा चौराहे पर शान्तिपूर्ण धरना दिया जाय। दादू, नितिन के कमरे में बैठ गए। छात्रों को समझाया कि धरना शान्तिपूर्ण होना चाहिए। शान्तिपूर्ण होने पर कोई बाल बाँका नहीं कर पाएगा। सभी साथी चार घंटे तक धैर्य और हिम्मत से रहे। चार बजते-बजते धरना उठा लिया जाएगा। हॉस्टल में कॉफी छात्र फरार हैं, जो बचे हुए हैं वे डरे भयभीत और सशंकित हैं।

विनोद और यशवन्त ने मिलकर एक बड़ा बैनर चौराहे पर टाँग दिया। बारह बजते-बजते छात्र धीरे-धीरे चौराहे पर जुटने लगे। सबसे पहले चौराहे पर

पेड़ के नीचे सिन्हा जी, यदुनाथ और हरिकेश बैठे दोपहर होते-होते छात्रावासों से छात्रों का आना शुरू हो गया। मोहन भाई खड़े हुए। छात्रों को सम्बोधित करते हुए कहा "हम सभी अपनी माँगों को लेकर शान्तिपूर्ण आन्दोलन कर रहे हैं, पर विश्वविद्यालय प्रशासन और केन्द्रीय सरकार बदले की भावना से काम कर रहा है। हमारे अब तक तीन साथी निष्कासित किए गए। चार सौ से अधिक साथी जेल में हैं। तीस साथियो को कारण बताओ नोटिस दिया गया है। पुलिस का अत्याचार जारी है। अब पीछे हटना बुजदिली होगी। हम शान्तिपूर्ण ढंग से आन्दोलन चलाएँगे। हमारी लड़ाई तो नीतिगत है। अंग्रेजी हटाने, खुला दाखिला, फीस माफी, रोजगारपरक शिक्षा, रोजगार की गारंटी या बेरोजगारी का भत्ता, शिक्षा नीति में आमूलचूल परिवर्तन, छात्रसंघ बहाली आदि प्रमुख माँगें हैं। छात्र आन्दोलन कमोबेश पूरे देश में जारी है। हमारी माँगें जायज हैं। हम समस्याओं का निराकरण चाहते हैं। आप सभी से अनुरोध है कि शान्तिपूर्ण धरने पर बने रहें। हमें कामयाबी मिलकर रहेगी। धन्यवाद।''

महेन्द्रनाथ आए उन्होंने कहा "हम अपने विश्वविद्यालय में लोकतान्त्रिक, गाँधीवादी तरीके से धरना सत्याग्रह कर रहे हैं और प्रशासन छात्रों पर लाठी चलवा रहा है। यह कौन सा लोकतन्त्र है? कैसी आजादी है? जहाँ अभिव्यक्ति की आजादी न हो? जहाँ सच न सुना जाय। जहाँ संवादहीनता हो तो ऐसे कैसे चलेगा समाज? कल जो पुलिस द्वारा मारपीट, लूटपाट हुई, वह शर्मनाक और चिन्ताजनक है। मैं घटना की निन्दा करता हूँ। राज्य सरकार से माँग करता हूँ कि दोषी पुलिसकर्मियों को बर्खास्त करें।''

इसके बाद हरिकेश आए। उन्होंने कहा "देबू भाई और साथियो यह संकट का समय है। इस समय आपको अपना धैर्य एवं अनुशासन दिखाना है। पुलिस बर्बरता की मैं घोर निन्दा करता हूँ। मैं केन्द्र सरकार से अपील करता हूँ कि वह अपनी हठधर्मिता छोड़कर हमारी माँगों पर विचार करे। उसका समाधान निकाले। साथियो हम अपनी माँगों के क्रियान्वयन होने तक शान्तिपूर्ण संघर्ष जारी रखेंगे। धन्यवाद।''

यदुनाथ भाई चौकी पर चढ़ गए और बोले "यह भ्रष्ट निकम्मी और जालिम सरकार है। सरकार जिद्द पर अड़ी है। मैं कहता हूँ कि जिद्द छोड़ो और ईमानदारी से समस्याओं का समाधान करो। हमें कमतर न समझो। अभी भी समय है तुम चेतो। यदि नहीं चेते तो इस बार तुम्हें सियासत से बेदखल कर दिया जाएगा। धन्यवाद।''

देबू के आते ही नारेबाजी शुरू हो गई। "दादा तुम संघर्ष करो हम तुम्हारे साथ हैं... दम है कितना दमन में तेरे देख लिया है... देखेंगे।'' देबू ने चारों

तरफ नजर दौड़ाई। गला साफ किया। "साथियो यहाँ हम अपनी जायज माँगों के लिए बैठे हैं। लोकतान्त्रिक अधिकारों के तहत हम अपनी समस्याओं का समाधान चाहते हैं। हम हिंसा नहीं चाहते। हिंसा में मेरा विश्वास भी नहीं। हिंसा का जवाब हम अहिंसा से देंगे। पर याद रखना तुम्हारी पुलिस और बन्दूक से हम डरनेवाले नहीं हैं। अगर तुमने दमन और हिंसा का रास्ता अपनाया तो पूरे देश में अशान्ति मच जाएगी। संसद के मौजूदा सत्र में इस बार संसद को घेरा जाएगा। आपका यह संघर्ष इस बार निर्णायक होगा।'' तभी जीप के भोपू से आवाज आई "सभा समाप्त करें एक सौ चौवालीस धारा लागू होने के कारण सभा, धरना गैरकानूनी है। दादू का भाषण जारी था... ''हम धमकी-चमकी से डरनेवाले नहीं हैं। यह मेरा विश्वविद्यालय है। हमें सभा, धरना, बैठक करने का पूरा अधिकार है। हे पुलिस के नुमाइन्दों आप अपनी लक्ष्मण रेखा में रहो। मेरे अधिकारों का हनन मत करो।''

"इनकलाब... जिन्दाबाद... जिन्दाबाद... जो हमसे टकराएगा चूर-चूर हो जाएगा।'' झलफलाहत में सूरज पश्चिम में भाग रहा था। रोशनी पत्तों में अटक रही थी। नीला आसमान गेरुए में बदल रहा था। अचानक दो गोले चौकी के अगल-बगल गिरे। चारों ओर धुँआ-धुँआ छा गया। छात्र चौकन्ने हो गए और पत्थर चलने लगे। भगदड़ अफरातफरी मच गई। छात्रों ने मोर्चा सँभाल लिया। टियर गैस के गोले दगने लगे। पुलिस ने अचानक लाठीचार्ज कर दिया। बिरला ब्रोचा, रूइयावाले छात्र पहले से सतर्क थे। उन्हें पुलिस हमले की आशंका थी। एक बार छात्र पुलिस को दौड़ाते मालवीय-भवन तक ठेल देते थे। फिर पुलिस छात्रों को दौड़ाते बिरला हॉस्टल तक ले आती। अपने ठीहे पर आकर छात्र दोगुनी रफ्तार से दौड़ाते। यह क्रम अँधेरा होने के बाद भी चलता रहा। अब छात्र और पुलिस के बीच गोरिल्ला युद्ध चलने लगा। इसी दौरान अँधेरे में हवाई फायरिंग हुई। हवाई फायरिंग से भीड़ तितर-बितर और बेकाबू हो चली थी। रात होने के कारण पत्थर की चोट खतरनाक बन रही थी। पुलिस, पी.ए.सी. के जवान कॉफी संख्या में घायल हो चुके थे। अँधेरा होने के कारण पुलिस, पी.ए.सी. के लिए छात्रों को नियन्त्रित कर पाना मुश्किल हो रहा था। फायर ब्रिगेड की मदद से छात्रों पर वाटर कैनिन कराई गई, परन्तु भारी पथराव के कारण फायर ब्रिगेड को हटना पड़ा। एस.पी. सिटी और सिटी मजिस्ट्रेट के घायल हो जाने पर पूरी पी.ए.सी., पुलिस फोर्स भागकर एल.डी. गेस्टहाउस पर इकट्ठा हो गई। स्थिति बेकाबू होते देख सायं सात बजते-बजते कलेक्टर, कप्तान ने कुलपति पर दबाव बनाया कि विश्वविद्यालय को साइनडाइ घोषित करें और परिसर को पुलिस प्रशासन के हवाले कर दें।

आनन-फानन में कुलपति ने रात आठ बजे विश्वविद्यालय को अनिश्चितकालीन बन्द करने की घोषणा की और परिसर जिला प्रशासन को सौंप देने का निर्णय लिया। प्रशासन ने आदेश किया कि सभी छात्रावास के छात्र-छात्राएँ अड़तालीस घंटे में छात्रावास खाली कर दें। देर रात बड़ी तादाद में पुलिस, पी.ए.सी. परिसर को कब्जे में लेते ही प्रमुख हॉस्टलों में घुस गई। पुलिस को हॉस्टल में जो भी मिला जमकर धुना। पुलिस मेस, कामन रूम, बाथरूम तक छात्रों को दौड़ा-दौड़ाकर पीटती रही। पुलिस रूइया, बिरला, ब्रोचा, राजाराम, मौरवी, बी.डी. हॉस्टल में घुसी और अन्धाधुन्ध लाठीचार्ज किया। छात्रावास के कमरों में घुसकर घड़ी, सिकड़ी, अँगूठी, रुपये लूट लिये। पुलिस जितने को घसीट सकती थी, उतने को ले गई और बाहर ट्रक में फेंक दिया। चारों तरफ कोहराम मचा था। कौन कहाँ है पता नहीं चल पा रहा था। तरह-तरह की अफवाहें हॉस्टलों और परिसरों में फैल रही थी। जो भाग सका वह कमरे का खुला दरवाजा छोड़कर जान बचाकर भागा। पुलिस जो कुछ भी लूट सकती थी लूट रही थी। यह गजब का कहर था। पी.ए.सी. वाले पूरी तरह पागल हो गए थे। अफसरों के आदेश का उल्लंघन कर परिसर में तांडव मचाया। परिसर में पुलिस लाठीचार्ज में कई अध्यापक जो रीडर थे, उन्हें लीडर समझकर पीटा। कुछ पत्रकार और छायाकार भी पीटे गए। छायाकारों के कैमरे तोड़ दिए गए और छीन लिए गए। पुलिस, पी.ए.सी. के आतंक से आईटी के दक्षिणी हिस्से के हॉस्टलों के चैनल गेट बन्द कर दिए गए। पता चला कि कई छात्र बिरला ब्रोचा के दूसरे तल से कूदकर जान बचाने को भागे, जिसमें कई के पैर टूट गए। उन्हें अस्पताल में भर्ती किया गया। कई के सिर में लाठी की गहरी चोट आई। पूरा परिसर अशान्त हो गया। शहर में भीड़ को काबू करने के लिए पुलिस को कई राउंड हवाई फायरिंग करनी पड़ी। शहर धुँआ-धुँआ हो गया।

दूसरे दिन सुबह पूरे परिसर में अफरातफरी मची थी। हॉस्टल से लड़के अपना-अपना सामान लेकर लंका की ओर जा रहे थे। लंका पर स्टेशन, रोडवेज जाने के लिए सरकारी बसें लगी हुई थीं। हॉस्टल में टिकट के पैसे के साथ कन्सेशन फॉर्म मिल रहे थे। बिना खाए-पिए छात्र अपने गन्तव्य की ओर भाग रहे थे। लड़कियाँ भी बैग, अटैची लिये बस में भरी जा रही थीं। सभी को अड़तालीस घंटे में परिसर छोड़ देने का आदेश मिला है। किसी के पास ट्रेन का आरक्षण नहीं था। ट्रेन में ठूसकर-लटककर जाना था। लंका की सभी दुकानें बन्द थीं। अघोषित कर्फ्यू का प्रभाव दिखाई दे रहा था। चारों तरफ पुलिस ही पुलिस दिखाई दे रही थी। लंका और परिसर पुलिस छावनी बन चुका था।

आज के संसद सत्र में लोकसभा में अटलबिहारी वाजपेई, राज्यसभा में राजनारायण ने हंगामा किया। हंगामे शोरगुल के कारण संसद का सत्र स्थगित करना पड़ा। सुबह आकाशवाणी की खबर प्रसारित हुईं। "यह आकाशवाणी है। आप अच्युतानन्द पांडेय से खबर सुनिए। आज काशी विश्वविद्यालय को छात्र आन्दोलन के कारण विश्वविद्यालय प्रशासन ने अनिश्चितकाल के लिए बन्द घोषित कर दिया है। दो-तीन दिनों से चल रहे छात्र-पुलिस संघर्ष के कारण जिला प्रशासन के सुझाव पर विश्वविद्यालय के अधिकारियों ने विश्वविद्यालय को बन्द कर जिला प्रशासन के हवाले कर दिया है। कल दिनभर परिसर में धरने-प्रदर्शन के बाद छात्र-पुलिस संघर्ष शाम तक जारी रहा। संघर्ष में पचास से अधिक छात्र घायल हुए। सौ से अधिक छात्रों को गिरफ्तार कर लिया गया है। पुलिस के कुछ अधिकारी तथा तीन दर्जन पुलिसकर्मी घायल हुए, जिन्हें अस्पताल में भर्ती कराया गया है। शहर में कुछ जगहों पर कर्फ्यू लागू करने से स्थिति नियन्त्रण में बताई गई है।''

"आज दिल्ली में विपक्षी सांसदों ने काशी हिन्दू विश्वविद्यालय पुलिस लाठीचार्ज के मुद्‌दे पर संसद नहीं चलने दी। हंगामे के कारण लोकसभा और राज्यसभा को अगले दिन तक के लिए स्थगित कर दिया गया है। छात्रों की समस्याओं को लेकर विपक्षी दलों ने अटलबिहारी वाजपेई के नेतृत्व में संसद परिसर में धरना दिया। सांसदों ने भाषा विधेयक वापस लेने और प्रधानमन्त्री से घटना की जाँच किसी न्यायिक आयोग से कराने की माँग की है। यह भी माँग की है कि गिरफ्तार छात्रों को तत्काल रिहा किया जाय और दोषी पुलिस अधिकारियों को बर्खास्त किया जाय।''

"वाराणसी शहर के आसपास के जिलों में तनाव बना हुआ है। सभी जिलों में एक सौ चौवालीस धारा लागू की गई है। उपद्रवग्रस्त क्षेत्रों में भारी पुलिस बल को तैनात किया गया है। दिल्ली के सभी विपक्षी दलों, मजदूर, किसान, कर्मचारी संगठनों, व्यापारमंडलों एवं छात्र संगठनों ने एक सप्ताह बाद भारत बन्द का आह्वान किया है। उत्तर प्रदेश के मुख्यमन्त्री ने हिंसा की निन्दा की। प्रशासन से कानून व्यवस्था बनाए रखने के निर्देश जारी किए। मुख्यमन्त्री ने प्रदेश के छात्रों, नौजवानों सभी दलों से शान्ति बनाए रखने की अपील की है। दिल्ली में, काशी हिन्दू विश्वविद्यालय में, पुलिस दमन के खिलाफ सभी छात्र संगठन राष्ट्रीय छात्र संगठन, समाजवादी युवजनसभा, विद्यार्थी परिषद, स्टूडेंट फेडरेशन, ऑलइंडिया ट्रेड फेडरेशन, गैरकांग्रेसी विपक्षी दलों ने भारत बन्द का समर्थन किया है। एक वक्तव्य में भारत सरकार के गृहमन्त्री ने काशी हिन्दू

विश्वविद्यालय की घटनाओं पर चिन्ता जताई। उन्होंने छात्रों, राजनीतिक दलों के प्रतिनिधियों से अपील की कि मैं समस्याओं के समाधान निकालने हेतु आपके सहयोग का आकांक्षी हूँ। उन्होंने छात्रों, राजनीतिक नेताओं से शान्ति एवं धैर्य बनाए रखने की अपील की है। यह आकाशवाणी है।''

विश्वविद्यालय की अनिश्चितकालीन बन्दी के कारण बाहर-भीतर एक अजीब सा सियापा छा गया। छात्र-छात्राओं में भागमभाग की स्थिति बनी हुई थी। अस्पताल में घायल छात्रों को देखने के लिए भीड़ बढ़ रही थी। पूरे नगर में एक सौ चौवालीस धारा लागू थी। पूरे शहर की दुकानें बन्द थीं। आवागमन ठप था। जीवन जैसे एकाएक ठहर सा गया। एक अजीब सी खामोशी छा गई थी। सब कुछ अनिश्चित सा हो गया है। विश्वविद्यालय, शहर और जिला पुलिस की गिरफ्त में आ गया। कल क्या होगा अनिश्चित है, फिर भी कल का इन्तजार है।

सभी साथी और सहयोगी जेल से छूट गए। सभा-भवन खाली हो गया। प्रधानमन्त्री, मुख्यमन्त्री के भाषा सम्बन्धित वक्तव्य और आश्वासन अखबारों में छप गए। उत्तर प्रदेश के साथ कई राज्यों में हिन्दी को कामकाज की भाषा घोषित कर दिया गया। तमाम विश्वविद्यालयों से अनिवार्य अंग्रेजी प्रश्नपत्रों को हटा दिया गया। कई राज्यों में चुनाव आ गए। उत्तर प्रदेश में भी चुनाव घोषित कर दिया गया। टिकटार्थी अब लखनऊ, दिल्ली की ओर दौड़ लगाने लगे।

देबू-दा को वाराणसी दक्षिणी, शतरुद्र को कैंट, मोहन जी को राजस्थान, लालमुनी चौबे को बिहार से लड़ने का टिकट मिल गया। दीपक दा, आनन्द शोध के लिए अमरीका, पिया जी चिली, जेनी लन्दन, सुषमा काठमाँडू, लिली जालन्धर, सुरिन्दर बाम्बे, रामबचन गाँव, अनिरुद्ध बेतियाफॉर्म, फूलचन्द बीड़ी की दुकान पर, बाकी साथी कहीं न कहीं लग गए। अचानक पूरा का पूरा परिदृश्य बदल गया। चुनाव घोषित होते ही आन्दोलन के मुद्दे दब गए। सब कुछ पुराने ढर्रे पर लौटने लगा। सामूहिक नेतृत्व में आन्दोलन के दौरान जो रोडमैप बनाया था नेपथ्य में विलीन हो गया। शिक्षा की संरचना में व्यापक परिवर्तन की संकल्पना अधूरी रह गई। लोग न जाने किस दुनिया में चले गए।

जितेन को लगा कि कुछ नहीं बदलेगा। कहीं न्याय नहीं है। सब कुछ जड़ और अवरुद्ध है। कार्यपालिका, न्यायपालिका, संसद कहीं कुछ नहीं बदला और बदलने की उम्मीद भी नहीं है। उसने तय किया कि इससे मुक्त होना ही बेहतर

होगा। कबीर ने ठीक ही कहा 'माया महाठगिनि हम जानी' दुनिया माया है। भूलभुलैया है। कठिन है माया से मुक्ति। अगर मुक्ति है तो इसी काया में।

समय बलवान होता है। समय समाज, सत्ता और आदमी को बदलता है। बदलाव एक प्रक्रिया है। टंडन की दुकान पर गहरा सियापा है। लंका के आसमान में मटमैली हवा का चक्रवात लहरा रहा है। कुछ सफलताओं, असफलताओं के बाद ढेर सारी चुनौतियाँ खड़ी हैं। कुछ विधायक, सांसद बनना चाहते हैं। कुछ लाभ के पदों पर जाना चाहते हैं। पर क्या वे सामाजिक बदलाव ला सकते हैं? राजनीति में एक वैचारिक शून्यता आ चुकी है। ज्यादातर कैरियरिस्ट और गणेश परिक्रमा वाले लोग हैं। इनकी अपनी सीमाएँ हैं। अपनी सोच है। विधायक या सांसद बनकर कठपुतली की तरह ये पाँच साल घूमते रह जाएँगे। इस तरह के मीडियाकर हमारे रोल मॉडल नहीं बन सकते। हमारे रोड मॉडल गाँधी, मार्क्स, लोहिया और आचार्य नरेन्द्र देव हैं। ये हमारे आदर्श और हीरो हैं। हमारा रास्ता लोकतान्त्रिक, समाजवाद का रास्ता है। हमें अपने आदर्श, विचारधारा को आत्मसात कर आगे बढना होगा। हम अधूरी लड़ाई छोड़कर हार माननेवाले नहीं हैं। आज की स्थिति मोहभंग की स्थिति है, पर हमें इसे अतिक्रमित करना होगा। जोखिम उठाने होंगे। नई मोर्चेबन्दी करनी होगी। दोगुनी ताकत से लड़ना होगा। आज नहीं कल, कल नहीं परसों कामयाबी मिल के रहेगी। जितेन ने सोचा रात को घर से निकल लूँगा, जब सभी सो रहे होंगे। कहाँ जाना है? किसके पास? नरेन्द्र-नीरव से बात करूँ कि कामरेड सुनील से या छत्तीसगढ़ के सतीश कोल से? ज्यादा बेहतर होगा नीरव से बात करना। सोनभद्र, सीधी से सटा हुआ इलाका है। नीरव वहाँ के कामरेडों से वाकिफ हैं। विन्ध्य का क्षेत्र कॉफी दूर तक फैला हुआ है। इस क्षेत्र में बी.एच.यू. के कई साथी कार्यरत हैं। वह स्टेशन आ गया।

रात गहरा रही थी। ट्रेनें एक के बाद एक जाती रहीं। उसे याद आया पंजाब मेल... अपर इंडिया... राजधानी... दादर... मरूधर... कालका... बाम्बे मेल... दर्जनों राजधानियाँ... तमाम सफर याद आए। तमाम प्रदर्शन, रैलियाँ याद आईं। दोस्तों जेनी के साथ, लिली के साथ, माँ-बाप, भाई-बहनो के साथ। यह वही स्टेशन है, जहाँ से लोगों को विदा कर वह लौटता रहा। आधी रात हो चुकी थी। किसी ट्रेन का कुछ पता नहीं। कौन कहाँ जा रही है? इस शहर से एक बार विदा होनेवाला फिर जल्दी नहीं लौट पाता। जितेन ने इस शहर को बखूबी देखा है, जिया है, भोगा है। जीवन के तमाम उतार-चढ़ाव, कितने-कितने रूप-रंग, लम्हे, रंगों से भरी महफिलें, मोर्चे, मौसम।

अब तो कॉफी ट्रेनें निकल गईं। उसकी आँखें जलने लगीं। चक्कर आने लगा। आँखों में अँधेरा छा गया। उसने आँखें बन्द कर लीं। शरीर तप रहा था। वह गहरे द्वन्द्व में अपने को फँसा पा रहा था। इसी द्वन्द्व से रास्ता बनाना है। नल में जाकर मुँह धोया। हवा में साँस ली। बेंच से उठ गया। देखा झोले में गीता है। गाँधी की आत्मकथा है। ठेलेवाले से एक गिलास पानी माँगी। फिर पर्स खोला। पर्स में लिली की तसवीर लगी थी। लिली की तसवीर निकाला। गौर से देखा। तसवीर धुँधली हो रही थी। उसकी रंग-आकृति बदरंग हो रही थी। उसने रूमाल से साफ किया। वह और धुँधली बन गई। शीशे के सामने ले गया, पर कुछ नहीं दिखा। लिली की खूबसूरत तसवीर एक धब्बे में बदल चुकी थी। वह धब्बे में लिली को ढूँढ़ता रहा... धब्बा क्षण प्रति क्षण गाढ़ा बनता रहा।

वह फोटो को देखता रहा। फिर चिद्दी-चिद्दी कर वहीं उड़ा दिया "खुदा हाफिज लिली।'' सिनेमा के रील की तरह अतीत कौंध गया। प्लेटफॉर्म दूर तक सूना-सूना अँधेरे में डूबता-उतराता रहा। उसे दुनिया के तमाम महापुरुष और दार्शनिक याद आए। राम, कृष्ण, बुद्ध, कबीर, गाँधी, मार्क्स। गीता का कर्मयोग याद आया। उसे लगा कि विकल्पहीन नहीं है दुनिया।

आखिर में उसने तूफान मेल पकड़ ली। अब सब कुछ छूट रहा है। माँ-बाप, भाई-बहन। यार-दोस्त, घर-गाँव, शहर सभी छूट रहे हैं। एक बनी-बनाई देखी-सुनी दुनिया अनगिनत स्मृतियाँ लिये छूट रही हैं। वादों, सपनों, आकांक्षाओं के बल पर विकल्प की तलाश है। कॉफी जद्दोजहद के बाद विकल्प मिला है। उसने मन को संयत किया। व्यामोह और मोहपाश से पूरी तरह मुक्त होने की कोशिश की। उसे नए राह एवं राही की तलाश है। गाड़ी भाग रही थी अँधेरा चीरते। यह अँधेरा उसका अपना भी है। अँधेरे से बाहर निकलने की कोशिश है। गाड़ी सीटी बजाती पूरी तफ्तार से भाग रही है। आँखों की नींद गायब है।